Anne von Canal, Jahrgang 1973, stammt aus Siegen und hat Germanistik, Anglistik und Skandinavistik in Freiburg und Oslo studiert. Lange Jahre arbeitete sie in verschiedenen Verlagslektoraten und als Übersetzerin. Mittlerweile lebt sie mit ihrem Mann, einem Winzer, an der Mosel, wo sie sich komplett dem Schreiben widmet. »Der Grund« ist der erste Roman, den sie als Anne von Canal veröffentlicht.

»Der Grund« erzählt die Geschichte eines Mannes, der immer wieder gezwungen ist, sich neu zu erfinden – und entwickelt dabei einen atmosphärischen Sog, dem sich der Leser nicht entziehen kann. Mit allen Sinnen erlebt man zusammen mit Laurits Licht und Schatten im großbürgerlichen Elternhaus zwischen Pflichterfüllung und Freiheitsdrang und begleitet ihn auf seiner Suche nach Aussöhnung, die ihn um die ganze Welt führt.

»Es gilt, eine wunderbare neue Autorin zu entdecken.«
Rheinische Post

»Ein starkes Debüt.« *Hörzu*

»Es sind Bilder, die man mit allen Sinnen nacherlebt und die einen unweigerlich in den Sog dieses psychologisch klugen Romans ziehen. Ein Tauchgang in die Untiefen der Seele.«
emotion

»In vielen schönen Bildern, sprachlich oft brillant und trotzdem leicht lesbar, erzählt Anne von Canal diese Geschichte vom Untergehen und Weiterleben.« *SWR*

Anne von Canal
Der Grund

Roman

Rowohlt Taschenbuch Verlag

Zitat Seite 7 aus: Fernando Pessoa, *Das Buch der Unruhe des Hilfsbuchhalters Bernardo Soares*, aus dem Portugiesischen übersetzt und revidiert von Inés Koebel,
© Amman Verlag & Co., Zürich 2003.
Alle Rechte vorbehalten S. Fischer Verlag GmbH,
Frankfurt am Main

4. Auflage November 2018

Veröffentlicht im Rowohlt Taschenbuch Verlag, Reinbek
bei Hamburg, März 2016
Copyright © 2014 by mareverlag GmbH & Co. oHG, Hamburg
Umschlaggestaltung any.way, Walter Hellmann,
nach dem Original des Mare Verlags
Umschlagabbildung Getty Images/Bloom Image
Druck und Bindung CPI books GmbH, Leck, Germany
ISBN 978 3 499 26882 3

Das für dieses Buch verwendete Papier ist FSC®-zertifiziert.

Für Tilman

»There is a silence where no sound may be,
In the cold grave – under the deep, deep sea.«

Thomas Hood, *Silence*

»Ich wählte den falschen Fluchtweg. Über einen
unbequemen Umweg gelangte ich genau an den Punkt,
an dem ich mich bereits befunden hatte, und zum
Entsetzen, dort leben zu müssen, kam noch
die Erschöpfung, die jene Reise mit sich brachte.«

Fernando Pessoa, *Das Buch der Unruhe*
des Hilfsbuchhalters Bernardo Soares

»Mayday, mayday.«

»Are you calling mayday? What's going on?«

Rauschen. Keine Antwort.

»Can you reply?«

»Yes. Good morning. Sprechen Sie meine Sprache?«

»Ja. Ich spreche Ihre Sprache.«

»Gut. Wir haben hier ein Problem. Schwere Schlagseite. 20 bis 30 Grad nach Steuerbord, glaube ich. Können Sie uns zu Hilfe kommen?«

»Können Sie uns Ihre Position durchgeben?«

Knistern.

»Wir haben Blackout. Wir können sie gerade nicht bestimmen. Ich kann es nicht sagen.« Der Mann spricht schnell. Er klingt hektisch.

»Okay. Verstanden. Wir ermitteln sie selbst.« Fünf Minuten vergehen.

»Hallo! Kommen Sie uns zu Hilfe?«

»Es ist schwierig, von hier aus Ihre Position zu bestimmen. Können Sie uns sehen?«

»Ja. Wir hören Sie. Wir haben Blackout ...« Stille. Dann: »Ich gebe Ihnen jetzt unsere Position durch ...« Rauschen.

»Ungefähr 58° Nord. Und ...«

»Hallo? Hören Sie mich?«

»Ja. Also. 59° und 22 Minuten.«

»Verstanden. Und Longitude?«

Rauschen.

»21° 40′ Ost. Es ist schlimm hier. Sehr schlimm jetzt.« Der Mann ruft.

»Wir sind unterwegs.«

»Ja …«

»Hallo. Können Sie uns noch hören? Können Sie uns hören?« Es kommt keine Antwort mehr.

Wenige Minuten später verschwindet das Schiff vom Radar der Küstenwache.

Überlebende berichten, dass an Bord ausgelassene Stimmung herrschte, obwohl viele Passagiere seekrank waren und sich in ihre Kabinen zurückzogen. Die Tanzgruppe trat trotz heftigen Seegangs auf, der Entertainer sang bis nach Mitternacht, und die Karaoke-Bar war gut besucht.

Mitten in die gute Laune kam der erste Schlag. Das Schiff erbebte. Wenige Minuten später folgte eine zweite heftige Erschütterung. Irgendjemand sagte: »Jetzt haben wir einen Eisberg gerammt.« Die Umstehenden lachten.

Dann kippte plötzlich der Raum.

Stühle flogen, ein Kühlschrank machte sich los, Gläser stürzten aus den Regalen und rissen die Barfrau um.

Panik brach aus.

Es gab nicht mehr oben noch unten.

Unterhalb des Autodecks drang das Wasser mit Macht durch jede Öffnung herein, die es finden konnte. Es nahm sich die Menschen im Schlaf und auf der Flucht. Wenn nicht der Verstand, dann trieb der Instinkt die Rettungssuchenden nach oben.

Türen fielen für immer zu, und die langen Kabinengänge wur-

den zu unüberwindbaren Schächten in den Abgrund. Überall riefen und weinten Leute.

Die Lampen flackerten noch ein paarmal und erloschen dann. Die Schreie wurden lauter. Als habe an dem Licht alle Zuversicht gehangen.

In der Schwärze der Nacht, in tosendem Sturm, reckte das weiß-blaue Schiff um 01.48 Uhr ein letztes Mal den Bug in die Luft und versank nach weniger als einer Stunde mit einem lauten Seufzer. Mit ihm verschwanden die Wünsche und Träume, die Sehnsüchte, Sorgen, Ängste und Pläne all jener, die an Bord geblieben waren.

Der Vollmond kam hervor und beleuchtete die gespenstische Szenerie, die sich den im eiskalten Wasser treibenden Schiffbrüchigen bot. Sie starrten in die Dunkelheit und wunderten sich über die eigentümliche, brüllende Stille, die auf das spurlose Verschwinden des Stahlkolosses gefolgt war.

Viele von ihnen ertranken in den Stunden darauf in der unerbittlichen, vom Wind gepeitschten See, viele erfroren, weil die Kraft sie noch vor der Hoffnung verließ, und nur wenigen gelang es, sich auf einer Rettungsinsel zu halten. Dort klammerten sie sich aneinander, während Welle für Welle sie überspülte. Manche erinnern sich, dass der nahe Tod um ein Vielfaches verlockender schien, als noch weiter in der eisigen Kälte auszuharren.

Stunde um Stunde verging. Die Schreie waren längst verstummt, als die letzten Überlebenden endlich den Rotor eines Helikopters hörten.

Aber für über achthundertfünfzig Passagiere und ihre Familien an Land kam jede Hilfe zu spät.

12.08.2005

14.00 Uhr
Hier bin ich wieder. Sechs Quadratmeter für mich allein.
In jedem modernen Gefängnis haben die Insassen mehr
Platz. Aber das spielt keine Rolle, ich brauche nicht mehr.
Und ich will gar nicht mehr. So klein ist meine Welt. Sechs
Quadratmeter. Ein überschaubarer Raum. Vier Wände in
Beige, eine winzige Nasszelle, ein ovales Fenster aus Acht-
fachglas. Nicht zu öffnen. Die Tür macht ein dumpfes Ge-
räusch, wenn sie ins Schloss fällt. Angenehm endgültig. Als
könnte niemand mehr rein, sobald der mechanische Tür-
schließer sie zugedrückt hat. Es hat mich richtig erleichtert,
dieses Klicken. Endlich allein. Noch zwei Stunden bis zum
Künstlermeeting. Bis dahin muss ich irgendwie einen klaren Kopf bekommen. Vielleicht hilft es, das aufzuschreiben.
Es muss helfen. Ich weiß nicht, was ich sonst tun soll.

Wir haben schon abgelegt, fahren mit langsamer Fahrt
hinaus in die Lagune. Weg von Venedig.

Mir soll's recht sein.

Dabei mag ich diese Stadt, womöglich war sie in den letzten fünf Jahren sogar eine Art Zuhause. Aber nach allem,
was heute Morgen passiert ist, glaube ich nicht, dass ich
wieder dorthin zurückkehre. Rosa hat alles kaputt gemacht.
Und ich verstehe einfach nicht, warum.

Sie muss ja geahnt haben, wie ich reagiere. Sonst hätte
sie doch mit ihrer Verkündung nicht bis zur letzten Minute gewartet – bis ich abreisefertig mit dem Koffer im

Flur stehe. Gedanklich längst auf dem Schiff. Bei meiner Arbeit.

»Aspetto un bambino, Lorenzo.«

Sie weiß ja gar nicht, was das bedeutet. Und sie weiß nichts über mich. Lorenzo! Das ist doch alles Quatsch.

Ich habe sie wirklich sehr gern. Aber ich habe nie einen Zweifel daran gelassen, dass eine Beziehung nicht infrage kommt. Keine Beziehung. Nicht mit ihr, und auch nicht mit einer anderen. Und erst recht kein Kind! So waren die Regeln. Ich habe ihr doch nie Hoffnungen gemacht. Dazu war sie mir viel zu nah. So nah, wie es eben ging, wie ich es ertragen konnte. Manchmal sogar näher. Manchmal, wenn sie in meinem Arm gelegen hat, den Kopf auf meiner Brust ...

Ja, ich wusste, dass sie sich eine Familie wünscht, und sie wusste, dass ich dafür nicht der Richtige bin. All die Jahre hat sie das akzeptiert, hat mich nie gedrängt, keine Fragen gestellt. Und ich habe ihr vertraut. Das ist das Einzige, was ich mir vorzuwerfen habe. Ich kann kein Kind mit ihr haben. Überhaupt kein Kind. Sie hat doch verhütet –

Ich will nicht für immer bei ihr einziehen, in Venedig sesshaft werden, morgens im Laden stehen und Blumen verkaufen, abends im Caffè Florian Dienst schieben und zwischendurch das Kind füttern. Sie erwartet doch nicht, dass ich mit ihr heile Welt spiele?

Es gibt keine heile Welt, und ich kann sie nicht für sie erfinden.

Am liebsten möchte ich mir das Herz rausreißen. Die Gedanken abschalten. Dieses Gefühl muss weg. Ich brauche wirklich einen klaren Kopf. Schließlich habe ich hier einen Job. Wenigstens den möchte ich behalten.

18.30 Uhr

Ein Lichtblick: Die Künstlertruppe scheint so weit ganz in
Ordnung zu sein. Zauberer, Tänzer, Sänger, das volle Programm. Außer mir sind noch zwei weitere Pianisten dabei, Mike und Frank. Beide deutlich jünger als ich. Gehört
man mit Mitte vierzig jetzt auch schon bei den Klavier-
spielern zur alten Garde? Wahrscheinlich sollen sie die jün-
gere Klientel bedienen, während ich das gesetztere Publikum übernehme. Irgend so etwas wird Johanna sich dabei
gedacht haben, als sie uns besetzt hat. Wenn sie für die
Künstlerbetreuung an Bord zuständig ist, geht selten etwas
schief. Wie oft sind wir in den vergangenen neun Jahren zusammen gefahren? Sechs Mal? Sieben Mal? Die Touren waren immer gut, nicht bloß problemlos, sondern auffallend
gut. Ihr gelingt es, einem das Gefühl zu geben, dass man
eine größere Aufgabe hat, dass es bedeutsam ist, was wir
tun. Ihre umarmende Freundlichkeit ist ein echtes Trost-
pflaster. Ihr Lachen sollte es auf Rezept geben.

13.08.2005

01.30 Uhr

Arbeiten hilft wirklich gegen fast alles. Der Abend ist gut
gelaufen. Bin todmüde, aber trotzdem aufgedreht, wie eine
Spieluhr. In meinem Hirn scheinen Unmengen Adrenalin
unterwegs zu sein und fröhlich die Synapsen zu verstopfen.

Das Publikum heute Abend war leicht zu durchschauen. Ich hatte die Leute schnell an der Angel. Aber man kann sich durchaus fragen, was sie erwarten, wenn sie in den Pub kommen, und über der Bar läuft ein Leuchtschriftband aus einem anderen Jahrhundert, das verkündet:

Heute Abend für Sie an den Tasten: LAWRENCE ALE-XANDER!

Klingt wie Brandy Alexander. Klingt wie speckiger Anzug mit durchscheinenden Ellenbogen. Klingt wie gescheiterte Existenz. Klingt erbärmlich und wie alles, was ich nicht sein will. Vielleicht sollte ich mir mal was Neues einfallen lassen. Die Leute sind schließlich nicht hier, um Mitleid mit mir zu haben.

Der Mann an den Tasten. So nennt man mich.

Don't shoot me, I'm only the piano player.

Auf der Platte ist auch *Crocodile Rock*. Drei Akkorde, und die Engländer wippen alle mit. Laaaalalalalalaaaaa. Es scheint niemanden zu kümmern, dass ich die hohen Töne nicht immer einwandfrei treffe. Singen ist nach wie vor nicht meine Disziplin, aber wenigstens macht es mir nichts mehr aus.

Blablabla. Gerade komme ich mir vor wie ein Kind, das alleine durch den dunklen Wald läuft und laut plappert und singt, um seine Angst zu verscheuchen.

Ich hätte mir besser eine Flasche Whisky von dem kleinen Küchen-Filipino geholt. Dann gingen bei mir vielleicht irgendwann die Lichter aus, Rosa würde verschwinden, und dieses ungenau eingestellte Radio in meinem Kopf, das drei Frequenzen gleichzeitig empfängt, würde endlich verstummen. Ruhe.

08.30 Uhr
Ich weiß nicht, wie lange ich geschlafen habe. Drei Stunden, maximal vier. Die Schultern tun mir weh, das Genick auch. Bin wie durch die Mangel gedreht. Bräuchte mindestens einen doppelten Espresso, aber den Anblick von fremden Menschen kann ich jetzt beim besten Willen nicht ertragen. Die Passagiere machen sich für den Landgang bereit. Dubrovnik. Weltkulturerbe in drei Stunden. Die Stadtmauer, das Zollhaus, das Rathaus. Über den Stradun schlendern. Erste Souvenirs kaufen. Fotos machen. Ohne mich.

Noch eine halbe Stunde, dann sind die meisten von Bord, und ich kann in aller Ruhe frühstücken gehen. Muss mir unbedingt einen Wasserkocher und Instantkaffee besorgen. Für den Notfall.

12.25 Uhr
Zwei Stunden Klavier gespielt. Ich kann immer noch völlig versinken, wenn ich die *Metamorphosen* spiele. Es beruhigt meine Nerven. Mein Herz. Den Kopf leeren, bis nichts mehr existiert als Töne und alles in Bedeutungslosigkeit zerfließt. Manchmal glaube ich, Klavierspielen ist die einzige Fähigkeit, die mir geblieben ist. Das Einzige, was mich hält. Jetzt fühle ich mich besser, klarer. Zumindest bin ich ein bisschen ruhiger als gestern und in der Lage, rational zu denken.

Ich war vielleicht etwas unfair, Rosa gegenüber. Natürlich trägt sie nicht die alleinige Verantwortung für diese Katastrophe. Das weiß ich wohl. Aber ich frage mich immer noch, wie es überhaupt so weit kommen konnte. Wahrscheinlich hätte ich nicht zulassen dürfen, dass sich dieses häusliche Gefühl breitmacht. Ich habe mich nicht an meine eigenen Regeln gehalten. Habe Brücken gebaut, obwohl ich genau weiß, wie schmerzhaft es ist, sie abzubrechen. Ich habe mich von Rosas Nestwärme einlullen lassen.

Ja. Es war schön, nach einer langen Reise im Hafen von Venedig anzukommen – die Stadt ist die einzige, die ich länger als drei Tage ertrage, sie ist ein Zwischenzustand, nicht Land, nicht Meer. Es war schön, dort von Bord zu gehen und am Piazzale Roma mit einem festen Ziel ins Vaporetto zu steigen, mit einem Schlüssel in der Tasche, der in eine Haustür passt. Es ist schön, wenn einer aufschaut, lächelt und sagt: »Ich hatte das Gefühl, dass du bald kommst.« Es ist schön, von Leuten gegrüßt zu werden. Eine Stammkneipe zu haben. Kein Zweifel. Von mir aus hätte es so weitergehen können. Selbst der einsamste Wolf freut sich gelegentlich an einem Rudel.

Aber ich habe die Alarmglocken ignoriert. Es ist genau das eingetreten, was ich auf jeden Fall vermeiden wollte: Erwartungen, Verletzungen, Enttäuschungen. Jetzt muss ich die Konsequenzen ziehen. Für die Notbremse ist es ja wohl zu spät.

15.40 Uhr
Mittschiffs Steuerbord habe ich eine stille Ecke zwischen zwei Rettungsinseln gefunden. Windschatten und kein Zutritt für Passagiere. Allerdings hat hier schon vor mir jemand Ruhe gesucht: Ein weißer Plastikstuhl ist an der Reling festgebunden. In der Ecke ein paar Zigarettenkippen. Vermutlich verbringt hier einer vom Service seine kurzen

Raucherpausen, das Lord Nelson Restaurant ist ja gleich um die Ecke. Aber seit ich da bin, hat sich niemand blicken lassen. Hier sitze ich seit einer Stunde und höre auf das tiefe Stampfen der Dieselmotoren. Der Grundton der nächsten zwei Wochen. Alles vibriert leise. Bin sogar kurz eingeschlafen.

Langsam stellt sich mein Organismus wieder auf Schiffstempo um. Von Stundenkilometer zu Knoten. Die Gleichförmigkeit der Tage. Ich war selten froher, diesen Job zu haben. Ein oder zwei Dienste am Tag. Dazwischen Zeit und keine Verpflichtungen, keine Fragen.

Wenn rundherum kein Land zu sehen und die Wasseroberfläche eine dunkelgraue Wüste ist, kommt es mir manchmal so vor, als würde sich das Schiff nicht bewegen. Als stünde alles still. Wir, die Welt, der Augenblick. Für immer. So ähnlich müssen sich Raumfahrer in der schwarzen Schwerelosigkeit fühlen. Aber in Wahrheit pflügt das Schiff durch die Zeit, der Bug ist schon Zukunft, das Heck längst Vergangenheit. Es gibt nur eine Richtung und kein Zurück. Voraus ist immer noch Hoffnung. Achtern nie. Wer sich umdreht, erstarrt zur Salzsäule. Vor Schreck. Vor Schmerz. Das war schon zu Lots Zeiten nicht anders. Warum sollte man also zurückschauen?

20.10 Uhr

Der Five o'Clock Tea wird hier um halb fünf serviert. Weiß der Himmel, warum. Das ist echte Kreuzfahrtlogik. Ich hab eine Stunde Wallpaper im Salon gespielt und mich zwischen gefälligen Melodien unsichtbar gemacht. Unaufdringliches Klaviergeflüster zum Füllen peinlicher Gesprächspausen. Die Musik ist meine Tarnkappe. Ich wünschte, ich könnte sie ewig tragen. Verschwinden und trotzdem alles sehen. Ein paar Passagiere sind mir aufgefallen. Ein älterer Herr, ich tippe auf Unternehmer im Ruhestand. Er wirkt zurückhaltend, hat aber eine enorme physische Präsenz. Er war gestern Abend auch schon im Old Major. Dann ein Mittelstandsehepaar, *lower-upper-middle class*, oder wie hat Orwell das so schön genannt? Wahrscheinlich Kreuzfahrtanfänger. Unbeholfen wie Leute in geliehenen Kleidern. Könnte auch sein, dass sie die Reise gewonnen haben. Außerdem ein stilles Paar Ende dreißig, das merkwürdig fehl am Platze scheint – als wollten sie eigentlich woanders sein, als wären sie gar nicht wirklich da. Und dann war da noch dieser Junge. Er kann höchstens elf, vielleicht zwölf Jahre alt sein, saß ganz alleine bei diesem fürchterlich langweiligen Tee-Event, ohne Spielzeug. Kein Nintendo, keine Kopfhörer. Er guckt nur. Jedes Mal, wenn ich zur Glastür schaue, warten seine Augen im Spiegelbild schon auf mich. Und dann schneidet er Grimassen. Ich kenne dieses Spiel: Wer zuerst lacht, hat verloren.

Als wollte er mich auf die Probe stellen. Wie ich reagiere, wenn er mich aus dem Konzept bringt. Als wüsste er, dass ich lieber unsichtbar wäre.

14.08.2005

02.10 Uhr
Ich werde nicht mehr an Rosa denken. Und nicht an dieses Kind. An kein Kind. Es hätte nie so weit kommen dürfen. Nie. Ich habe nichts gegen Kinder. Im Gegenteil. Ein kleines Bündel frischen Lebens im Arm zu halten, ist ein so unerhört schönes Gefühl. Ich weiß das. Aber ich kann diese Verantwortung nicht übernehmen. Dazu kann mich niemand zwingen. Ich werde Rosa regelmäßig Geld schicken. Solange ich Engagements habe, ist mein Verdienst gut, außerdem brauche ich nicht viel. Sie wird zurechtkommen, dafür kann ich sorgen. Alles andere muss sie allein regeln.

Wann habe ich die falsche Abzweigung genommen? Wann? Wann hat sich entschieden, dass alles so kommen musste? Ich habe doch immer nur versucht, aus allem irgendwie das Beste zu machen. Ist es denn wirklich meine Schuld? Vor dieser Wand ende ich, renne mir die Stirn daran blutig. Heute mache ich nicht den gleichen Fehler wie gestern Abend. Mein Freund Johnnie Walker ist bei mir und stößt mit mir an.

06.30 Uhr
Schrecklicher Traum kurz vor dem Aufwachen: Johanna hatte ein Baby, das sie während des Künstlermeetings gestillt hat. Alle anderen saßen im Kreis um sie herum und sahen ihr dabei zu. Ihre Brüste waren riesig. Und plötzlich war das Baby kein Baby mehr, sondern der Junge aus der Bar.

(Er trug dieselbe grüne Baseballkappe wie gestern Nachmittag, daran habe ich ihn wohl erkannt.) Irgendwann hat Johanna mich zu sich gewinkt, sie wollte, dass ich an der anderen Brust trinke. Aber ich konnte nicht. Ich habe mich geekelt. Als ich aufgewacht bin, hatte ich den Geschmack von Muttermilch noch auf der Zunge. Hätte mich fast übergeben.

Ich muss an die frische Luft.

Meine Finger sind geschwollen. Mein Hirn wahrscheinlich auch. Den Rest, der noch in der Whiskyflasche war, hab ich in den Ausguss gekippt. Das Zeug hat alles noch schlimmer gemacht. Es hat einfach nur nach Kummer geschmeckt. Plötzlich habe ich mich wieder gefühlt wie damals. Wund. Dumpf und stumpf und trotzdem nicht betäubt. Dort wollte ich nie wieder landen. Das habe ich hinter mir. Auch die Sache mit Rosa wird mich nicht wieder dorthin bringen.

Der Wind tut mir gut, der Ausblick auch. Macht den Kopf leichter. Der Himmel glänzt wie Plexiglas. Glatt und poliert. Schnurgerade ans Meer geschweißt und an der Naht fast weiß. Die Luft hat sich spürbar verändert, man kann Afrika riechen. Das Meer macht sich bemerkbar, mit längeren Wellen, dunklerer Farbe, die Oberfläche sieht nicht mehr so ölig aus, wie es für die Adria typisch ist. Größerer Wasseraustausch. Weniger Salz. Brennt aber wahrscheinlich trotzdem in den Augen.

Noch ist alles still an Bord. An Seetagen schlafen die Leute meistens länger. Ich werde noch ein paar Bahnen schwimmen, ehe das Tagesprogramm beginnt – auch wenn man sich in diesem Pool vorkommt wie ein Goldfisch in einem winzigen Glas, das auf dem Badewannenrand steht.

14.24 Uhr

Dieses Kind verfolgt mich. Plötzlich sehe ich den Jungen überall: In der Crew-Messe, in der Bibliothek, selbst unten im Wäschelager. Die grüne John-Deere-Kappe ist nicht zu übersehen. Heute Morgen war er am Pool, dann beim Sektfrühstück auf dem Sonnendeck. Er hält sich mit einer Selbstverständlichkeit in meiner Nähe auf, die mich ganz unruhig macht. Dabei tut er nichts, was mich ärgern könnte, es gibt keinen Grund, ihm böse zu sein. Er ist einfach nur da, hört zu und sieht mich dauernd an. Aus irgendeinem Grund provoziert mich das ungemein. Ich muss mich wirklich zusammenreißen, damit ich ihn nicht verscheuche wie einen bettelnden Hund.

Johanna sagt, er gehöre zu einem Techniker, den die Reederei an Bord geschickt hat, um irgendwas zu kontrollieren. Kein Wunder also, dass er so herrenlos durch die Gegend streunt ... Aber warum ist er dann nicht da, wo die spannenden Dinge passieren? Wieso hört er sich lieber einen so gut wie grauhaarigen Klavierspieler an, als die Giganten im Maschinenraum zu bestaunen?

Heute ist bunter Abend in der Ocean-Lounge. Sicher sitzt er dann auch wieder da.

23.40 Uhr

Der Tag war ununterbrochen von Menschen bevölkert. Ich habe mich mitziehen lassen. Bin mit dem Strom geschwommen und habe mich dabei ein wenig ausgeruht. Mich von mir selbst erholt.

Das stille Paar war im Old Major Pub. Sie sprechen kaum miteinander. Es wirkt wie eine Übereinkunft. Kein Vorwurf in der Luft, keine Gleichgültigkeit. Die Frau ist sehr speziell. Nicht im klassischen Sinne schön, aber sie hat etwas Trauriges an sich, was sie schön macht. Wie ein Tulpenstrauß, kurz bevor die Blüten zu welken beginnen. Ich habe für sie gespielt. Für die Tulpe. Vielleicht hat sie es ja gemerkt. Ihren Begleiter durchschaue ich nicht – obwohl seine Augen auffallend hell und klar sind, sehe ich darin keine Emotion.

Der Unternehmer heißt Mr Holland und hat sich inzwischen als Musikkenner und Besitzer eines Autohandels erwiesen. Etwas an seiner Art ist mir vertraut und sympathisch, auch wenn er von der Statur irgendwie an Vater erinnert. Manchmal lassen sich solche Leute zu merkwürdigen Vertraulichkeiten hinreißen: Er sagte, er habe leider nie die Chance gehabt, Klavier spielen zu lernen. Dafür habe seinen Eltern das Geld gefehlt. »*Sie* haben Glück gehabt«, hat er gesagt. Tja. Für manche mag das so aussehen.

Irgendwann in den frühen Morgenstunden werden wir Tunis erreichen.

36° 48′ 43″ N, 10° 17′ 84″ O

15.08.2005

10.20 Uhr
La Goulette. Das Schiff ist wie leer gefegt. Wie froh die meisten von ihnen sind, wieder festen Boden unter den Füßen zu haben. Als wären sie eingesperrt gewesen. Nach einem Seetag wollen fast alle an Land. Mir ist das gleich.

Was für einen Unterschied macht es, ob ich Tunis sehe oder nicht? Für mich wäre es ein Albtraum, mich in dieser Hitze durch die vollgestopfte Altstadt zu drängeln. Das macht mich erst matt, dann aggressiv. Es reicht mir, mein Ei vor der Skyline von Hongkong zu köpfen – Dschunke fahren muss ich nicht. So einfach ist das.

Rosa hat nicht verstanden, warum ich so gut wie nie von Bord gehe. »Du hast die ganze Welt bereist, aber nichts von ihr gesehen.« Den Satz habe ich oft von ihr gehört. Und manchmal hat sie mich selbstzufrieden genannt. Aber was weiß sie schon von meinem Leben? Sie kennt vier oder fünf von tausend Puzzleteilen und schließt daraus auf das gesamte Motiv. Ich mache ihr deshalb keinen Vorwurf, schließlich habe ich es ihr ja auch nicht gezeigt. Aber gewarnt habe ich sie.

13.17 Uhr

Der kleine Plagegeist heißt Henrik, so viel habe ich inzwischen in Erfahrung gebracht. Als ich zum Üben in der Bar war, hat er sich reingeschlichen. Erst habe ich ihn gar nicht bemerkt. Was will er bloß von mir? Er legt eine Beharrlichkeit an den Tag, die bewundernswert wäre, wenn sie mir nicht so auf die Nerven ginge.

Ich kann mich nicht erinnern, dass ich als Kind die Nähe von Erwachsenen gesucht habe. Warum auch – sie waren doch immer nur mit sich selbst beschäftigt. Außer Frida vielleicht, und dem alten Oscar.

25

16.00 Uhr

Die Tulpe stimmt mich wirklich nachdenklich. Etwas in ihrem Wesen rührt mich. Wir sind im Pool aneinander vorbeigeschwommen wie zwei Tiere unterschiedlicher Art, die nicht dieselbe Sprache sprechen. Stille Toleranz und die Gewissheit der Anwesenheit des anderen. Es war nicht unangenehm. Wenn ich genau darüber nachdenke, war es vermutlich das erste Mal auf dieser Reise, dass ich mich in der Gegenwart von jemand anderem richtig wohlgefühlt habe. Entspannt. Als Henrik – wer sonst – mit einer Arschbombe dazwischengeplatzt ist, habe ich zum ersten Mal ein richtiges Lächeln auf ihrem Gesicht gesehen. Breit und offen. Sie ist nicht nur schön, wenn sie traurig ist. Geredet haben wir nicht.

23.13 Uhr

Den Jungen bin ich erst mal los, glaube ich.

Ich muss ins Schwarze getroffen haben. Er sah aus wie ein angeschossenes Reh, als ich nach seiner Mutter gefragt habe. Aber ich habe kein schlechtes Gewissen. Dieses dumme Ja-Nein-Fragespiel war immerhin seine Idee. Und was soll ich sagen, ich habe die Regeln nicht gemacht – bei einem Nein ist nun mal der andere dran. Ich habe oft genug Ja gesagt. Ja, ich mag *Star Trek*, ja, ich trinke Weißwein, ja, ich war schon mal in New York. Aber was geht es ihn an, ob ich als Kind schon Klavier gespielt habe?

Nirgendwo steht, dass man einen Plagegeist nicht nach seiner Mutter fragen darf.

Er hätte ja ebenfalls lügen können.

Freitag, 15. 10. 1976

Die Tür ging auf, ein kalter Luftzug.

»Victor Alexander Laurentius Simonsen, bitte«, sagte eine Frau. Sie hatte ein Vogelgesicht, spitz und überlegen wie eine Elster, mit wachen Augen.

Laurits stand auf und wischte sich die Hände an den Hosenbeinen ab. Er fühlte sich, als wäre er gerade aus dem Koma erwacht. Ihm war schwindelig, sein Gehirn wie in Watte verpackt und seine Ohren – etwas war mit seinen Ohren. Die Gespräche auf dem Flur, die Schritte auf dem Steinboden, die Toilettenspülung, deren ununterbrochenes Rauschen ihn in der vergangenen Stunde eigentümlich beruhigt hatte – alles klang dumpf, kilometerweit weg. Einen Moment lang fürchtete er, ohnmächtig zu werden, doch der unnachgiebige Blick der Frau ließ das nicht zu.

Sie winkte ihn ungeduldig zu sich heran, und während er versuchte, wieder in der Wirklichkeit zu ankern, verzog sie das Gesicht zu einem Lächeln, das trotz aller bemühten Freundlichkeit aussah, als wollte sie ihm im nächsten Moment den Schnabel in die Halsschlagader stoßen. Ihr Mund bewegte sich.

»Kommen Sie, Sie sind an der Reihe.«

Langsam erkannte er den Flur wieder, die Tür, die er seit einer Ewigkeit angestarrt hatte, und ihm fiel ein, warum er hierhergekommen war. Es war wegen Fräulein Anderssons Worten: »Du kennst deine Grenzen, Laurits. Überschreite sie.«

Er würde Pianist werden.

In der Stunde, die vergangen war, seit er bei dem schwerhörigen Mann an der Rezeption das Anmeldeformular ausgefüllt, seine Lackschuhe angezogen und auf dem Flur Platz genommen hatte, war sein ursprünglich solides Selbstvertrauen wie eine Kerze in einem zugigen Fenster flackernd heruntergebrannt.

Drei Mal war er seither auf der Toilette gewesen.

Zuletzt hatte er sich Wasser ins Gesicht gespritzt, um sich ein wenig zu beruhigen. Er hatte sich auf dem Waschbecken abgestützt und im Spiegel verfolgt, wie die Tropfen über sein fahles Gesicht liefen, hatte sich in die braunen Augen geschaut und nichts als Unsicherheit gesehen. Was war mit seinen sonst so starken Konzertnerven passiert?

Die dunklen Locken klebten feucht an seiner Stirn, und er wusste nicht, ob es Schweiß war oder Wasser. Ausdruckslos starrte sein Spiegelbild ihn an. Er erkannte sich kaum.

Kniff die Augen zusammen und versuchte, den eigenen Blick zu fixieren.

Wieso hatte er eigentlich diese Schlupflider? Niemand in der Familie seiner Mutter hatte solche fleischigen Oberlider, die einfach so nach innen verschwanden, nein, sie hatten allesamt große, fein geschnittene Augen, die noch dazu von einer fast unnatürlich grünen Farbe waren. Die Augen seines Vaters waren zwar braun, genau wie seine, aber auch sie hatten nicht diese dreieckige Hundeaugenform. Sie waren groß und klar. Vor ein paar Jahren hatte der Professor einmal vorgeschlagen, Laurits' kleinen kosmetischen Fehler, wie er es nannte, zu beheben. »Ein einfacher Schnitt, Sohn«, sagte er. »Wir entfernen die überschüssige Haut und Muskulatur der Oberlider, und schon wird ein richtiger Mensch aus dir.« Doch dieser Eingriff hatte nie Priorität bekommen.

Laurits' ausgeprägte Kinnpartie hingegen war eindeutig Amys Erbe, ebenso wie die schmale Oberlippe, über deren Mitte sich ein für seine Begriffe viel zu tiefes Grübchen bis zur Nase zog. Er mochte diese Delle nicht. Beim Rasieren machte sie jedes Mal Schwierigkeiten, und außerdem dominierte sie sein Gesicht auf unangenehme Weise. Laurits sah dem Tropfen zu, der im Zeitlupentempo von der Nasenspitze zur Lippe rollte. Er fing ihn mit der Zungenspitze auf – salzig.

Schnell fuhr er sich mit den Händen übers Gesicht, zog ein Papierhandtuch aus dem Spender und trocknete sich ab.

Er betrachtete seine Hände. Lange, schmale und doch kraftvolle Finger, Männerhände schon, und so sauber, wie Fräulein Andersson es vom ersten Tag an von ihm verlangt hatte. Die Halbmonde auf den ordentlich gefeilten Fingernägeln strahlten rund und gleichmäßig. Er streckte die Arme vor sich aus, bewegte die Handgelenke und die Finger und war etwas beruhigt, als er kein Zittern wahrnahm. Noch einmal drehte er den Hahn auf, ließ sich das heiße Wasser über den Puls laufen und sah zu, wie die Haut sich rötete.

Die Zeit war geschlichen.

Und dann hatte die Elster seinen Namen ausgerufen.

Er sah die Frau an und drückte sich, ohne sie aus den Augen zu lassen, an ihr vorbei in den großen Saal.

Die Luft war schlecht, das fiel ihm als Erstes auf. Der Angstschweiß seiner Vorgänger hing sauer im Raum, aber in diesem Augenblick half ihm das sogar. Ein bekannter Geruch, ein vertrautes Gefühl. Die Ruhe, die er schon verloren geglaubt hatte, grüßte aus einer fernen Ecke seines Gehirns und signalisierte, dass sie noch da war. Das Türschloss klickte leise hinter ihm und verbannte den Rest der Welt nach draußen.

Eine Sekunde absoluter Stille. Nachhall vieler Stunden am Flügel.

Die Tür wurde noch einmal geöffnet. Laurits drehte sich um. Ein Mann in einem grauen Kittel, vermutlich der Hausmeister, kam herein und reichte der Frau einen Zettel. Sie nahm das Papier entgegen und versuchte, mit leisen Schritten den Raum zu durchqueren, doch ihre Absätze klapperten umso lauter.

Ein schneller Blick durch den Raum. In der Mitte des Saals stand ein beleuchteter Flügel. Ein Steinway. Das war gut, auch bei Fräulein Andersson hatte er immer auf dem Steinway gespielt. Und unter den Fenstern, im Gegenlicht, saßen wie schwarze Figuren eines Schattentheaters die fünf Juroren.

»Sind Sie Victor Alexander Laurentius Simonsen?«, fragte eine Männerstimme.

Er konnte nicht ausmachen, wer gesprochen hatte. Die Elster saß rechts am Rand. Sie hatte ein Klemmbrett auf den Knien und machte sich Notizen. Offenbar gehörte sie nicht zur Jury.

Er räusperte sich. »Ja«, antwortete er mit klarer Stimme.

»Geburtsdatum?«, fragte der undefinierbare Mann.

»4. August 1958.«

»Sie sind noch sehr jung, Herr Simonsen. Gerade mal achtzehn. Sind Sie sicher, dass Sie schon so weit sind?«

»Ja.«

Plötzlich setzte ein einzelner Sonnenstrahl die Jurorenbank ins Rampenlicht, und die Männer bekamen Gesichter. Allerweltsgesichter, aus denen eine ernüchternde Gleichgültigkeit sprach. An ihren Mienen war nichts abzulesen. Nur ein alter Glatzkopf sah ihn durch seine Hornbrille naserümpfend an, als ob etwas nicht stimmte.

»Sie haben sich da ja ein schönes Programm ausgedacht«, sagte er. »In welcher Reihenfolge wollen Sie spielen?«

»Romantik, Etüde und Wiener Klassik. Aus Schuberts Impromptus Nummer vier das Allegretto in As-Dur, Chopins Ozeanetüde Opus 25, Nummer 12, und den ersten Satz aus Haydns Sonate in Es-Dur.«

Papierrascheln. Blättern. Husten.

»Also. Bitte schön.«

31

Laurits nickte, zupfte an seiner Fliege. Seine Mutter hatte darauf bestanden. Ein Schlips wäre ihm lieber gewesen, mit dieser Fliege fühlte er sich falsch, ganz falsch, er hätte nicht auf sie hören sollen, hätte diese Fliege unterwegs einfach wegwerfen sollen, doch jetzt war es dafür zu spät.

Jetzt kam es nur noch auf ihn an, auf sein Spiel, sein Können, seinen Willen.

Er ging hinüber zum Flügel. Im schwarzen Lack spiegelten sich die Lampen, helle Scheinwerfer, die auf ihn herunterstrahlten. Vorsichtig, wie man einem fremden Pferd zum Kennenlernen über die Stirn streicht, berührte er die glatte Oberfläche. Er setzte sich, stellte an der Bank die richtige Höhe ein und überprüfte den Abstand zum Instrument, dann atmete er durch die Nase ein und legte die Hände auf die Tasten. Sie waren kühl und eben und vertraut.

Er hatte keine Zweifel, nur ein Ziel.

»Du siehst großartig aus. Wie ein erwachsener Mann«, hatte seine Mutter gesagt, als es nach einem zähen Vormittag und einem mühsam überstandenen Mittagessen endlich an der Zeit gewesen war, sich auf den Weg zur Bushaltestelle zu machen. Er schlang sich den Schal um den Hals und zog seinen Parka über das Anzugjackett.

»Willst du keine Mütze anziehen?«, fragte sie.

»Brauche ich nicht«, antwortete er.

Obwohl es seit Kurzem merklich kühler geworden war und der Herbst schon in den Blättern leuchtete, ließ er an so einem wichtigen Tag lieber Luft an seine »Hippie-Locken«, wie sein Vater seine Frisur bezeichnete.

Seine Mutter nahm sein Gesicht in ihre immerkalten Hände, kam ganz nah. Ihr Atem roch nach Pfefferminz.

»Ich bin so stolz auf dich. Ich habe immer gewusst, dass du es schaffst«, sagte sie und lächelte gequält. »Und du bist sicher, dass ich dich nicht fahren soll?«

»Mama. Das hatten wir doch geklärt.«

»Nun«, sagte sie und richtete sich mit einer schnellen Bewegung die Frisur. Bestimmt zum fünften Mal, seit sie in der Halle standen.

Er musste hier weg.

Immer wieder hatte sie angeboten, ihn zum Konservatorium zu begleiten, hatte sich geradezu aufgedrängt. Er wusste, dass es ihr größter Wunsch und ihr größter Triumph gewesen wäre, dabei zu sein, wenn er aller Welt (also der Jury des Konservatoriums und dem Professor) bewies, was in ihm steckte. Doch allein der Gedanke, außer sich selbst auch noch ihre Überreiztheit ertragen zu müssen, ihren unruhigen Blick, die aufgeregten Flecken an ihrem Hals und ihr fast manisches Geplapper, hatte ihm den Magen verknotet. Er hatte sich für den Bus entschieden. Natürlich war sie verletzt gewesen. Aber er hatte dem Impuls, ihr zuliebe und aus alter Gewohnheit doch noch einzulenken, widerstanden. Zum ersten Mal in seinem Leben ging es allein um ihn, und nichts lag ihm ferner, als sich das damit verbundene Hochgefühl von der unglücklichen Präsenz seiner Mutter verderben zu lassen.

Laurits rang sich ein Lächeln ab und schluckte weitere Bemerkungen. Er versuchte, sich loszumachen, doch Amy hing an seinem Arm wie eine Ertrinkende, umklammerte ihn eisern. Ihre Stimme war leise, als sie sagte:

»Weißt du, Laurits, du hast von uns beiden das Beste geerbt: den Fleiß deines Vaters und meine Liebe zur Musik.«

Er biss sich auf die Lippen.

Dumm nur, dass diese Liebe schon lange nur noch eine Behauptung war und Mutter die Ginflasche viel mehr schätzte. Dumm nur, dass sein Fleiß seinen alten Herrn in den vergangenen dreizehn Jahren noch weniger interessiert hatte als Frauenrechte in Kenia oder Pinguinkolonien am Südpol.

Ja. Laurits liebte die Musik. Und er war fleißig gewesen. Bis hin zu Krämpfen in den Fingern und Blutgeschmack im Mund. Er war gut. Aber das war nicht das Verdienst von Amy und Magnus Simonsen.

Laurits griff nach der braunen Aktenmappe, die ihm schon seit Jahren als Schultasche diente. Das Leder der Tasche beulte sich unschön aus, sie schien schwer, viel schwerer, als die Konzertschuhe und die Noten wogen. Er richtete sich auf. Innerlich und äußerlich.

»Ruf mich an, sobald du Bescheid weißt, ja?«, sagte Amy.

»Ja, Mutter, natürlich.«

»Hast du auch Kleingeld für den Münzfernsprecher?«

»Mama!«

Er wandte sich ab.

»Mach's gut, Schatz«, sagte sie. Und rief nach einer Sekunde in die entstandene Leere: »Viel Erfolg!«

Ohne Zögern hatte Laurits seine Mutter, die Villa und den Odinvägen hinter sich zurückgelassen, hatte sich, als er die kiesbedeckte Auffahrt hinunterging, nicht umgedreht und war den Weg zur Bushaltestelle in Ruhe gegangen. Die kalte Luft roch nach Laub, und die Birken streckten ihre goldbehängten Arme in den klaren Himmel. Von der Station am Valhallavägen waren es dann nur noch ein paar Schritte durch den herbstlich bunten Park gewesen, bis er das moderne Gebäude der »Ackis« erreicht hatte. Über dem Vordach der Hochschule prangte groß eine mit einer Krone versehene, stilisierte Laute. Dort wollte er hin. Seine Füße waren leicht, und er dachte Musik.

Mit aller Leichtigkeit, die er aufbieten konnte, ließ er die ersten Sechzehntel von Schuberts Allegretto so selbstvergessen über die Tasten kullern wie seinerzeit Pelles bunte Glasmurmeln über den staubigen Vorplatz der Djursholmer Kapelle.

Seine Finger wurden warm, die rechte Hand tänzelte schnell durch die ersten vier Takte, während die linke ruhige Akkorde anstimmte, bis sie energisch die Melodieführung übernahm. Forte – und seine Finger suchten zielstrebig den bekannten Weg über die Tasten. Laurits schloss zufrieden die Augen; er hatte gut in den Rhythmus, in sein Spiel gefunden und keinen Grund, unsicher zu sein. Sein Puls ging ruhiger, und für einen Moment sah er den bunten Glaskugeln nach, die auf das kleine Loch neben der Mauer zurollten, das Pelle und er mit bloßen Händen gegraben hatten. Blaue, rote, gelbe, grüne, durchsichtige Murmeln auf unebenem Boden, zerschundene Knie, Pelles breites Zahnlückengrinsen, Dreck unter den Nägeln, eine unerschütterliche Freundschaft.

Meistens waren sie allein dort oben, auf dem Platz vor der verwunschen gelegenen Kirche im Schatten der Kiefern. Es gab nur sie beide und den Moment – bis die Kirchturmuhr mit vollem Ton vier Mal schlug und nach Hause, ins echte Leben rief.

An jenem Sonnentag im September 1963, als sich die Weichen stellten, wünschte sich Laurits, der Blitz möge in die Glocken einschlagen, die Zeit für immer stillstehen und das Vier-Uhr-Geläut niemals kommen. Es graute ihm davor, nach Hause zu gehen, weg von Pelle und von ihrem Indianerspiel. Doch die großen Zeiger waren unerbittlich vorgerückt, und mit jedem Glockenschlag hatte die Angst ein bisschen mehr von seinem Darm Besitz ergriffen. Er war zwar erst fünf, doch er kannte das Gefühl, wenn sich der Magen verkrampfte, wenn das Herz sank und es eng im Hals wurde, weil die große unübersichtliche Welt in seine kleine drang. Es passierte, wenn Doktor Lagerkrantz mit seinen gelben Gummifingern seinen Mund aufzwang, um seine Zähne zu zerbohren; wenn der Vater seine Wut über den Streik in der staatlichen Wein- und Spirituosen-Zentrale an Frida oder der anderen Küchenhilfe ausließ; wenn seine Mutter vor dem Fernsehgerät versteinerte, während darin Männer mit ernster Miene vor der Stockholmer Pockenepidemie warnten. Dann kam die Angst. Er fürchtete sich auch vor dem Schrankgespenst im Ferienhaus, vor Stalin, vor Flugzeugen, Atombomben, Großmutters Gebiss und nun: Fräulein Andersson.

»Übermorgen kommt eine nette Frau zu uns«, hatte seine Mutter zwei Tage zuvor ganz nebenbei bemerkt, als wäre es gar nichts. Sie saßen, wie fast jeden Tag, eine Weile gemeinsam in der Bibliothek am Flügel – Laurits links, Amy rechts.

»Sie ist Klavierlehrerin und heißt Fräulein Andersson«, fügte Amy hinzu.

»Aber du kannst doch schon gut Klavier spielen«, entgegnete er und ließ seinen durchgedrückten Zeigefinger auf der untersten weißen Taste auf und ab hüpfen. Der kellertiefe Ton vibrierte in der Luft. Seine Mutter legte ihm schwer die Hand auf den Arm.

»Laurits, sieh mich an«, sagte sie nachdrücklich.

Kneifendes Unbehagen in seinem Bauch. Den Blick an den Tasten festgeklebt.

»Wir finden, dass du es auch lernen sollst«, fuhr sie fort und versuchte, ihm in die Augen zu sehen.

Er schluckte und schluckte gegen den Kloß in seinem Hals. Was meinte sie denn? Wollte sie nicht mehr mit ihm spielen?

»Ich will aber mit dir spielen«, sagte er.

»Wir können ja auch weiterhin zusammen spielen, mein Schatz. Aber Fräulein Andersson wird dir noch viel mehr beibringen können als ich.«

Diese Entschlossenheit kannte er nicht. Seine Mutter war sonst immer so weich.

»Nein.«

»Laurits.«

»Nein.«

Er sprang auf. Er wollte kein Fräulein Andersson, er mochte es nicht, wenn sich etwas änderte, er wollte, dass alles so blieb, wie es war: seine Mutter, Blüthner und er. Lieder und Geschichten. Er wollte neben ihr am Flügel sitzen und hören, wie sie den Tasten jene Geschichten entlockte, die nicht zwischen zwei Buchdeckel passten. Wenn sie spielte, stieg der Duft von regennassen Straßen und Schafsdung aus dem Flügel hervor, wuchsen ihm sonnengereifte Erdbeeren direkt in den Mund, trieb peitschender Wind über graue Klippen und ließ das Meer hoch und höher wogen. Wer brauchte Fräulein Andersson? Sie war eine Zerstörerin!

»Bitte, Laurits, mach doch nicht so ein Theater«, flehte seine Mutter. »Dein Vater wird so stolz auf dich sein …«

»Ich will das aber nicht«, schrie er und stampfte verzweifelt mit dem Fuß auf. So viel Wut wollte aus ihm heraus. Mit aller Kraft, die er aufbieten konnte, schlug er den Deckel des Flügels zu. Es krachte laut. In derselben Sekunde, in der seine Mutter gerade noch ihre Finger retten konnte, brannte die erste Ohrfeige seines Lebens auf Laurits' Wange. Zitternd stand Amy mit erhobener Hand vor ihm. Die aufgeschreckten Saiten des Flügels dröhnten durch die geladene Stille, und Laurits' Augen liefen über. Mit offenem Mund begann er fast lautlos zu weinen. Die Spucke troff von seiner Oberlippe, vermischt mit salzigen Tränen. Wer heult, hat unrecht, klang die Stimme seines Vaters in seinem Kopf.

»Nimm dich zusammen, Laurits«, sagte seine Mutter mit einer schrillen Stimme, die in seinen Ohren schmerzte, »es geht hier nicht nur um dich.«

Ohne dass er begriffen hatte, worum es denn ging, wusste er, dass Widerstand zwecklos war. Die Sache war längst entschieden.

Zwei Tage später, an jenem sonnigen Nachmittag um halb fünf, saß er wie ein unschuldig Gerichteter im Wohnzimmer und wartete auf die Vollstreckung. Groß und hager und fremd hatte Fräulein Andersson das Wohnzimmer betreten, ihn gemustert und genickt. Sie warf fast keinen Schatten auf das Fischgratparkett und hätte bestimmt in den Kasten der Standuhr in der Halle gepasst. Zu ihrem dunkelblauen Kleid trug sie weiße Schuhe, einen Hut und eine Brille, deren Rahmen aussah wie die Heckflossen am Auto von Patenonkel Jon.

Er wusste nicht mehr, was er erwartet hatte, vielleicht, dass der Boden sich auftat und aus ihren Augen Flammen schlugen, doch es musste jedenfalls etwas anderes gewesen sein als ein Blick auf seine Finger und der lapidare Satz: »Den kriegen wir schon hin.«

Ihre Gelassenheit war beinahe enttäuschend.

Er war kein Wunderkind gewesen, kein Genie, das Mozart spielte und Bach intonierte, ohne je eine Note gelesen zu haben. Er war kein disziplinierter Junge mit Seitenscheitel, der so lange Etüden spielte, bis er ohnmächtig vom Stuhl kippte, aber er verstand die Sprache der Musik, und das erkannte Fräulein Andersson schnell. Sie stachelte seinen Ehrgeiz an, war energisch, aber ruhig und auf eine sachliche Art streng, die Laurits bisher unbekannt war.

Irgendwann vergaß er, zu seiner Mutter hinüberzuschauen, die anfangs noch mit bemühtem Lächeln zusah, wie Fräulein Andersson ihn leise lobte und ermahnte, wie seine kleinen Finger energisch die Tasten erkundeten und Bewegungsabläufe speicherten. Er vergaß, ihren Blick zu suchen, ihr ermutigendes Nicken, und vermisste sie nicht, als sie irgendwann nicht mehr dabeisaß.

Ganz allmählich, so wie die Tage im Herbst immer kürzer werden, veränderte sich auch die Temperatur zwischen Laurits und Amy. Der Abstand wuchs. Eines Morgens wachten sie auf und waren einander fremd.

Wie lange war das her! Er konnte sich an jene frühen Tage voller Wärme, als sie ihm gezeigt hatte, dass er mit den Ohren sehen, riechen und schmecken konnte, kaum noch erinnern. Geblieben waren davon nur ein lebendiges Kribbeln unter seiner Haut, das sich regte, wenn er am Flügel saß, und die Anekdoten, die sie mit Vorliebe erzählte.

Wann genau Amys Sehnsucht verklang und sie, von der Umwelt unbemerkt, ihr Schattendasein irgendwo zwischen Wand und Tapete aufnahm, war für ihn rückblickend schwer zu sagen. Eines Tages galt ihr Interesse plötzlich dem Klang der Gläser, nicht mehr dem Klang der Geschichten. Blüthner fasste sie nur noch zum Abstauben an, und ihre Leidenschaft für die Musik beschränkte sich darauf, in Kaffeekränzchensonaten in As-Dur für acht Windbeutel und vier Kaffeetassen stolz die Fähigkeiten ihres Sprösslings hervorzuheben und wie aufgezogen Histörchen zum Besten zu geben.

»Bis er laufen lernte, war sein Lieblingsplatz unter dem Flügel.«

»Er hat Blüthner mehr geliebt als seinen Teddy Henry.«

»Er war schon immer nur mit Klaviermusik zu beruhigen.«

»Gleich als er zum ersten Mal neben mir am Flügel saß, habe ich gemerkt, wie talentiert er ist.«

»Und dann habe ich zu ihm gesagt: ›Schau, das ist ein C, und das auch und das und das auch, alle acht.‹ Und er sieht mich mit großen Augen an und fragt: ›Mama, hat Blüthner nur acht Zehen?‹ Ist das nicht rührend?«

Das Lächeln, das sich dann auf ihr Gesicht legte, war so trostlos, dass Laurits manchmal fürchtete, es sei seine Schuld, dass sie so unglücklich geworden war, weil er ohne sie weitergegangen war und ihre Musik mitgenommen hatte; sie zurückgelassen hatte in ihrer tonlosen Welt.

Der Steinway klang satt und voll und elegant. Laurits entspannte sich zusehends, es gelang ihm sogar, ein Stück aus sich herauszutreten und zu hören, was er spielte. Die Töne wurden schwerer, die Murmeln blieben liegen, im Sonnenschein längst vergangener Tage, vor der Grube an der Friedhofsmauer.

Inzwischen kannte ihn außer Pelle vermutlich niemand so gut wie Fräulein Andersson. Oft, wenn sie während der Stunden von ihm abgewandt am Fenster stand und lauschte, überkam ihn ein plötzliches Gefühl der Scham, fast als wäre er nackt. So erkannt, entlarvt und durchsichtig fühlte er sich. Ihre Ohren hörten genau hin. Jeden Ton, den er spielte, hatte sie geformt, jede Pause, die er machte, hatte sie inszeniert, die dünne, stille, gerechte Frau. Über Jahre hatte sie ihn stetig geschliffen wie ein Bachlauf die kleinen Kiesel und ihre Prägung in seinem Spiel hinterlassen.

Hätte sie ihn jetzt gehört, wäre sie zufrieden gewesen. Die Achtelpausen saßen, und der Übergang zu den Viertelakkorden war voller Ausdruck. Laurits' rechte Hand ließ ein letztes Mal die Sechzehntel des Themas die Tonleiter hinunterkullern, dann übernahm die linke Hand. Er bemerkte, dass er zu schwitzen begann. Arbeitsschweiß.

Feine Tropfen spritzten, als er den Kopf zurückwarf, seine rechte Hand wie an einem Faden gezogen in die Luft flog, zwei Takte verharrte und dann vorsichtig zurück auf die Klaviatur sank.

Ein Blitz im Kopf, ein Moment der Wahrnehmung: Hier waren der Saal, die Juroren. Doch Laurits ließ sich nicht beirren.

Decrescendo.

Mit dem Tempowechsel kam der Tonartwechsel, der Stimmungswechsel, und das Stück wurde im Nebenthema melancholisch. Ein fragendes Rufen voll stiller Enttäuschung lag darin, wie von einem einsamen Hamlet auf leerer Bühne, Sein oder Nichtsein? Und es fühlte sich plötzlich so an, als käme es direkt aus seiner Kehle, aus seinem Leben.

Abendessen. Ein Drama in vier Bildern.

Erstes Bild.

Abendstimmung. Laurits (5) und seine Mutter (29) im Speisezimmer. Der Vater (45) kommt aus der Klinik nach Hause.

Sie hören die Haustür, das immer gleiche Geräusch, wenn seine Aktentasche auf den Marmorboden in der Halle fällt, dann Fridas Schritte; sie kommt, um ihm den Mantel abzunehmen. Schwungvoll öffnet sich die Tür, Auftritt Magnus Simonsen. Er geht um den Tisch herum und küsst seine Frau flüchtig auf die Wange.

»Da bist du ja«, sagt sie. »Wir wollten schon nach dir suchen lassen.«

»Hallo, meine Liebe, verzeih, dass ich spät dran bin«,

sagt er, legt Laurits seine große Hand in den Nacken und
schüttelt ihn neckend. Dann nimmt er vor Kopf Platz.

Auftritt Frida. Die Haushälterin mit weißer Haube und
weißer Schürze trägt auf, weiße Porzellanschüsseln auf weißen Damastdecken, es dampft und riecht gut. Magnus faltet die Hände, und Laurits tut es ihm nach.

»Komm, Herr Jesus, sei unser Gast und segne, was Du
uns bescheret hast. Amen«, betet Amy.

»Amen, Bemen«, sagt Laurits.

Stille. Seine Mutter hilft ihm, das Fleisch zu schneiden,
und zerteilt die Kartoffeln. Sein Vater erzählt, was sich in
der Klinik ereignet hat. Seine Mutter wirft hier und da
»Ach wirklich« und »Was sagt Ditlefsen dazu?« und »Das
ist ja scheußlich« ein.

Zweites Bild. Nach dem Hauptgang.

Während sie darauf warten, dass Frida Nachtisch und
Kaffee bringt, schlägt Laurits' Vater die Zeitung auf, und seine Mutter versucht, den richtigen Augenblick zu erwischen,
um wichtige Dinge zur Sprache zu bringen. Laurits bemüht
sich unterdessen, niemanden zu verärgern, bis er seinen
Nachtisch bekommen hat. Er baumelt unter dem Tisch mit
den Füßen, tritt dabei immer wieder gegen das Tischbein.

»Laurits, lass das«, sagt Amy.

»»Ministerpräsident Erlander ermahnt: Der Sinn des
Sozialstaates besteht darin, den Menschen zu helfen, und
nicht darin, ihnen die Verantwortung zu nehmen««, ver-
liest Magnus die Schlagzeile des *Svenska Dagbladet*. »Soso.
Wäre er kein Sozi, könnte aus Tage Erlander noch ein wei-
ser Staatsmann werden.«

»Du hilfst den Menschen doch auch, nicht wahr, Vater? Du machst, dass sie besser sehen können«, sagt Laurits kauend.

»Leider hat das noch keinem von den Roten die Augen geöffnet«, brummt Magnus und blättert um.

»Laurits, mit vollem Mund spricht man nicht«, weist Amy ihren Sohn zurecht. An ihren Mann gewandt:

»Also, ich finde, dieser Palme, den sie neulich zum Staatsrat gemacht haben, ist ein ganz sympathischer Mann. Ich habe ihn im Fernsehen gesehen.«

Laurits' Vater lacht auf.

»Zum Glück haben Frauen in der Politik nichts zu sagen, sonst ginge es am Ende noch nach Sympathie!«

Laurits stapelt auf seinem Teller drei kleine Pfannkuchen und löffelt Blaubeermarmelade obendrauf.

»Vielleicht müssten die Männer dann nicht so viel Krieg spielen«, entgegnet Amy leise.

»Wieso darf ich denn nicht Krieg spielen?«, wirft Laurits noch immer kauend ein und verteilt einen verunglückten Klecks der dunklen Marmelade auf der Tischdecke.

»Wirklich, Liebes, du solltest dich lieber bemühen, deinen Sohn richtig zu erziehen, anstatt dir über Politik den Kopf zu zerbrechen«, sagt Magnus, faltet die Zeitung zusammen und ruft in den Raum: »Frida! Wir brauchen einen Lappen!«

»Sieht aus wie Blut«, bemerkt Laurits fröhlich.

Sein Vater wirft ihm einen strengen Blick zu.

»Laurits, es reicht!«, fährt ihn seine Mutter an.

Drittes Bild. Beim Kaffee.

»Fräulein Andersson war heute da«, sagt Amy.

»Welches Fräulein Andersson?«, fragt Magnus zerstreut und trinkt einen Schluck echten Bohnenkaffee. Laurits konzentriert sich auf seine Pfannkuchen.

»Laurits' Klavierlehrerin.«

»Ach ja, richtig. Und du bist immer noch der Ansicht, dass der Junge lieber auf dem Klavier klimpern sollte, als bei den Pfadfindern ein bisschen Struktur zu kriegen?«

Laurits sieht seine Mutter an. Rote Flecken an ihrem Hals.

»Sie scheint recht streng zu sein …«

»Eine vernünftige Person also.«

»Sie hat auch gesagt, dass Laurits Talent hat«, fährt Amy fort. »Ich habe mich also nicht getäuscht.«

»Liebes Kind, habe ich dir je den Eindruck vermittelt, ich würde dein Urteil anzweifeln?«, fragt Laurits' Vater und erhebt sich.

»Nein, natürlich nicht, ich meine nur …«

»Dann werde ich ihm wohl das Fischen beibringen müssen. Nicht dass der Junge noch andersrum wird.«

»Au ja, fischen!«, ruft Laurits und wirft sein Wasserglas um.

»Frida, Herrgott noch mal!«, ruft sein Vater. »Wo bleibt der Lappen!«

Amy schaut aus dem Fenster.

Vorhang.

Sein Vater kam gleich nach dem lieben Gott. Das war schon immer so gewesen. Er hatte ihn vorbehaltlos geliebt und gefürchtet, und es hatte nur weniger Kirchbesuche bedurft, um in ihm die Überzeugung entstehen zu lassen, dass man weder Gott noch Vater verärgern sollte und dass der Mensch auf Erden wandle, um Seiner Gnade teilhaftig zu werden und Ihm zu Gefallen zu handeln. Gott. Oder Vater. Wer konnte das schon unterscheiden.

Kurz nachdem Laurits begonnen hatte, Klavierspielen zu lernen, war Magnus vom König für außergewöhnliche Leistungen im Dienste der Augenmedizin mit einem Orden ausgezeichnet worden – nach Laurits' Auffassung nur ein weiterer Beweis seiner Göttlichkeit. Und selbst in puncto Allgegenwärtigkeit konnte sein Vater mühelos mit dem Allmächtigen mithalten: Er sah alles – mithilfe von Stalin. Den bewahrte er in seinem Arbeitszimmer auf, wo er in einem Glas mit schlierigem Formaldehyd schwamm und sie überwachte.

»Stalin sieht alles«, hatte Magnus ruhig gesagt, als Laurits zum ersten Mal das Allerheiligste betreten durfte. Er blickte ihn durch seine große Brille hindurch an. »Alles, Laurentius. Auch wenn ich nicht zu Hause bin.«

Er legte seine Hand auf den Kopf seines Sohnes und lächelte. Kleiner und unbedeutender konnte man niemals werden. Niedergedrückt vom Gewicht dieser Aussage, vom Gewicht des Respekts.

Vor Stalin hatte er sich noch mehr gefürchtet als vor Doktor Lagerkrantz und Atombomben. Und auch seine Mutter weigerte sich, das Glas, in dem der große, geäderte Augapfel mit der blauen Iris schwamm, auch nur anzufassen.

Bis heute war es Laurits unangenehm, wenn er »auf ein Wort« zu seinem Vater ins Arbeitszimmer beordert wurde und das Einzelteil des Diktators ihn aus der Dunkelheit des Regals anstarrte. Prüfend. Strafend.

»Als Stalin 53 starb, hat ein russischer Kollege aus der Pathologie die Leiche obduziert«, erzählte sein Vater, wann immer sich die Gelegenheit ergab. »Ein Traum für jeden Arzt, nicht wahr? Er schuldete mir noch einen Gefallen – ich hatte ihm einmal geholfen, in den Westen zu kommen. Ja! Verbindungen muss man haben! Und ich habe gesagt: ›Andrejiwitsch, reservier mir ein Auge, wenn's geht‹, und wir haben brüderlich geteilt, wie gute Genossen. Ich bekam das linke, er behielt das rechte Auge.«

Laurits glaubte diese Geschichte. Er glaubte alles, was sein Vater sagte. Er glaubte an Gott.

Neben Gott, quasi in Petrus-Funktion, saß Patenonkel Jon. Seine Meinung war die einzige, die Magnus gelten ließ – auch wenn sie sich manchmal von seiner eigenen unterschied. Laurits mochte Onkel Jon, sehr sogar, und das, obwohl er der engste Freund seines Vaters war. Oder vielleicht gerade deshalb. Wenn Onkel Jon da war, wurde es wärmer im Haus. Jon spielte Tennis und segelte, nannte ihn Laurentius, machte Scherze mit ihm und brachte von Auslandsreisen kleine Geschenke mit, die Laurits wie Schätze hütete. Der kleine Holzelefant aus Afrika stand auf dem Bücherregal in seinem Zimmer, und der Fanghandschuh der Texas Rangers hing, wohlgemerkt jungfräulich, wie eine Trophäe an der Wand.

Onkel Jon war ein häufiger Gast im Odinvägen, seine Besuche waren eine so regelmäßige Unterbrechung des Alltags, dass sie ihrerseits alltäglich waren: die gedämpften Stimmen der Männer, die, vermischt mit blauem Zigarrendunst, aus Magnus' Arbeitszimmer drangen, und manchmal sogar Gelächter; ihre Zylinder, mit denen Frida bereitstand, wenn sie sich nach einem Cognac in der Bibliothek zum Logentreffen begaben; ihre ernsthafte Vertrautheit, mit der sie Dinge besprachen, von denen Laurits nichts verstand.

Manchmal vor dem Einschlafen fragte sich Laurits insgeheim, warum sein Vater nicht wenigstens ein bisschen mehr so sein konnte wie Onkel Jon oder, besser noch, warum Onkel Jon nicht sein Vater sein konnte, wo er ihn doch offenkundig besser leiden konnte und wesentlich genauer wusste, welches Matchbox-Auto ein Junge von Laurits' Format gerade am dringendsten benötigte. Doch obwohl er nie eine befriedigende Antwort auf diese Frage fand, war es auf eine versöhnliche Art beruhigend, dass anscheinend auch Gott Berater brauchte. Das machte ihn beinahe menschlich.

Die letzten Achtel des Mittelteils kamen leise und zart; er hielt die Luft an, um sich zu sammeln und die Leichtigkeit des Themas wieder heraufzubeschwören, das jetzt noch spielerischer, befreiter klingen musste.

Er ließ den Sechzehnteln freien Lauf, atmete geräuschvoll durch die Nase aus, und das Lächeln war wieder da. Pelles Lächeln. Sein bester Freund, der jetzt irgendwo in Spanien war. Ohne ihn.

Ehe sie laufen konnten, hatten Laurits und Pelle schon zusammen Sandkuchen gebacken und fraglos die Freundschaft fortgesetzt, die ihre Mütter begonnen hatten, lange bevor die Jungen geboren waren. Es gab ein Schwarz-Weiß-Foto, darauf zwei junge Fünfzigerjahre-Damen mit toupierten Haaren, engen Bleistiftröcken, schräg gestellten Knien und breitem Frühlingslächeln auf einer Bank. Ein Bild voller Vertrauen in die Zukunft und das Leben. Drei Jahre später war Vivian tot, Pelle Vollwaise, sein Großvater Oscar Vormund und Amy einsam. Nur das Foto, Amy und Vivian 1957, das in einem schwarzen Rahmen in Oscars Bahnwärterhäuschen an der Wand hing, erzählte davon, dass einmal alles anders gewesen war. Laurits und Pelle sahen es sich oft an, fantasierten über diesen Tag, als es sie noch nicht gab. Aber die beiden Frauen waren wie Fremde, und sie vermissten sie nicht.

Das war für Laurits das Schönste: nachmittags an Großvater Oscars Küchentisch, Hafergrütze mit Zimt und Zucker, dazu Julmust-Limonade aus weißen Glasflaschen und die Stille, die das leise Hämmern umgab, wenn Oscar auf einen Holzfuß aufgespannte Schuhe reparierte, während Pelle und er über den Hausaufgaben brüteten. Das Rascheln der Zeitung, Oscars zweifelndes Brummen. Ein Geruch nach Holzfeuer und Leder, nach Wärme.

Natürlich ging auch Pelle in der Simonsen'schen Villa ein und aus. Unbeeindruckt und mit lässiger Selbstverständlichkeit, freier als jeder andere. Die dicke Frida liebte er, ebenso wie ihre Leberknödelsuppe, zu Amy war er höflich, und Magnus behandelte er mit formvollendeter, respektvoller Gleichgültigkeit.

»Pelle ist ein Schlitzohr«, befand Magnus eines Tages beim Tee. »Er bringt Laurits nur auf dumme Ideen …«

»Er ist doch so ein anständiger Junge«, sagte Amy. »Ich kann nichts Schlechtes an ihm finden.«

»Das ist es ja«, erwiderte Magnus, und Laurits wurde das Gefühl nicht los, dass in seiner Stimme eine Spur von Achtung gelegen hatte, deren Glanz ihn nie gestreift hatte. Er wünschte sich selbst zum Teufel, weil ihm nicht einfiel, wie er ein Schlitzohr werden könnte.

Gemessen an Magnus' Maßstäben, war die dümmste Idee, auf die Pelle Laurits je gebracht hatte, sicher die, nicht alles zu glauben, was ihm erzählt wurde. Sie waren ungefähr neun Jahre alt, als Pelle ihm bewies, dass sein Vater log.

Sie waren in das dunkle Arbeitszimmer geschlichen, um sich Stalin aus der Nähe anzusehen. Hatten den Geruch nach Leder und Zigarrenrauch eingesogen und vorsichtig das an der Wand hängende Zebrafell berührt. Im spärlichen Licht war der Raum noch unheimlicher als sonst. Laurits hielt Abstand von Stalin, doch Pelle ging nah an das runde, starrende Auge heran. Er betrachtete es eine Weile stumm und sagte dann:

»Das muss ich Oscar erzählen.«

Die Bombe platzte am nächsten Tag.

»Komm, wir gucken uns das Auge noch mal an.«

Laurits fand, ein Mal sei völlig ausreichend. Aber Pelle ließ nicht locker. Ohne Laurits' Einwände zu beachten, öffnete er langsam die Tür und verschwand in der Höhle des Löwen. Die Stille im Hausflur bebte. Oder war es Laurits' Herz? Er schaffte es nicht, seinem Freund zu folgen. Starrte gebannt auf den dunklen Schlund, in dem Pelle verschwunden war. Als dieser wenige Sekunden später herauskam, ließ er die Tür achtlos hinter sich ins Schloss fallen. Laurits zuckte zusammen.

»Das ist nie im Leben von Stalin. Opa hat gesagt, der hatte braune Augen. Und der muss es ja wohl wissen.«

Laurits hatte es die Sprache verschlagen, nicht nur, weil er in Betracht ziehen musste, dass Oscar recht hatte, sondern weil sein Freund es wagte, Türen zu knallen und seinen Vater ohne Umschweife der Lüge zu bezichtigen. Er war vor Schreck fast ohnmächtig geworden – wenn Pelle sich nun täuschte?

Die Haustür öffnete sich. Schritte. Pelle hatte sich getäuscht! Stalin hatte sie erwischt, entlarvt, und schon kam sein Vater. Laurits zog seinen Freund am Arm, und sie rannten nach draußen. Rannten die Auffahrt hinunter, rannten auf die Landstraße, rannten unter den hellgrünen Birken entlang, bei Kaufmann Möller vorbei. Erst auf dem Kirchplatz blieben sie atemlos stehen.

»Der Professor lügt«, sagte Pelle keuchend.

Laurits stand vornübergebeugt da und schnappte, die Hände auf die Oberschenkel gestützt, nach Luft. Er sah nicht auf. Es brannte in seiner Kehle. Er hätte weinen können, wenn das nicht ein schrecklicher Gesichtsverlust gewesen wäre und zudem das Eingeständnis, unrecht zu haben. Er richtete sich auf.

»Das nimmst du sofort zurück, mein Vater lügt nicht!«

Er stieß Pelle vor die Brust.

»Tut er wohl.«

»Tut er nicht.«

»Ach, und was ist mit dieser dummen Schielgeschichte? Die ist doch auch gelogen!«

51

»Woher willst du das denn so genau wissen?«

»Kein Schielen bleibt für immer stehen, nur weil irgendwo eine Uhr schlägt«, sagte Pelle. »Das geht gar nicht.«

Atemlos sahen sie einander an.

»Wenn du es so genau weißt, dann mach's doch!«, hielt Laurits schließlich dagegen.

Sie sahen zum Kirchturm hinauf, die große Uhr mit den goldenen Ziffern leuchtete in der Sonne. Die volle Stunde näherte sich, die Wahrheit, die endgültige Wahrheit.

»Zusammen«, sagte Pelle.

»Nein«, sagte Laurits entschieden. »Du allein. Du bist dir doch so sicher.«

Sie kletterten auf die Friedhofsmauer und warteten. Um eine Minute vor vier begann Pelle zu schielen, Laurits zählte die Sekunden. Sechzig. Jede einzeln. Die Uhr schlug, Laurits hielt den Atem an, starrte zu Pelle hinüber. Der schielte und schielte und schielte. Und hörte nicht auf.

»Du kannst aufhören!«, rief Laurits.

Pelle röchelte. »Es geht nicht«, stöhnte er. Er riss die Augen auf, das eine glotzte nach oben, das andere zur Nasenwurzel. »Es geht nicht mehr weg.«

Laurits geriet in Panik. Wie sein Puls raste!

Die Sonne brannte, die Vögel kreischten in den Bäumen, Schweden, Stockholm wurde zum Schauplatz eines Horrorszenarios, alle bösen Geister hinter der Friedhofsmauer reckten ihre Knochenhände aus den Gräbern und griffen nach ihnen, krallten sich um Pelles Hals. Das war die Wahrheit. Und Stalin hatte sie ertappt.

Pelle röchelte noch schlimmer, es klang, als würde er gleich sterben.

»Siehst du, das hast du nun davon!«, schrie Laurits. »Mein Vater hat nämlich doch recht!«

Da prustete Pelle los, seine Spucke schillerte wie hundert Diamanten im Sonnenlicht.

»Hat er nicht, du Idiot.«

Seine Augen schauten wieder geradeaus. Er sprang von der Mauer.

»Mann!«, rief Laurits aufgebracht. »Du bist total doof!«

Pelle lachte. »Komm, wir holen uns Kirschen beim alten Höglund.«

»Ich muss jetzt gehen«, sagte Laurits. »Klavier.«

»Klavier, Klavier. Immer Klavier«, sagte Pelle und schielte noch einmal.

»Tschüss«, sagte Laurits. »Bis morgen.«

Und sie waren in entgegengesetzte Richtungen davongeschlendert. Jeder in sein Leben.

Alles Lüge.

Im Gehen riss Laurits den Gräsern die Köpfe ab.

Doch diese Erkenntnis hatte ihn in den Jahren danach noch lange nicht zu einem Rebellen gemacht.

Er hielt sich an die häuslichen Regeln und fand es schon sehr verwegen, sich um 21.00 Uhr, wenn die Erkennungsmelodie der Nachrichtensendung *Aktuell* erklang und Lars Orups versteinertes Gesicht auf dem Bildschirm erschien, zu Pelle zu schleichen und ein Friedenspfeifchen zu rauchen, während sich die Konzentration seiner Eltern für eine halbe Stunde auf Wetterprognosen, die neuesten Entwicklungen hinter dem Eisernen Vorhang und das Wettrüsten richtete.

53

Pelle hatte im vergangenen Winter alle Mühe gehabt, ihn zu überreden, heimlich den Friedensaktivisten beizutreten. Im Sommer hatte Laurits sich dann sogar getraut, beim Besuch des amerikanischen Außenministers Henry Kissinger auf der Kungsgatan neben Pelle stehen zu bleiben, als dieser faule Tomaten warf – aber als er kurz darauf zum ersten Mal stolz mit dem hellblauen Volvo Amazon seiner Mutter bei seinem Freund vorgefahren war, um ihn zu einer Demo abzuholen, hatte der, anstatt begeistert Beifall zu klatschen, losgeschimpft.

»Hast du eigentlich immer noch nichts kapiert?«

Laurits zuckte mit den Schultern.

»Deine Eltern haben ganze Arbeit geleistet, mein Lieber. Du hast wirklich das Zeug zum Opportunisten. Willst du etwa mit dieser Kiste zur Demo der Friedensaktivisten fahren? Dann fliegen wir doch sofort raus. Laurits, manchmal bist du echt ein hohler Oberklassefuzzi! Du bist zwar mein bester Freund, aber meinst du nicht, es wird langsam Zeit, mal dein Gehirn einzuschalten? Nur falls du dich fragst – das ist der graue Klumpen in deinem Kopf.«

Laurits schaute ihn verständnislos an.

»Mach, was du willst, aber ich fahre mit dem Rad«, sagte Pelle, drehte sich um und verschwand im Schuppen. Ließ Laurits in dem lauen Spätsommerabend vor Oscars kleinem Haus stehen; am Oxelbeerbaum leuchteten, wie immer um diese Jahreszeit, die ersten roten Früchte, es war still. Eine Amsel begann zu singen.

Er hatte sich so oft gefragt, warum er nicht selbst auf die Idee kam, gegen den Vietnamkrieg und Atomstrom zu demonstrieren. Warum es ihm nicht selbst einfiel, in den

Sommerferien durch Schweden zu trampen und nach dem Schulabschluss Spanien zu erkunden. Warum Pelle wusste, wie man an Haschisch kam, und er nicht.

Weil er ein Oberklassefuzzi war. Natürlich.

Pelle war während der letzten siebzehn Jahre schlichtweg zu höflich gewesen, ihn darauf hinzuweisen, wie offensichtlich daneben es war, zur Oberschicht zu gehören.

Für Laurits war es immer normal gewesen, dass zu Hause Gesellschaften gegeben wurden, dass die Logenbrüder seines Vaters zu Besuch kamen, dass schwarze Limousinen vorfuhren und im dunklen Allerheiligsten Treffen abgehalten wurden, die nicht gestört werden durften, dass seine Mutter Wohltätigkeitsveranstaltungen organisierte, dass sie eine Köchin und eine Kinderfrau hatten, dass er gleichzeitig Schuhe und Krawatte binden lernte, dass man sich nicht in aller Öffentlichkeit gehen ließ und dass es eine Tugend war, sich zu mäßigen. Ein Familientheater, in dem alle ihre Rollen perfekt beherrschten. Mit Stärke gebügelte Konvention. Es war normal, dass die Kälte im Haus nicht von den Wänden und vom Marmorboden ausging, sondern in der Luft lag, und es war ebenso normal, dass es eigentlich nie an etwas fehlte, wenn auch nur im materiellen Sinn.

Während Laurits noch an Adam und Eva glaubte, hatte Pelle längst die Evolutionstheorie begriffen. Wäre es nicht so traurig gewesen, man hätte darüber lachen können. Tatsächlich hing Laurits an Pelle wie an der Nabelschnur zu einer anderen Welt.

Ohne ein weiteres Wort schloss er den Wagen ab und setzte sich bei seinem Freund auf den Gepäckträger. Während der Fahrt unternahm er einen müden Versuch, ihm

den Unterschied zwischen Opportunismus und Kompro-
missbereitschaft auseinanderzusetzen, aber Pelle lachte ihn
aus.

»Du bist ein Spinner, Laurits, das Einzige, was dich wirklich interessiert, ist dein Klavier! Zur Versammlung kommst
du doch nur wegen der Mädchen mit«, sagte er, stellte sich
auf die Pedale und fuhr mit voller Absicht durch ein Schlagloch.

Möglicherweise hatte er recht gehabt. Aber das war Vergangenheit.

Laurits atmete tief ein. Schloss die Augen. Und nach zwei
Viertelpausen schlug er kraftvoll den ersten Schlussakkord
an. Pause. Dann den zweiten, eine Terz tiefer. Der Steinway
bebte. Laurits sah nicht auf. Jetzt spürte er seinen Herzschlag wieder, schaute auf seine Finger und nahm aus dem
Augenwinkel eine Bewegung am Fenster wahr. Eine Krähe
versuchte flatternd, sich auf dem Sims niederzulassen, ihre
Krallen kratzten über das Metall. Von den Juroren war kein
Laut zu hören.

Die ersten siebeneinhalb Minuten waren um.

Jetzt kam Chopin. Der Meister der Etüden, Qual eines
jeden Schülers. Nirgendwo sonst wurden Schwächen so
hörbar. Er mochte die Stücke, sie forderten das, was er in
jugendlicher Selbstüberschätzung als Besessenheit, seine
Mutter als den vom Vater ererbten Fleiß bezeichnete. Die
Wahrheit lag vermutlich in einer undefinierten Mitte.

Die Ozeanetüde hatte er aus einem ganz einfachen
Grund gewählt. Sie war das Meer. Und dort fühlte er sich
so zu Hause wie in der Badewanne. *Molto allegro con fuoco.*

Salzgeschmack und unergründliche Dunkelheit, die Stille der Welt unter Wasser, Luftblasen. Keine Sentimentalität. Nur Größe. Weite. Bewegung. Kraft.

Laurits sammelte sich, hielt die Luft an und sprang hinein, wie er damals gesprungen war, als er schwimmen gelernt hatte, in der Badebucht auf Dalarö.

Die Töne wogten, Meer an einem Frühlingstag, wohlwollend, aber unruhig, ein wenig vom Wind getrieben, in dunklem Grün.

Zum sechsten Geburtstag hatte er eine große Taucherbrille bekommen. Sie war blau, verdeckte zwei Drittel seines Gesichts, und er hatte es kaum erwarten können, ins Sommerhaus zu fahren und sie auszuprobieren.

Tagelang war er im seichten Wasser gewatet, den Kopf unter Wasser in einer anderen Welt. Ohne Geräusche, in merkwürdiger Freundlichkeit. Das Sonnenlicht brach sich in der Wasseroberfläche, strahlte Krebse und Muscheln an, alle Steine und den hügeligen Sandboden, in dem sich die Form der Wellen auf wundersame Weise wiederfand. Das Gluckern in den Ohren klang wie Musik, und die Quallen schienen schwerelos dazu zu tanzen. Er meinte, die Fische reden zu hören. Es gab so viel zu entdecken, während der Wind über seinen Rücken strich und die Sonne seine Haut bräunte.

»Der menschliche Körper besteht zu achtzig Prozent aus Wasser«, hatte sein Vater erklärt. »Verstehst du, Junge?«

Laurits hatte genau verstanden. Es durchströmte ihn. Mit all seiner Kraft und Schwerelosigkeit.

»Aber trotzdem ertrinkt man, wenn man den Kopf dauernd unter Wasser hat«, rief Magnus vom Steg zu ihm hinüber, als Laurits, der gerade einem Seestern gefolgt war, zum Luftschnappen nach oben kam. »Es wäre besser, du würdest zur Abwechslung einmal schwimmen.«

Mit einem gestreckten Kopfsprung vom Steg tauchte die große Gestalt seines Vaters ins Wasser. Er kraulte ein paar Züge, verschwand unter der Oberfläche und strich sich die nassen Haare zurück, als er wieder auftauchte.

»Na, komm schon, komm zu mir, Junge, weg mit der albernen Taucherbrille! Schwimm!«, rief er und prustete.

Lag es daran, wie sein Vater es sagte, dass Laurits sich sicher war, schwimmen zu können? Er kletterte die Leiter zum Steg hinauf, die Taucherbrille trotzig im Gesicht, Augen und Mund weit offen. Seine Mutter stand in ihrem rot-weiß gepunkteten Bikini bis zum Bauchnabel im Wasser und sah zu ihm herüber, kleine Wellen schlugen gegen ihre helle Haut. Ein Stück weiter draußen ließ Magnus sich auf dem Rücken treiben. Sein Kopf tanzte wie eine Boje auf der Wasseroberfläche. Die Boje, die es zu erreichen galt.

Laurits nahm Anlauf und sprang. Im Flug hörte er den Schrei seiner Mutter. Was sie rief, nahm er nicht wahr. Mit den Füßen zuerst tauchte er ein, sank tiefer als je zuvor. Aus seinem Mund stiegen Blasen auf, er sah, wie sie vor seiner Brille den Weg nach oben suchten. Wie die letzten Träume der Ertrunkenen. Er wollte ihnen folgen, strampelte und reckte den Kopf. Als er wieder an der Luft war, paddelte er wie ein gehorsamer Hund auf seinen Vater zu. Doch schon nach wenigen Zügen wurde sein Körper plötzlich schwer, es war, als hielte jemand seine Füße fest. Er ver-

58

schluckte sich, hustete, tastete mit den Zehenspitzen nach
Grund und ging unter. Er sah nichts mehr. Rauschen. Wer
den Kopf unter Wasser hat, ertrinkt. Wo war oben?

Eine Hand zog ihn hoch. Der kurze Triumph: Er hatte es
geschafft, war bis zu seinem Vater geschwommen, der ihn
jetzt hinaufzog, der ihn loben, ihm stolz eine Kopfnuss geben würde. Dann die Stimme seiner Mutter.

»Ich halte dich. Keine Sorge.«

Durch das beschlagene Glas der Taucherbrille sah er das
nur wenige Meter entfernte Ufer. Weit draußen wurde Magnus immer kleiner, schwamm weiter hinaus.

Als er wieder Boden unter den Füßen hatte, riss er sich
die Brille vom Kopf und schleuderte sie hinter seinem Vater her. Lautlos versank sie in der Tiefe. Er konnte es nicht.
Er hatte versagt.

»Erst die Arme«, sagte seine Mutter ruhig und umfasste
seine Taille, »dann die Beine. Komm, noch einmal.«

Er strengte sich an, Arme, Beine. Es ging nicht. Die Wut
wuchs, wie ein Stein zog sie ihn immer wieder unter Wasser. Irgendwann gab er auf, seine Muskeln wurden schlaff.
Er war leicht und schwer zugleich und einfach nicht mehr
da. Der Tag verschwand.

Im Gegensatz zur Taucherbrille ertrank er nicht.

Laurits' Finger bewegten sich über die Tasten wie Wellen,
die an den Strand schlagen, die schäumend kleine Kiesel
und Muscheln und Sand fressen. Seine Hände liefen fast pa-
rallel, von links nach rechts und wieder nach links. Rhythmisch trat er das rechte Pedal. Wie hatte Chopin diesem
Stück einen Anfang und ein Ende geben können, wo doch

die Wellen unendlich waren und das Meer hundert Herzen hatte, die es trieben?

Eine Weile später, vielleicht war es am nächsten Tag gewesen, er wusste es nicht mehr, hatte er es noch einmal probiert. Allein. Es klappte schnell. Er umarmte das Wasser, und weder sein Vater noch seine Mutter sahen es. Er schwamm und suchte für den Rest des Sommers wie ein Süchtiger die Auflösung von Grenzen und Gewicht. Verlor sich selbst, wenn er rhythmisch, fast tranceartig atmete und durch das Wasser zog. Möglicherweise etwas unorthodox in der Koordination von Armen und Beinen – Schwimmlehrer Törnqvist versuchte später immer wieder vergeblich, seinen Beinschlag zu korrigieren –, aber schnell.

»Willst du Schwimmer werden, Laurits?«, hatte Törnqvist gefragt, als Laurits zehn war. Mit seiner winzigen orangefarbenen Badehose über dem kleinen Gesäß, mit blassen Lippen und Gänsehaut stand er vor dem muskulösen Mann, nachdem er 800 Meter in knapp 14 Minuten geschwommen war.

»Du hättest das Zeug dazu«, sagte der Lehrer. »Müsstest nur richtig trainieren. Viel trainieren.«

»Nein, das geht leider nicht«, antwortete Laurits mit klappernden Zähnen.

»Nicht?«, fragte Törnqvist.

»Nein«, sagte Laurits und lief mit platschenden Schritten über die sengenden Pflastersteine zur Wiese. Hinter sich die nassen Abdrücke seiner kleinen Füße.

Gedankenfetzen wie Gischtwolken. Ob es seinem Vater lieber gewesen wäre, wenn er sich für eine Karriere im Schwimmsport entschieden hätte anstatt für das Klavier. Ob er dann stolz auf ihn gewesen wäre. Ob er ihn darin unterstützt hätte. Und ob seine Mutter dann noch früher begonnen hätte, am Nachmittag zu trinken, oder womöglich gar nicht.

Einundachtzig Takte lang ließ er das Meer in Sechzehnteln wogen, es leuchtete in der untergehenden Sonne, weiße Kronen bildeten sich auf den Wellenkämmen, und es war weit bis zum Horizont.

Horowitz spielte diese Etüde in weniger als zweieinhalb Minuten. Laurits hatte die Einspielung im Radio gehört, auf Sveriges Radio Klassik, hatte gelauscht und sofort gewusst, dass dies sein Stück war. Das Tempo war furios, es gab keine Atempause, nicht für den Pianisten und nicht für den Zuhörer, beide wurden unaufhörlich hin und her getragen. Er kam auf zwei Minuten und fünfundvierzig Sekunden für die ersten achtundsiebzig Takte, dann folgte nach zwei Takten forte fortissimo der Schlussakkord, und das Meer verstummte.

Unter dem Jackett klebte sein Hemd am Rücken. Ein Flüstern aus der Reihe der Juroren riss ihn für den Bruchteil einer Sekunde aus der Konzentration. Was gab es da zu reden? Jemand räusperte sich. Hatte er nicht gut gespielt? War er zu langsam gewesen? Was zischte die Elster da? Laurits zwang sich, nicht den Kopf zu wenden.

Fräulein Andersson hatte entschieden, dass er als Drittes die Haydn-Sonate spielen würde. Wäre es nach ihm gegangen, hätte er Liszt gewählt. Er wollte mit seiner Fingerfertigkeit brillieren, mit seiner Schnelligkeit; er wollte zeigen, wie gut er war, dass er besser war, der Beste. Mit an Verbissenheit grenzendem Ehrgeiz hatte er in den letzten Jahren sein Talent vor sich hergetrieben, und aus der intuitiven Hingabe zur Musik war Schritt für Schritt ein komplexes Liebesverhältnis geworden, gleichermaßen fordernd und befriedigend. Wie Liszt. Doch Fräulein Andersson war hart geblieben.

»Du weißt selbst, dass es nicht nur auf die technische Fertigkeit ankommt, Laurits. Die hast du mit Chopin schon längst unter Beweis gestellt«, hatte sie gesagt. »Mit Haydn kannst du zeigen, dass du die Musik durchdringst. Willst du imponieren oder überzeugen?«

»Seit dem Jahreskonzert, als ich zwölf war, spiele ich Liszt«, hatte er aufbegehrt. »Und jetzt, wenn es drauf ankommt, soll ich Haydn spielen? Ich verstehe das nicht.«

»Damals war das etwas anderes, Laurits«, sagte Fräulein Andersson. Sie stand am Fenster und schaute hinaus in den sommerlichen Garten. »Auch wenn du mir das vielleicht nicht glaubst: Damals ging es um viel mehr.«

Er hob die Hände und spielte den Auftakt wie eine Fanfare; die ersten, voll klingenden Töne. Im ersten Moment erschreckten sie ihn beinahe, sie klangen so anders als Chopin. Viel expliziter, direkter. Vorsichtig ließ er in der warmen, mittleren Lage ein Echo erklingen. Leise. Er atmete auf. Schon besser.

Haydn, das war wie ein Kostümfilm, in dem zwei Liebende umeinander herumtänzelten, er sah Gärten und Springbrunnen, Frauen in wehenden, luftigen Kleidern und Männer in Spangenschuhen und weißen Kniestrümpfen zum seidenen Wams. Inszenierte Albernheit, auf eine oberflächliche Art unbeschwert, so kam es ihm vor, und so hatte er es auch einstudiert. Aber Fräulein Andersson hatte sein dementsprechend flatterhaftes Spiel nicht gefallen.

»Haydn hat dieses Stück einer virtuosen Pianistin gewidmet, Laurits. Er wollte mehr, als ihr Können herauszufordern«, sagte sie.

Er schwieg.

»Was hörst du denn? Was hörst du?«, fragte sie wieder und wieder.

»Ich höre Haydns Verehrung für Theresa Jansen«, antwortete Laurits pflichtschuldig.

»Und was hörst du noch?«, bohrte sie.

»Dass er nicht so konnte, wie er wollte.«

»Warum spielst du es dann nicht, Herrgott noch mal?«, rief sie und ließ die flache Hand auf die Marmorfensterbank klatschen.

Erst als er das Stück schon lange technisch beherrschte, begann er es zu fühlen. In den Fingerspitzen, im Atem, im Zwerchfell. Er versuchte, die Schmeichelei zu spielen – und das enge Korsett, das sich unter all dem Leichten verbarg. Manchmal schnürte es ihm selbst fast die Luft ab.

Die Exposition wiederholte sich. Stetig wechselten in diesem Stück die dunklen und die hellen Stimmungen. Halbton für Halbton sank sein Herz, und erst jetzt, während der letzten acht Minuten seiner Aufnahmeprüfung an der ältesten Musikhochschule der Welt, verstand er wirklich, was Fräulein Andersson gemeint hatte, als sie sagte, es sei damals um viel mehr gegangen.

Einmal im Jahr gaben Fräulein Anderssons Schüler ein Konzert. Mitte Dezember, meist kurz vor dem Luciatag, versammelten sich Eltern, Großeltern, ungeliebte Tanten und fast vergessene Onkel in der Aula der Djursholmer Volksschule, um die künstlerischen Leistungen des Nachwuchses zu bestaunen und zu vergleichen. Der Raum wurde festlich geschmückt, es gab ein Lachs- und Heringsbuffet mit Aquavit und Glögg und zum Kaffee Zimtschnecken und Safrankuchen. Auf der Bühne, vor einem schweren nachtblauen Samtvorhang, stand ein in die Jahre gekommener Flügel; einladend, abwartend, fordernd.

Im ersten Jahr, als Laurits sechs gewesen war, hatte er die Bühne mit großen Schritten betreten, sich so tief verbeugt, dass sein Kopf die Knie berührte, und in die erwartungsvolle Dunkelheit des Saals laut »Guten Abend« gesagt. (Auch diese Geschichte gab seine Mutter später immer wieder gern zum Besten.) Ein paar Leute hatten gelacht. Schemenhaft erkannte er die hochgetürmte Frisur seiner Mutter und seinen Vater, der alle um einen Kopf überragte. Ein Lächeln ins Publikum, dann nickte er entschlossen und setzte sich an den Flügel, als hätte er schon tausend Konzerte bestritten. Im zweiten Jahr trug seine Mutter eine Kurzhaarfrisur, sein Vater überragte noch immer alle um einen Kopf, und Laurits sagte nicht wieder »Guten Abend«. Im dritten Jahr hatte seine Mutter das Ondulieren für sich entdeckt. Als Laurits auf die Bühne kam, saß Amy verlässlich wie ein Leuchtturm in der ersten Reihe und zwinkerte ihm zu. Der Platz neben ihr war von einer fremden Frau besetzt.

Der Moment, als sie nach dieser schlechtesten Darbietung seit seiner ersten Klavierstunde in Zobelmantel und Polarfuchsmütze in die Garderobe gekommen war.

»Du hast wunderbar gespielt, mein Herz, du machst großartige Fortschritte!«, sagte sie, und er fragte: »Wo ist Papa?«

»Dein Vater musste noch mal in die Klinik. Es tat ihm so leid, dass er nicht mitkonnte. Aber ich bin ja da.«

Ein Riss durch sein Rückenmark.

Sie sah ihn milde an und setzte die Mütze ab.

Das ist nicht dasselbe, hätte er gern gesagt. Darum geht es nicht. Doch er schwieg und wandte den Kopf ab. Seine Mutter sah sich um und wedelte lachend mit der Hand vor der Nase.

»Puh, wie das hier müffelt, wie können diese paar Kinder so einen Geruch verbreiten?«

Ihre Stimme war eine Spur zu laut. Laurits wollte, dass sie ging, wollte allein sein, wollte nichts. Es war nicht wegen der Klinik gewesen. Es war wegen der Musik. Und wegen seiner Mutter. Und Blüthner. Es war seinetwegen.

Er hielt nie wieder nach seinem Vater Ausschau, nicht im darauffolgenden Jahr und in keinem danach.

Gewichtig spielte er die zwei halben Noten, auf die kraftvoll das ungewöhnliche Ende des Themas eingeleitet wurde, und genoss, wie jedes Mal, das Überraschungsmoment, wenn statt des erwarteten satten Abschlussakkords noch einmal ein Lauf folgt und erst darauf, leise, fast zaghaft, das Thema beendet wird. Dann ein Moll-Dreiklang, tief und ruhig. Laurits nahm sich Zeit, kostete diesen langen Ton aus und lächelte, bevor er mit leichtem Anschlag den tänzerischen Lauf ins Nebenthema folgen ließ. Wie ein barfüßiges Mädchen sprangen die Töne die Treppe hinab.

Er musste an Sofia denken, obwohl er sie nie barfuß gesehen hatte. Vielmehr hatte sie damals, im Winter 1970, im Schneegestöber vor ihm gestanden.

Es war Anfang Dezember, der Himmel war grau, und die Luft roch nach Schnee. Den Tornister auf dem Rücken, stand Laurits im Dunkeln an der Hauptstraße, schaute, wie er es von klein auf gelernt hatte, zuerst nach rechts, dann nach links und wich erschrocken zurück, als ihn ein von links kommender Wagen anhupte. Die Lichter blendeten ihn wie zwei riesige Augen. Seit der Umstellung auf Rechtsverkehr waren inzwischen gut drei Jahre vergangen, doch wenn er beschäftigt war, so wie gerade, passierte es ihm immer noch, dass er in die falsche Richtung sah. Mist. Das Auto hatte ihn beim Schrittezählen durcheinandergebracht. Jetzt konnte er nur schätzen, wo er stehen geblieben war. Leise murmelnd stapfte er den Weg zu Fräulein Anderssons Haus hinauf. Er trug eine Strickmütze und wollene Fäustlinge, dennoch waren seine Finger eiskalt. Als er in die Handschuhe blies, spürte er, wie sein Atem die Wolle warm und klamm werden ließ. Trotzdem würde es sicher mindestens zehn Minuten dauern, bis er in der Lage wäre, richtig Klavier zu spielen.

Er bemerkte Sofia erst, als sie direkt vor ihm stand. Obwohl sie ebenfalls Fräulein Anderssons Schülerin war, hatte

er sie, außer bei den Konzertabenden, nie irgendwo gesehen. Nicht im Park, nicht beim hohlen Baum, wo sich die
Jugendlichen trafen, um zu rauchen, nicht am Bootsanleger,
wo sie Feuer machten, und nicht beim Kaufmann, wo sie
als Mutprobe Kaugummi klauten. Wintermädchen. Sofia
gab es nur im Dezember.

»Hallo«, sagte sie, und er versuchte erneut, nicht zu vergessen, wie weit er gezählt hatte. Neunundvierzig.

»Hallo, Sofia«, sagte er schnell, und das Blut stieg ihm
ins Gesicht. In ihren dicken Winterkleidern hätte er sie fast
nicht erkannt. Einen Moment lang fürchtete er, sie könnte
ihn beim Zählen gehört haben.

»Hab ich dich erschreckt?«, fragte sie.

»Nein«, antwortete er hastig. »Wie kommst du denn darauf? Ich bin nur noch mal mein Stück durchgegangen ...«

»Was spielst du beim Konzert?«, fragte sie.

»Weiß ich noch nicht genau, vielleicht was von Liszt.«

Sofia sah ihn mit großen Augen an.

»Wirklich? Das erlaubt sie dir?«

Laurits zuckte mit den Schultern. Er hatte es gesagt, ohne
nachzudenken. Einfach so. Kaum ausgesprochen, kam ihm
diese Idee geradezu verwegen vor. Verwegen. Aber nicht
schlecht.

»Ich muss wieder Mozart spielen«, sagte sie und scharrte
mit der Spitze ihres Stiefels im Schneematsch.

Laurits schaute den Atemwolken nach, die aus ihrem
Mund kamen. Er wusste nicht, was er sagen sollte.

»Kommen deine Eltern?«, fragte Sofia unvermittelt.

Laurits zuckte wieder mit den Schultern. Neunundvierzig.

»Meine Mutter kommt diesmal allein«, sagte sie leise.

Laurits sah sie an. Ihre Haut war blass, ihre Lippen sehr rot, und ihre Augen glänzten. Sie hatte ein Gesicht wie eine Porzellanpuppe. Zerbrechlich. Aurora borealis, dachte er, nur dieses eine Wort, und erst später, zu Hause, als er Erdkundehausaufgaben machte, fiel es ihm wieder ein. Aurora borealis. Sonnensturm, Gasteilchen, die beim Eintritt in die Atmosphäre aufleuchten und verglühen. Nordlicht.

Etwas in ihm war erwacht. Ein Gefühl, das er noch nicht kannte, er fühlte sich plötzlich krank, als drückte etwas von innen gegen die Rippen.

»Mein Vater kommt schon seit Jahren nicht mehr«, erwiderte er schließlich und kam sich im selben Moment dumm vor. Sie wischte sich mit dem Handrücken über die Nase. Ihre dünnen Finger waren rot vor Kälte.

»Papa hat eine neue Frau.«

Die Worte hingen in der Luft, gefangen in ihrer Atemwolke, und lösten sich auf. Laurits spürte Schneeflocken auf der Haut, erst eine, dann zwei, drei. Kleine Kristalle verfingen sich in Sofias Wimpern und liefen langsam als Tropfen an ihrer Nase vorbei. Er wollte sie wegwischen, rührte sich aber nicht. Lächelte.

»Mein Vater hat immer noch dieselbe Frau. Und er kommt trotzdem nicht.«

Sofia rieb sich die Finger und schwieg.

»Ich muss jetzt gehen«, sagte er. »Sonst spuckt der Drache Feuer.«

Sofia lächelte.

Wo war er stehen geblieben? Neununddreißig. Oder einundvierzig?

»Ich will Liszt spielen. Sonst trete ich nicht auf«, drohte er Fräulein Andersson eine halbe Stunde später.

»Du weißt, dass ich davon absolut nichts halte«, sagte Fräulein Andersson aufgebracht. »Es ist zu früh. Ich weiß, dass du viel geübt hast, aber nur weil du vielleicht die technischen Fähigkeiten entwickeln könntest, heißt das noch lange nicht, dass du reif genug bist, diese Musik zu spielen. Du bist zwölf, Laurits, der Mensch braucht nach oben hin Platz zum Wachsen, sonst bleibt er ein Zwerg.«

Er sah sie an. Die Lippen zusammengepresst. Er kannte den Vortrag über das Verstehen, das Erfühlen von Musik.

»Ich werde mit deiner Mutter darüber sprechen, dann sehen wir weiter.«

Er lächelte. Wusste, dass er seinen Willen bekommen würde. Seine Mutter würde geschmeichelt zustimmen. Er hatte sie längst durchschaut. Sein Erfolg am Klavier war ihr Ehrgeiz, sein Können ihr Rückgrat.

Abendessen. Ein Drama in vier Bildern.

Viertes Bild. Abendstimmung.

Laurits (12), Amy (36) und Magnus (52) sitzen im Speisezimmer am Abendbrottisch. Wie jeden Abend.

»Fräulein Andersson hat vorgeschlagen, dass Laurits zum Jahreskonzert Liszt spielt, ist das nicht hervorragend?«, sagt Amy.

»Wenn du meinst«, sagt Laurits' Vater abwesend und blättert die Zeitungsseite um. »Hat man so was schon gehört, jetzt werden unsere Literaturpreise sogar an Putzfrauen vergeben. ›Bericht eines Scheuerlappens‹ – wen so etwas wohl interessieren soll …«

»Magnus. Laurits ist zwölf. Und er spielt Liszt. Ein bisschen stolz könntest du ruhig sein.«

Laurits' Blick wie der eines waidwunden Rehs.

»Ich dachte, wir hätten dieses Thema ausreichend erörtert, meine Liebe«, sagt Magnus, ohne die Augen von der Zeitung zu heben.

»Es ist doch nicht zu viel verlangt, dass du ein Mal dem Jungen zuliebe zum Konzert kommst«, widerspricht seine Mutter. »Himmel, du sollst ja nicht fünf Stunden Wagner hören.«

Die Luft knistert. Amy blickt starr geradeaus. Magnus schaut aus dem Fenster.

»Ist doch egal«, sagt Laurits schnell, um die Situation zu entschärfen. »Sofias Vater kommt dieses Jahr ja auch nicht …«

Sein Vater hebt den Kopf, als hätte er seinen Sohn erst jetzt bemerkt.

»… er hat eine neue Frau«, vollendet Laurits den Satz und sieht von einem zum anderen.

»Na bravo.« Seine Mutter schleudert ihre Serviette auf den Tisch. Das hat sie noch nie getan. Sie stürmt aus dem Speisezimmer. Die Tür knallt hinter ihr ins Schloss, dass die Ahnengalerie an der Wand bebt.

Magnus springt auf, tritt in den Flur und donnert:

»In diesem Haus werden keine Türen geknallt.«

Abgang Magnus. Es kracht laut hinter ihm, als er hinausgeht. Laurits bleibt allein am Tisch zurück.

Vorhang.

Er spielte Liszts *La Campanella.*

Ein Blick zu seiner Mutter, und sie zwinkerte ihm zu. Es war fast wie immer. Seinen Vater anzusehen, wagte er nicht.

Der Zwischenfall beim Abendessen war nicht mehr erwähnt worden. In professionellem Einverständnis hatten sie ihn unter den Teppich gekehrt, und Laurits hatte versucht, nicht zu hoffen, nicht zu glauben, dass sein Vater kommen würde. Nach der ersten Freude war es dann fast ein Schreck gewesen, ihn neben seiner Mutter sitzen zu sehen. Denn Laurits wusste genau, dass im Dunkel des Zuschauerraums der kalte Krieg seiner Eltern in die nächste Runde ging. Obwohl er nie begriffen hatte, worum es dabei eigentlich ging, war ihm schon lange klar, dass er und die Musik nichts weiter als Verhandlungsmasse in nahezu unüberwindlichen Grabenkämpfen waren.

Doch dies war sein Abend.

Liszt. *La Campanella,* das Glöckchen. Das kleine Glöckchen, das früher immer an Weihnachten geläutet hatte, wenn das Christkind aus dem Fenster flog, das Glöckchen, das keinem schielenden Kind je zum Verhängnis geworden war. Laurits ließ es frei. Seine Lippen bewegten sich mit der Musik, eine Marotte, die er nicht abstellen konnte, auch wenn Fräulein Andersson ihn immer wieder darauf hinwies. Er spielte schnell. Das hätte nicht sein müssen, aber er konnte sich nicht bremsen.

Am Ende applaudierten die Leute, seine Mutter hielt sich mit Mühe auf ihrem Sitz, sein Vater klatschte ebenfalls, doch sein Gesicht lag im Schatten, unsichtbar. Laurits verbeugte sich, dann drehte er sich um, verschwand hinter dem Vorhang. Aus dem Augenwinkel sah er, wie seine El-

71

tern sich vor allen anderen durch die Stuhlreihen zwängten und Richtung Ausgang verschwanden. Amy drehte sich noch einmal zu ihm um und reckte die geballte Faust. Er hatte gespielt. Sie hatte gewonnen.

In der Garderobe traf er auf Sofia, die ihm mit einem scheuen Lächeln gratulierte. Ohne Neid, nur voller Anerkennung. Sie leuchtete. Ihre Worte trafen einen weichen Punkt, ungefähr dort, wo beim Schaukeln immer das Kribbeln herkam.

»Du warst auch klasse«, sagte er lahm. Er hatte ihr ja nicht einmal bis zum Schluss zugehört.

»Geht so«, sagte sie und senkte den Blick. »Im Mittelteil hatte ich Schwierigkeiten mit der rechten Hand.«

»Hat man nicht gehört.«

Er zögerte, wollte sie lauter Dinge fragen, ihr irgendetwas Nettes sagen. Aber ihm fiel nichts ein. Nichts. Er schaute und lächelte. Seine Mutter kam herein, und das scheue Nordlicht, das eben noch in der Garderobe geschimmert hatte, erlosch. Amy umarmte ihn, drückte ihn. Ihr schweres Parfüm nahm ihm den Atem.

»Das war prima, mein Engel.« Sie fuhr ihm durchs Haar. »Dein Vater war sprachlos.«

»Wo ist er?«, fragte Laurits.

»Er musste weg, ein Notfall.«

Laurits nickte, wusste nicht, was er sagen sollte.

Er sah zu Sofia hinüber, die dabei war, ihre Noten einzupacken. Sie schaute ihn nicht an.

»Ist das da drüben nicht die kleine Sofia?«, fragte seine Mutter leise und doch zu laut. »Das arme Mädchen. Mit so einem Vater. Es ist fürchterlich, wie die Leute reden.«

»Mama«, sagte Laurits flehend.

»Nun ja. Aber wie gesagt, dein Vater war sprachlos. Ich hab es ja immer gewusst ...«

Sprachlos genug, um weitere sechs Jahre kein Wort mehr über den Klavierunterricht zu verlieren, weder ein gutes noch ein schlechtes.

Einen größeren Erfolg konnte es nicht geben.

Haydns Wechselbad der Gefühle strömte ihm aus den Fingern. Das Tempo war hoch, der Druck entlud sich in pointierten Sechzehnteln und fliegenden Läufen.

Laurits' Lippen folgten dem Tanz, kaum sichtbar, er schmeckte etwas Salziges auf der Zungenspitze, vielleicht noch Gischt von Chopins Ozean, vielleicht Schweiß oder die nie geweinten Tränen über seine Mutter, seinen Vater, Sofia.

Er hatte sie nicht wiedergesehen. Ja, vermutlich war sie seine erste Liebe gewesen, und er hatte es nicht verstanden.

Einen Monat nach dem Konzert war aus der durchscheinenden Sofia eine unsichtbare Sofia geworden. Im kurz aufflackernden Interesse der skandalheischenden besseren Gesellschaft wurde gemunkelt, die Mutter sei in der Psychiatrie und das arme Kind bei seinem liederlichen Vater gelandet, doch es gab nicht genug zu reden, und so war Familie Stjernström bald vergessen.

Erst als Laurits am Neujahrsmorgen des Jahres 1976 die kalten Lippen der hellblonden Maja aus der Gruppe der Friedensaktivisten geküsst hatte, war ihm mit einem Stich des Bedauerns aufgefallen, dass Sofias Leuchten nie verloschen war und bis in die Gegenwart reichte. Eine Gegenwart, in der sie eigentlich nicht mehr zu Hause war, in der Laurits Maja küsste und seine Haare wuchsen, sein Bart ebenfalls. Und seine Welt.

»Hast du dir schon einmal Gedanken über deine Zukunft gemacht?«, hatte Fräulein Andersson eines Nachmittags gefragt, nachdem er sich eine gute Stunde lang durch das Wohltemperierte Klavier gequält hatte.

Er war unzufrieden, seine Finger waren steif gewesen, sein Gehirn zu langsam für eine schnelle Umsetzung. Er blickte seine Lehrerin erstaunt an. War er so schlecht gewesen? Hatte sie gemerkt, dass er in der letzten Woche weniger geübt hatte? Sah man ihm an, dass er manchmal mit dem Kopf woanders war?

»Na ja«, sagte er zögerlich. »Nicht so richtig.«

»Weißt du, wir beide sind an einem Punkt angelangt, an dem ich dir nicht mehr viel beibringen kann …«

»Heißt das … Wollen Sie mich nicht mehr unterrichten?«

Ein Blitzlicht aus vergangener Zeit. Ein bekannter Schreck, der ihn unvermutet traf, nicht zuzuordnen.

»Ach, Laurits, manchmal bist du wirklich ein Kindskopf.«

Sie erhob sich aus ihrem Sessel, trat neben ihn an den Flügel und legte die Hand unter sein Kinn. Er konnte nicht wegsehen. Sie hielt seinen Blick fest.

Plötzlich bemerkte er, dass sie älter geworden war. Um ihre Augen und ihren Mund sah er zahlreiche kleine Falten, die ihr Gesicht im Laufe der Jahre weich gemacht und ihm die Strenge genommen hatten, ohne dass es ihm je aufgefallen war. Hatte er sie überhaupt schon einmal genau angesehen? Er wusste nicht, wann sie Geburtstag hatte, ob sie lieber Kaffee oder Tee trank, ob sie glücklich war oder einsam, was sie abends tat, wenn alle Schüler in ihre eigenen Leben zurückgekehrt waren. Er hatte keine Ahnung, wer sie war. Es hatte ihn nie interessiert. Ihre Gegenwart war so selbstverständlich. Beschämt schlug er die Augen nieder, als sie ihm ihre dünne Hand auf die Schulter legte.

»Wenn du weiterkommen möchtest, brauchst du eine andere Art Unterricht«, fuhr sie fort. »Ich dachte, du hättest vielleicht mit deinen Eltern darüber gesprochen, ob das Konservatorium für dich infrage kommt.«

Laurits schüttelte den Kopf. Allein die Vorstellung, darüber zu reden, verursachte ihm Bauchschmerzen.

»Das geht nicht«, sagte er leise.

»Du bist einer der besten Schüler, die ich in den letzten Jahren hatte. Es wäre eine Schande, es nicht wenigstens zu versuchen.«

»Mein Vater wird das nie erlauben. Ich soll Medizin studieren.«

»Wenn du möchtest, kann ich mit deinen Eltern reden.«

Fräulein Andersson dem süffisanten Lächeln seines Vaters auszusetzen, während dieser ihr mitteilte, dass sich nicht alle Menschen den Luxus leisten könnten, ihr Leben an eine brotlose Kunst zu verschwenden, erschien ihm noch schlimmer, als das Thema selbst anzusprechen. Nein, er würde es seiner Mutter gegenüber erwähnen, sie würde juchzen vor Freude und ihm bald darauf gekreuzigt mitteilen, dass sein Vater es nicht erlaubte. Dann würden sie die Sache vergessen. Und weitermachen wie immer.

»Das ist nett.« Er lächelte Fräulein Andersson an. »Aber nicht nötig. Wenn Sie wirklich meinen, ich hätte Chancen, rede ich mit meiner Mutter darüber.«

Das Wechselspiel zwischen der linken und der rechten Hand glich einem Dialog, Frage und Antwort, Rede und Widerrede. Er spürte die Kraft, die in seinem Spiel lag. Seine eigene. Er schloss die Augen, neigte den Kopf und machte sich bereit für das Finale. Steuerte auf sein Ziel zu und dem Moment entgegen, an dem sich alles entschied. Endspurt. Wie im Sport.

War es wirklich erst drei Monate her, dass er im Wohnzimmer gesessen hatte und an dem neuen Farbfernseher, den seine Mutter kurz zuvor anlässlich der Hochzeit von König Carl Gustaf und der Hostess Silvia Sommerlath hatte anschaffen lassen, gebannt verfolgte, wie in Montreal acht Männer um olympisches Gold kämpften?

Hundert Meter Brustschwimmen. Mit geraden Beinen und einer Koordination, die er nie zustande gebracht hätte. Es sah so einfach aus, so leicht; sie waren pfeilschnell durch die Luft geflogen, eingetaucht und pflügten nun schnurgerade und Kopf an Kopf durchs Wasser. Hundert Meter, zwei Bahnen. Unter zwei Minuten. Die Spannung des Wettkampfes pflanzte sich in seinem Körper fort, in den Armmuskeln, er bemerkte, dass sein Atemrhythmus sich unwillkürlich dem der Schwimmer anpasste.

»Das ist ein enges Rennen«, rief der Kommentator. »Hencken und Wilkie ziehen davon, die USA und Großbritannien scheinen den Sieg unter sich auszumachen. Alles schaut auf den Kampf um den dritten Platz. Graham

Smith schwimmt vor heimischem Publikum, aber Juozaitis, der Litauer, bleibt dran. Ein hartes Stück Arbeit für den Kanadier. Wird er es schaffen? Schafft er es? Er hat nur ein Ziel, dieser junge Mann will seinem sterbenden Vater die letzte Ehre erweisen und eine Medaille gewinnen. Aber der Litauer ist zäh, er hält dagegen –«

Die Tür des Arbeitszimmers ging auf, doch Laurits reagierte nicht, starrte gespannt auf die Mattscheibe. Sein Vater stand einen Augenblick lang schweigend hinter ihm, kurz durch den vorüberflimmernden Wettkampf abgelenkt, dann räusperte er sich.

»Laurits, auf ein Wort, bitte«, beorderte er seinen Sohn zu sich. Die Augen unverwandt auf den Fernseher gerichtet, erhob sich Laurits widerwillig vom Sofa, gerade noch sah er aus dem Augenwinkel, wie sich alles entschied, wie sich im Bruchteil einer Sekunde wenigstens vier Leben veränderten und der Amerikaner, der Engländer und der Litauer anschlugen. Der Kanadier kam als Vierter ins Ziel.

»Ist das ein Pech!«, rief der Kommentator mit Enttäuschung in der Stimme. »Kanada muss zusehen, wie die UdSSR ihnen auch diese Medaille vor der Nase wegschnappt. Das war noch nicht mal eine Nasenlänge! Hencken siegt vor Wilkie, Juozaitis belegt vor Smith den dritten Platz.«

Wieso Pech? Hatte der Litauer nicht Glück gehabt? Wie schmal war der Grat zwischen Erfolg und Niederlage, zwischen Glück und Pech. Im Zweifelsfall nur eine Frage der Perspektive.

Er betrat den dunklen Raum, wo Stalin ihm schon hämisch aus dem Regal entgegenglotzte, und wappnete sich.

»Deine Mutter macht sich Sorgen«, eröffnete Magnus das Gespräch.

Laurits stand vor dem Schreibtisch und schwieg. Wer nichts zu sagen hat, sollte schweigen, das hatte der Professor ihn gelehrt. Und seine Mutter machte sich immer irgendwelche Sorgen, das war nichts Neues. Nur, dass sein Vater dies mit ihm besprechen wollte, verhieß nichts Gutes.

»Ich nehme an, du weißt, warum?«

»Nein«, erwiderte Laurits. »Warum?«

»Nun, es hat den Anschein, als wärest du dir unsicher über deine Zukunft.«

Laurits sah seinen Vater an. Stumm.

»Deine Mutter hat sich immer sehr dafür eingesetzt, dass du dich deinen Neigungen entsprechend entwickeln kannst. Sie hat dir viele Freiheiten gestattet. Und ich möchte nicht verhehlen, dass wir in diesem Punkt nicht immer einer Meinung waren. Nun befürwortet sie den Vorschlag deiner Klavierlehrerin, dass du die Aufnahmeprüfung am Konservatorium machst.«

Magnus lehnte sich zurück und zündete sich eine Zigarre an. Eine Rauchschwade stieg an die Decke.

»Aber warum …?«

»Um es kurz zu machen: Sie befürchtet, ich würde es dir verbieten.«

Laurits begriff nicht, wohin dieses Gespräch führen sollte. Er biss sich auf die Lippen. Spürte das weiche Fleisch zwischen den Zähnen.

»Niemand stellt infrage, dass du ein sehr begabter Klavierschüler bist, Laurits. Doch ich bezweifle, dass du absehen kannst, wie sich dein Leben entwickelt, wenn du eine

Pianistenlaufbahn einschlägst. Du wirst hart arbeiten, immer unterwegs sein und viele Misserfolge verkraften müssen, bis du einen Rang erreicht hast, der deinen Fantastereien vom Künstlerdasein entspricht. Und womöglich kommst du nicht über das Niveau von einem dieser Glitter-Klimperer hinaus.«

Was wusste denn sein Vater von seinen Hoffnungen, Träumen, Illusionen?

»Aber natürlich ist es deine Entscheidung. Nur möchte ich dich bitten, darüber ausreichend nachzudenken.«

So hatte sein Vater noch nie mit ihm gesprochen. Er lächelte Laurits nachsichtig an. Paffte mit feuchten Lippen an der Zigarre. Stellte er ihm frei, Pianist zu werden? Einfach so? So glimpflich und verbrüdernd pflegten die Audienzen im Arbeitszimmer nicht abzulaufen. Laurits musste auf die Toilette.

»Ich brauche dir nicht zu sagen, dass es mir wesentlich lieber wäre, wenn du Medizin studiertest. Dir stehen in der Medizinwelt alle Türen offen, mein Junge, das weißt du.«

»Du würdest erlauben, dass ich die Aufnahmeprüfung mache?«, brachte Laurits mühsam hervor.

»Könnte ich es dir denn verbieten?«, fragte Magnus mit hochgezogenen Augenbrauen und Genugtuung in der Stimme.

Laurits fuhr sich mit der Hand über die Stirn. Er war so dumm. Warum hielt er nicht einfach den Mund? Sein Vater zog wieder an seiner Zigarre. Er ließ sich Zeit, genoss diese Unterredung. Laurits verkrampfte sich vor Unbehagen.

Im Wohnzimmer dröhnte der Fernseher die amerikanische Nationalhymne. Siegerehrung. Der glückliche Litauer auf dem Treppchen. Der unglückliche Vierte mit sterbendem Vater. Drei Hundertstelsekunden, die über die Zukunft entschieden. Genau wie ein Satz seines Vaters.

»Ich möchte dir einen Vorschlag machen. Unter Männern. Eine Absprache, nur du und ich.«

Er fühlte sich wie ein Erstklässler. Wieso hätte sein Vater einfach so zustimmen sollen, nachdem er Laurits' Klavierspiel jahrelang bestenfalls ignoriert hatte? Er hatte keine andere Wahl, als sich diesen Vorschlag anzuhören, bei dem es für ihn sicher nur eine Möglichkeit gab: zuzustimmen. Stalin sah ihn sadistisch an.

»Wenn du wirklich der festen Überzeugung bist, dass du Pianist werden möchtest, dann sollst du die Aufnahmeprüfung machen. Unter einer Bedingung: Sollten sie dich ablehnen, dann erwarte ich von dir, dass du dich ohne weitere Diskussionen an der Universität einschreibst und Medizin studierst.«

Laurits erreichte das Ziel, schlug die zwei Schlussakkorde an, und noch ganz benommen von Tempo und Adrenalin, hob er die Hände in die Luft. Ließ sie schweben. Während der letzte Ton im Raum verklang, kehrte er langsam in die Gegenwart zurück. Sein Puls pochte in den Schläfen, am Haaransatz liefen ihm einzelne Schweißperlen herunter. Er starrte auf die Tasten, Weiß und Schwarz tanzten vor seinen Augen.

Hatte er wirklich alles gespielt? War er fertig mit seinem Programm? Hatte er nichts ausgelassen? Die Zeit war in einem schwarzen Loch verschwunden, nichts deutete darauf hin, dass zwanzig Minuten vergangen waren.

Stille trat ein. Er war es nicht gewohnt, vor einem Publikum zu spielen, das nicht applaudierte. Jemand hustete, erneutes Papierrascheln. Laurits sah auf und wandte den Blick zum Fenster. Die tief stehende Sonne schickte ihr dunkelgelbes Licht in den Saal. Offenbar war doch Zeit vergangen? Noch eine Stunde, dann würden die Straßenlaternen angehen und Stockholm in der Nacht versinken.

»Danke, Herr Simonsen. Sie können gehen.«

Er sollte gehen?

»Wir rufen Sie wieder herein, wenn wir uns beraten haben.«

Der Himmel war schwarz. Ein kalter Wind aus Westen trieb braunes Laub vor sich her. Autos hupten. Ampeln schalteten auf Grün und wieder auf Rot, und Laurits stand wie benommen vor dem Dramaten, die goldenen Figuren am Eingang des Theaters glänzten im Licht der Straßenlaternen und strahlten Ehrwürdigkeit aus. Jemand rempelte ihn an.

»He, es ist grün«, sagte ein Mann und ging kopfschüttelnd an ihm vorüber. Laurits ließ sich vom Strom zielstrebiger Menschen mitziehen, trat in eine Pfütze und spürte, wie das Wasser durch die dünnen Sohlen der Konzertschuhe drang. In seinem Kopf drehten sich die Worte des Jurors:

Hervorragend gespielt. Eigenwillig, stark, viel Kraft. Eigenwillig. Kraft. Stark. Mutig. Mutig genug. Nicht mutig genug. Nicht mutig genug, um in der Musik zu leben. Noch nicht mutig genug, um in der Musik zu leben. Später. Nächstes Jahr. Nächstes Jahr. Nächstes Jahr. Was sollte der

Mist? Für ihn gab es kein nächstes Jahr. Er hatte nur diese eine Chance gehabt. Und sie vertan.

Es war unbegreiflich.

Seine Füße waren kalt, der Wind griff durch die Jacke, und die verschwitzten Kleider klebten eisig an seinem Körper. Fluchtartig hatte er die Hochschule verlassen, ohne Fräulein Andersson zu beachten, die frierend am Eingang stand und ihn erwartete, ohne zu hören, was sie ihm hinterherrief; ohne irgendetwas zu hören oder zu wissen, wohin, lief er durch die Straßen. Seine Lunge krampfte, sein Herz raste, er stolperte. Was sollte jetzt werden?

Irgendwann stand er vor einer dunklen Tür, Stimmen drangen heraus, Frauengelächter, unbeschwerte Geräusche aus einem anderen Leben. Nicht mutig genug. Sie hatten ja alle keine Ahnung. Laurits ging hinein, warme Luft schlug ihm entgegen. Für eine Sekunde erstarrten die Gesichter, hielten inne, Gespräche verstummten, alle schauten zur Tür, schauten Laurits an, der nass und zerzaust in seinen Konzertkleidern den schummrigen Raum betrat. Der Wirt, der mit einem schmutzigen Lappen über die Theke wischte, winkte ihn heran.

»Mach die Tür zu, Junge«, rief er. »Oder sollen wir hier erfrieren?«

Laurits schloss die Tür, trat näher und sank auf einen Barhocker.

»Na, was soll's denn sein?«

»Whisky. Doppelt.«

»Sind wir dafür nicht noch ein bisschen zu jung?«, fragte der Wirt und lächelte schief. Laurits spürte, wie in seinem Gehirn die Spannung stieg, dann kam der Kurzschluss. Völlig unvermittelt sprang er auf und schlug mit der Faust auf den Tresen.

»Was soll das? Bin ich vielleicht zu jung, um einen stinknormalen Scheißschnaps zu trinken?«, schrie er.

»Moment mal, Freundchen, das ist eine ganz schlechte Tonlage. Wer sich hier so benimmt, fliegt raus.«

Einer der Gäste stand plötzlich neben ihm, die Hand schwer auf seine Schulter gelegt. Zentnerschwer – und überraschend beruhigend.

»Also, setz dich auf deine vier Buchstaben und mach's Maul zu. Dann überleg ich's mir vielleicht noch mal«, sagte der Wirt ungerührt.

Laurits rutschte zurück auf den Barhocker, und der Wirt stellte ein Whiskyglas vor ihm ab.

Wenn Pelle nur da wäre. Der wüsste, was zu tun wäre, wüsste die richtigen Worte, wüsste Bescheid. Aber Pelle war in Spanien.

»Mensch, Laurits! Sonne, Mädchen, Strand, stell dir das doch mal vor«, hatte er gesagt und Laurits ein letztes Mal auffordernd angesehen. Dann hatte er den Rucksack geschultert und war in den Zug gestiegen. Es war traurig gewesen, ihn allein fahren zu lassen, aber trotzdem ein gutes Gefühl. Immerhin blieb Laurits für den wichtigsten Tag in seinem Leben. Und jetzt war er allein und konnte nicht fassen, was passiert war. Nebel. Überall war Nebel. Aus den Lautsprechern drang Ulf Lundells Stimme. Die Frauen lachten gurrend, rauchten, gestikulierten.

»Danke«, sagte Laurits und griff nach dem Glas.

»Schon besser.« Der Mann neben ihm klopfte ihm auf den Rücken. »So. Und jetzt Schnauze.«

Ob er den ganzen Weg nach Hause gelaufen war? Er konnte sich nicht erinnern, ein Taxi oder den Bus genommen zu haben. Die Tasche mit den Noten war ihm unterwegs abhandengekommen, seine Hose war bis zu den Knien mit Schlamm bespritzt und schlackerte kalt um seine Waden. Die Fliege hatte er weggeworfen, zu spät, aber immerhin. Am liebsten hätte er alles weggeworfen, sein Jackett, die albernen Schuhe, sein Leben.

Djursholm lag in tiefer Nacht, als er die Treppe zur Haustür hinaufstieg. Ein anheimelnd gelbes Licht brannte über dem Eingang und ließ den Löwenkopf an der Tür trügerisch glänzen. Er fühlte sich betäubt. Nichts schmerzte, nichts brannte. Vielleicht waren es zehn Minuten, vielleicht eine Stunde, die er auf der englischen Holzbank neben der Haustür verbrachte und die Fugen zwischen den Bodenfliesen zählte. Er sah seinen Atemwolken nach, dachte keinen Gedanken, war leer, leer. Und beobachtete, wie seine langen, schmalen Finger langsam blau wurden, das Fleisch unter den säuberlich gefeilten Fingernägeln blass, der Halbmond noch heller. Das Blut verschwand.

Mit der linken Hand umfasste er den rechten Zeigefinger, kein Gefühl, kein Leben darin. Langsam bog er ihn nach hinten. Immer weiter, so weit es ging, die Sehnen spannten sich, knackten, kein Schmerz, nichts. Laurits starrte seine Hand an, die so fremd, so grotesk aussah, starrte auf das Weiß unter der Haut. Spucke tropfte auf den Boden zwischen seinen Füßen, und knirschend gab das Gelenk nach.

Die Tür ging auf. Sein Vater stand im Morgenrock in der Halle, umgeben von der hellen Korona des Kronleuchters, die karierten Pantoffeln an seinen Füßen sahen unglaublich komisch aus. Laurits unterdrückte ein Kichern; der Teufel im Schlafrock. Wahrscheinlich hatte Stalin ihn geschickt. Der Allesseher. Laurits schaute einfach nur auf die Füße, schaffte es nicht, den Blick zu heben, von oben hörte er die hysterische Stimme seiner Mutter.

»Ist er da?«, rief sie.

Weinerlich. Jämmerlich.

»Ist alles in Ordnung?«

Ohne sich von der Stelle zu bewegen, antwortete Magnus laut:

»Ja, ja, alles in Ordnung, leg dich wieder hin!«

Er trat hinaus in die Kälte, fasste Laurits am Arm und half ihm auf, lotste ihn ins Haus.

»Nun«, sagte er. »Da haben wir wohl einen zukünftigen Medizinstudenten.«

Laurits hob den Kopf, das Gesicht seines Vaters vervierfachte sich, die Brillengläser spiegelten. Dann erbrach er sich auf den Teppich.

38° 15' 25" N, 6° 42' 32" O

16.08.2005

00.36 Uhr
Im Casino Trinkgeld verspielt. 78 Euro.

01.32 Uhr
Ich bin wach, nüchtern und leer. Oder voll. Einsam. Ist Einsamkeit ein Gefühl der Leere oder der Fülle? Es nimmt jedenfalls viel Platz in Anspruch und verdrängt das meiste andere. Es macht pappsatt und hungrig zugleich. Wann habe ich mich zum letzten Mal einsam gefühlt? Lange her. Warum also jetzt?

Es ist wirklich alles durcheinander.

Aber die Nacht war ja noch nie meine Freundin. Zu viel Platz für Gedanken.

Wahrscheinlich liegt es an der Kombination von Stille und dunklen Schatten. Sie tauchen an den Wänden auf. Geräuschlos, sodass man sie nicht kommen hört. Und wenn sie da sind, ist es zu spät.

Eigentlich ist ein Vorteil dieses Jobs, dass ich oft bis nach Mitternacht beschäftigt bin, das macht die Nächte kurz. Heute war allerdings schon um 23.00 Uhr Schichtende. Da hatte ich bereits zwanzig Minuten für nur zwei Leute gespielt, und Jack hatte alle Gläser drei Mal poliert. Irgendwann gab es keinen Grund mehr, sitzen zu bleiben, und die Blöße, vom Barmann weggeschickt zu werden, gebe ich mir dann doch nicht.

Gegen neun hat Johanna ihre Runde gemacht. In der Viertelstunde, die sie an der Bar stand und ihr Mineralwasser trank, habe ich *Blue Moon* gespielt. Die Margo-Timmins-Version. Mit Mundharmonika. Weil Johanna die besonders mag. Ich auch. *I only want to say that if there is a way I want my baby back with me, 'cause he's my true love, my only one, don't you see.* Ihr stiller Dank – ein knappes Nicken – war das Schönste an diesem Tag. Ich weiß nicht, wer von uns beiden in dem Moment froher war.

Von meinem Stammpublikum ist den gesamten Abend niemand aufgetaucht, nicht mal Mr Holland. Nicht die Tulpe und Henrik auch nicht. Der schmollt wahrscheinlich noch immer.

Ich hatte vergessen, wie Kinder sind. Wie vehement in ihren Reaktionen. Wie verletzbar. Irgendwann habe ich wohl aufgehört, daran zu denken. Wie an vieles andere auch. Wie an das meiste.

Wahrscheinlich habe ich mich deshalb von Henriks Frage, ob ich schon als Kind Klavier gespielt hätte, so überrumpelt gefühlt. Es ist ja nicht so, dass ich mich nicht daran erinnern könnte, wie es früher war. Ich tue es nur nicht. Die Erinnerung ist tückisch, sie kommt und geht, wie es ihr passt. Ich habe gelernt, sie zu ignorieren. Sie lähmt nur. Faktisch ist sie absolut irrelevant.

Woran wird Henrik sich in fünfunddreißig Jahren erinnern können, wenn er an diese Reise denkt? Woran wird er sich erinnern wollen? An eine Kreuzfahrt mit seinem Vater? Oder an eine Kreuzfahrt ohne seine Mutter? Und an einen Klavierspieler, der gemein zu ihm war?

Ich habe es nicht böse gemeint. Vielleicht sollte ich mich entschuldigen.

Für so einen kleinen Fehler kann man sich entschuldigen. Man kann ein Eis kaufen, und alles ist wieder gut. Aber was ist mit all den anderen Fehlern? Denen, die nicht wiedergutzumachen sind? Ich habe sie in einem Koffer immer bei mir. Er liegt unter meinem Bett. Er steht bereit, wenn ich aufbreche, egal, wohin ich gehe. Ich kann ihn nicht vergessen, und ich brauche nie hineinzusehen, um zu wissen, was darin ist. Ich brauche mich nicht zu erinnern.

14.07 Uhr
Zweiter Seetag. Wir haben leichten Wellengang, zum ersten Mal seit Venedig. Windstärke vier aus Nordwest und vereinzelte Schaumköpfe. White horses. Weit unten hört man das Klatschen der Wogen gegen den Rumpf. Eine nach der anderen drücken sie sich in ihrer Orbitalbewegung an den Stahl, zeigen ihre Kraft, wollen mit uns spielen. Aber von Rollen kann man noch nicht sprechen, es ist nur überhaupt einmal spürbar, dass wir uns auf einem Schiff befinden und nicht in einem Hotel.

Es sind kaum Leute an Deck. An Bord schläfrige Ruhe. Die möwenhafte Aufregung der ersten Reisetage hat sich gelegt, die Menschen fühlen sich hier langsam zu Hause. Kennen sich aus. Sie nehmen das Schiff für sich ein und demonstrieren, dass sie gut ein Schläfchen im Liegestuhl machen können und nicht an jedem Amüsement teilnehmen müssen. Es ist jedes Mal die gleiche Dynamik: Am zweiten Seetag sind sie bereits routinierte Kreuzfahrer geworden. So bezeichnen sie sich selbst. Was sind sie? Ritter im Namen des Luxus? Eroberer des kalten Buffets, Krieger im Kampf gegen die Langeweile?

Bin gespannt, ob sich die »Bücherwürmer« im Laufe des Tages etwas nähergekommen sind. Drei Frauen und zwei Männer. Ich nenne sie Bücherwürmer, weil ich keinen von ihnen je ohne Buch gesehen habe. Aber tatsächlich lesen sie nicht – außer vielleicht in der Kabine, das kann ich ja nicht beurteilen. An Deck sind es jedenfalls reine Alibibücher. Um im Fall plötzlicher Kontaktlosigkeit nicht nackt dazustehen. Buch statt Feigenblatt. Zwei von ihnen sind ein Paar, die anderen anscheinend allein reisend. Alle ziemlich schüchtern, nervös. Sie tun immer noch so, als würden sie sich zufällig begegnen. Keiner traut sich, die anderen einzuladen, beim Abendessen den Tisch zu wechseln. Der allein reisende Mann bekommt rote Ohren, wenn er spricht. Ich nenne ihn Charles. Es wird nicht langweilig, sie zu beobachten. Ihre Versuche, der Einsamkeit zu entkommen. Vielleicht hat der Seetag ihnen ein wenig Wind in die Segel gegeben …

Die »Honneurs« sind unkomplizierter. Es hat maximal zwei Tage gedauert, bis sie sich zusammengefunden haben. Die vier Damen spielen mehr oder weniger den ganzen Tag Karten und erörtern dabei das Weltgeschehen. Die Älteste, Mrs Grey, eine aufrechte, dünne Frau mit knochigen Schultern, schäkert oft mit mir und gibt reichlich Trinkgeld. Es macht mir Spaß, sie zu unterhalten. Sie strahlen gute Laune aus, ohne laut zu sein. Manchmal kommen ihre Männer vorbei. Alle scheinen zufrieden, sich nicht mit ihrem Partner beschäftigen zu müssen. Ich könnte mir vorstellen, dass sie heute zur Abwechslung mal Bingo gespielt haben.

17.00 Uhr

Grelles Sonnenlicht. Die Hitze und der Wind prickeln auf der Haut. Das Meer zeigt alle Farben zwischen Weiß und Schwarz, und hinter einem Schleier aus flirrendem Dunst liegt die nordafrikanische Küste. Das Atlasgebirge. Algier. La Blanche. Die bombige Stimmung dort macht es nicht gerade zu einem beliebten Ziel für moderne Kreuzfahrer. Zu viel Realität verdirbt den Urlaub. Die meisten sind wahrscheinlich froh, diese Realität hinter sich gelassen zu haben. Wie lange liegen die Anschläge in der Londoner U-Bahn zurück? Sechs Wochen? Und schon verglüht 7/7 in der Sonne, versinkt im Meer, ertrinkt in der Zerstreuung. Wie darüber gesprochen wird! Schockiert, aber froh. Froh, gerade im Sommerhaus in Cornwall gewesen zu sein, als es knallte; bei Tante Millie in Kensington oder auch auf irgendeiner Nutte in einem Hotel gleich um die Ecke – überall, nur nicht »dort«. Daran richten sie sich auf, damit kompensieren sie den Angriff auf ihre Souveränität, kurieren ihre Angst. Wer nicht betroffen ist, redet darüber; pausenlos. Man kann es ihnen nicht verbieten. Leider. Die anderen, die es wirklich angeht, schweigen. Was sollen sie auch sonst tun? Ihre Wunden heilen ja doch nicht. Ich höre nicht hin. Ich denke nicht mal dran.

Wo war ich? Algier. Algier wäre ausnahmsweise eine Station, die mich interessieren würde. Nicht nur, weil es die Heimat von Camus ist – das merkt man der Stadt vermutlich nicht an –, sondern vor allem wegen dieses Traums, den ich seit Jahren immer wieder habe: Ich stehe in sengender Hitze auf einem riesigen Platz. Ich habe eine Verabredung und warte darauf, dass jemand kommt und mich abholt, mich mitnimmt. Wer, weiß ich nicht, wohin, weiß ich nicht, aber das Gefühl ist jedes Mal dasselbe: ein Gefühl der Erwartung. Nicht unangenehm. Ich stehe dort und sehe mich um, warte auf jemanden, der mir alles erklärt, der alles aufklärt. Ich warte, Hunderte Menschen gehen vorbei, sehen mich an, aber niemand kommt, um mich abzuholen. Ich kenne diesen Platz inzwischen so genau. Jeden Stein, die Ausblicke, die weißen Mauern der Häuser und das blendend helle Sonnenlicht, die messerscharfen Schatten, kaum Farben. Und ich bin mir sicher, dass es die weiße Stadt ist. Auch wenn ich noch nie in Algier gewesen bin.

Vielleicht spiele ich heute Abend etwas von Saint-Saëns zum Dinner. So säe ich ein wenig Sinn in die Absurdität. Auch wenn ihn keiner begreift.

23.21 Uhr

Mr Holland wollte wissen, was ich von dem Klavier im Speisesaal halte. Es ist weiß und von Schimmel – was soll man davon halten? Musste sofort an Richard Clayderman denken. Hausfrauenliebling und Wunschkonzertfavorit. Kürzlich noch habe ich irgendwo den Artikel eines Musikkritikers gelesen: »Es gibt Frisöre und Pianisten. Richard Clayderman ist ein Pianör.« Das ist unfair. Es ist leicht, sich zu erheben, aber es ist verdammt schwer, ein guter Unterhalter zu sein. Man kann nicht bloß mäßig unterhalten. Das erlaubt das Publikum nicht. Mäßige Unterhaltung straft es mit Verachtung. Ich glaube ja, dass aus solchen Kommentaren der Neid spricht. Den Unterhaltern wird unterstellt, sie beherrschten die Kunst nicht, dabei erheben sie diesen Anspruch gar nicht. Ihr Anspruch ist es, Menschen zu erreichen. Und das gelingt ihnen (vermutlich besser als ihren Kritikern). Schließlich sind es die Pianöre aller kulturellen Sparten, die Geld verdienen. In der Literatur, in der Kunst, in der Musik – es gefällt, was gefällig ist. Ich kann daran nichts Schlechtes finden.

Pianör. Vater hätte dieses Wort geliebt. Mit aller Verächtlichkeit, aller Endstationshaftigkeit, die darin mitschwingt. Er hätte es freudestrahlend zu jeder Gelegenheit benutzt, um mich zu erniedrigen. Er hat ja auch Liberace verachtet, den »albernen Klimperheini«. In seinem Weltbild wäre Pianör der negative Komparativ von Pianist. Noch brotloser, noch sinnloser. Und jetzt bin ich genau das. Pianör. Wenn er wüsste. Ihn würde es vermutlich nicht überraschen. Er hat ja nichts anderes erwartet. Aber Mutter! Sie würde betroffen einen Gin kippen, so peinlich wäre ihr mein Broterwerb. Zum Glück muss ich mich dafür nicht mehr rechtfertigen.

Mir gefällt es. Und meinem Publikum auch.

Das Schimmelklavier. Der Klang ist gut. Jemand hat mal gedacht, die Klaviere hießen Schimmel, weil sie weiß sind. Wie die Pferde. Tatsächlich sind sie auffallend häufig weiß. Und man kann geteilter Meinung über die Farbe sein. Irgendwie ist sie eine Attitüde, sie erhebt das Instrument über die Musik. Als bestimme es die Musik und nicht, als diene es ihr. Keine Ahnung, ob Mr Holland verstanden hat, was ich meine.

Von Henrik den ganzen Tag noch keine Spur.

17.08.2005

03.44 Uhr
Liis war hier. Sie saß neben meinem Bett. Klein wie damals.
Sie sagte wieder: »Die Klaviere heißen Schimmel, weil sie
weiß sind. Wie die Pferde.«

06.21 Uhr
Ich bin völlig durcheinander. Es war so real, wie Liis plötzlich an meinem Bett saß und den Satz mit den Schimmel-
klavieren sagte. So wahr. Mir blieb die Luft weg, ich kann
mich nicht daran erinnern, was ich gemacht habe. Nur an
diese Enge in der Brust. Ich habe nie von ihr geträumt. Kein
einziges Mal. Und jetzt, plötzlich, wieso ist sie ausgerechnet jetzt da?

Ich muss an die frische Luft. Jetzt ein Cappuccino bei
Giulio am Campiello Diedo. Daneben ein stinkender Ka-
nal. Und drum herum viel Leben. Echtes Leben. Das wäre
schön.

Zum ersten Mal, seit ich auf See arbeite, habe ich nicht
das Gefühl, dass es mir an Bord besser geht als an Land. Im
Gegenteil.

14.24 Uhr
Málaga. Ich brauchte Bäume. Ein paar Palmen. Platanen. Mit
dem Bus nach Este, Balneario del Carmen. Etwas anderes
ist mir nicht eingefallen. Jetzt sitze ich im Restaurant und
gucke aufs Meer. Wieder aufs Meer. Trotzdem, der Perspek-
tivwechsel tut gut.

93

Überraschendes Gangwaygespräch mit der Tulpe, beim Aussteigen!

Sie: »Mögen Sie Spanien?«

Ich: »Nicht besonders.«

Sie: »Ich auch nicht.«

Sie hat eine warme Altstimme mit einem tiefen, leisen Lachen darin, ohne dass ihr Mund sich bewegt. Vielleicht ist sie Sängerin? Mir kommt es so vor, als hätten wir einander erkannt, ohne zu wissen, worin oder warum. Ich möchte sie anfassen, nicht nur berühren, anfassen. Die Hand auf ihren Arm legen. Es hat nichts mit Begehren zu tun, eher mit Vertrautheit. Ich hätte nichts dagegen gehabt, wenn sie mit hierhergekommen wäre, wenn sie jetzt einfach neben mir säße und ein Buch läse. Wo wohl ihr Mann war? Ich konnte ihn nirgends entdecken. Die meisten Passagiere sehen sich die Kathedrale und die Alcazaba an. Interessiert mich alles nicht. Mir sitzt immer noch die letzte Nacht in den Knochen. Der Schreck. Ich glaube nicht an Geister. Nicht an Dämonen, nicht an Übersinnliches. Lebendig ist lebendig, und tot ist tot. Ich war mal Naturwissenschaftler, das geht nicht einfach weg. Trotzdem frage ich mich, warum Liis gerade jetzt auftaucht. Es ist doch alles schon kompliziert genug.

Hinter mir der Park. Es rauscht in den Blättern. Ich könnte einfach bleiben und das Schiff fahren lassen. Arbeit würde ich finden. Wo Touristen sind, werden Pianisten gebraucht, das ist auf der ganzen Welt so. Ich könnte mir ein Zimmer suchen, drei neue Anzüge kaufen und wieder von vorn beginnen. Mildes Klima, gutes Essen. Nein. Hier sind zu viele Schweden. Costa del Sol ist für sie gleichbedeutend mit Süden. Wir machen Urlaub im Süden, sagen sie und meinen diese Hotelfestungen hier.

Wie oft kann ein Mensch von vorn beginnen? Wie viele Chancen hat man? Und wie oft kann man das eigentlich aushalten? Wie oft kann ich mich häuten, bis nichts mehr von mir übrig ist? Was fange ich an, wenn wir Dover erreicht haben?

Ich bin müde. Die Gedanken machen mich müde. Ich wollte nicht weg von Venedig. Eigentlich wollte ich wohl auch nicht weg von Rosa. Aber ich kann keinem Kind der Welt mehr gerecht werden. Ich habe es ja sogar geschafft, einen wildfremden Jungen zu verprellen.

Als ich vom Schiff ging, habe ich aus dem Augenwinkel gesehen, dass Henrik bei Johanna war. Sicher eignet sie sich besser als Babysitter als ich. Sein Vater muss ja unglaublich viel zu überprüfen haben, wenn er nicht mal einen kleinen Landausflug mit seinem Sohn machen kann.

18.08.2005

19.04 Uhr
Beim Sundowner ist Henrik wiederaufgetaucht, zumindest im Spiegelbild. Das gleiche Spiel wie zu Beginn der Reise. Er fängt meinen Blick in der Glastür zum Salon. Schaut mich an und gleichzeitig durch mich hindurch. Er verdreht die Augen, streckt die Zunge raus. Ich habe ihm zu Gefallen gegrinst. Mir war danach. Ich weiß, dass ich damit verloren

habe. Es war seine Revanche, sie stand ihm zu. Pelle und ich haben dieses Spiel »Busfenster« genannt. Das fällt mir jetzt plötzlich ein. Eigenartig. Es ist, als hätte mir jemand ein altes Foto gezeigt. Pelle.

Ich will nicht sagen, dass ich mich gefreut habe, Henrik zu sehen. Aber erleichtert war ich. Wie wenn das Schwalbenpaar, das einem immer den Balkon vollkackt, im Frühling zurückkehrt – dann ist man auch ein bisschen erleichtert. Entschuldigt habe ich mich nicht. Die Gelegenheit hat sich nicht ergeben. Ich vermute, wir sind auch so quitt.

Gibraltar. Zum ersten Mal habe ich »the Rock« auf einem englischen Schiff passiert. Es ist schon unterhaltsam, was da abläuft. Wie dem winzigen Stückchen Vereinigten Königreichs zugejubelt wird. Fähnchen geschwenkt werden. *God save the Queen.* Sogar das Abendessen wird verschoben, damit alle den Ausblick auf diesen von Affen bevölkerten Berg genießen können. Was sind das nur für seltsame Heimatgefühle?

Aber wer bin ich, das zu bewerten. Heimat interessiert mich nicht. Sie ist eine Erfindung jener Leute, die nicht den Mut haben, auf ihre Fähigkeit zur Anpassung zu vertrauen. Ich muss an die Leute denken, die ihren halben Hausstand mit in Urlaub nehmen – damit auch alles genau so ist wie daheim. Es geht nicht darum, Unterschiede zu entdecken, es geht darum, Gleichheiten herzustellen. Wo es gleich ist, da lass dich ruhig nieder.

Der Sonnenuntergang war allerdings gigantisch. Tief hängende Wolken, ein riesiger Theatervorhang in bauschigem Samt, darunter die Sonne in der Hauptrolle, ihr Paradestück: der Untergang. Wir fuhren auf brennender See durch die Straße von Gibraltar in den Atlantik.

Das Erste, was mir zu der Passage einfällt: »Gibraltar ist so eng wie 'ne Jungfrau.« Immer. Ich höre das Wort Gibraltar und denke diesen Satz. Er ist wie ein Ohrwurm, den mir dieser deutsche U-Boot-Film vor zwanzig Jahren ins Gehirn gesetzt hat. (Dass es überhaupt mal ein deutscher Film bis nach Schweden geschafft hat …) Dazu das Bild des Kapitäns, der wie ein Streitwagenlenker auf der Brücke steht und mit vorgerecktem Kinn sein Schiff in die Schlacht steuert.

Wir sind kein U-Boot, von Seekrieg keine Spur. Aber wie Frieden fühlt es sich auch nicht an.

19.08.2005

01.23 Uhr
Anstrengende Schicht. Der übliche Publikumswechsel nach einer Woche. Ich frage mich immer wieder, wieso es dazu kommt. Ist es das Gefühl, nicht schon nach einer Woche Routinen haben zu wollen? Die Angst, etwas anderes, vielleicht Besseres zu verpassen? Sättigungsgefühle? Langweilen sie sich? Ich wiederhole mich so gut wie nie, mein Repertoire umfasst inzwischen weit über tausend Stücke. Aber Lawrence Alexander bleibt Lawrence Alexander. In weißem oder schwarzem Anzug – die Hände hebe ich immer auf die gleiche Art.

Trotzdem war genug los. Zahlreiche neue Gesichter im Old Major, darunter auch die Bücherwürmer. Sie haben es endlich geschafft! Es hat mich gefreut, sie zusammen zu sehen – alle sechs an einem Tisch, und alle ohne Buch. Unsicher, wie frisch Verliebte. Ihre vorsichtigen Annäherungen sind richtig rührend. Umso nerviger der laute Mann an der Bar, Typ Platzhirsch in Spendierhosen, erfüllt jedes Klischee von der Zigarre bis zur Geldklammer. Wenn mir so einer einen Schein in die Brusttasche steckt, mir mit seiner Fetthand auf die Schulter klopft und »Play it again, Sam« sagt, hasse ich meinen Job, hasse mein Lächeln und meine Unterwürfigkeit. Sam. Wir sind alle nur ein Abklatsch von Sam. Bloß kann man leider nicht glaubhaft machen, das Stück nicht zu beherrschen. Selbst die Bergman sagt: »Früher hast du besser gelogen, Sam.« Ich hasse *As time goes by*. Selten bin ich dem Kontrollverlust näher.

Die Konzentration hat mich ungewöhnlich angestrengt. Die Schultern verspannt, Muskelkater im Gehirn, der sich in die Sehnen der Finger fortpflanzt. Das Zeigefingergelenk tut plötzlich weh wie eine alte Kriegsverletzung, Granatensplitter. Passt ja alles zu meiner inneren Unruhe. Sie rumort und rumort.

Die zwei Whiskys in der Crew-Bar habe ich wirklich gebraucht, um runterzukommen. Vieles wird leichter mit einem Glas Whisky. Aber den Fehler, mich abzuschießen, mache ich nicht noch mal. Die Stimmung in der Bar war gut. Jetzt brauchen fast alle mal eine Auszeit von den Ansprüchen der Passagiere und wollen feiern. Wie dieses Balkanmädchen von der Flamenco-Tanzgruppe mich angemacht hat! Schöne, kleine Brüste, braune Haut. Schmeichelhaft, dass so ein junges Ding sich die Mühe macht ... Thanks, but no, thanks.

Ich brauche Schlaf. Ich brauche einen Plan. Ich habe Angst, dass Liis wiederkommt. Oder schlimmer noch, dass sie es nicht tut.

Der alte Schmerz ist wieder da.

Plötzlich wird mir klar, dass er nicht erst heute zurückgekehrt ist, sondern schon bei der Abfahrt aus Venedig. Ich habe ihn zuerst nur nicht erkannt. Wahrscheinlich, weil ich gehofft hatte, er käme nie wieder.

09.35 Uhr
Dritter Seetag und Atlantiktaufe mit viel Gejohle und Bohei. Die Hälfte der Reise ist um. Sollte ich froh darüber sein? Ich weiß es nicht.

Wir ziehen eine Bahn aus weißem Schaum hinter uns her. Schnurgerade. Das von den Heckschrauben aufgewirbelte Wasser wird in eine andere Richtung gedreht, als Wellen und Wind es wollen. Tausende kleiner Strudel ziehen die Luft in die Tiefe, lassen Blasen aufsteigen. Zischend kräuselt sich das Salzwasser. Das ist die kurze Spur, die wir hier hinterlassen. Die einzige. Eine Weile ist sie noch sichtbar, aber sie löst sich langsam auf. Addiert sich als hundertste Stelle hinter dem Komma zu den anderen Wellen. Spätestens in einer Stunde hat das Meer vergessen, dass wir da waren. Wir sind ihm egal. Weil es so viel größer ist als wir. Hier sind wir die Ameise unter dem Schuh. Das beruhigt und beunruhigt gleichermaßen.

Henrik hat mir anscheinend verziehen und meinen Rückzugsort ausfindig gemacht. War ja auch nur eine Frage der

Zeit. Als ich mit meinem Kaffee an Deck kam, um meine Morgenkippe zu rauchen, war er schon da. Immerhin hatte er mir den Stuhl frei gelassen und sich auf die Plastikkiste mit den Rettungsinseln gesetzt. Ich weiß immer noch nicht, was er bei mir sucht. Wir haben lange geschwiegen. Nach einer halben Stunde ist er aufgestanden, hat gesagt »Ich muss jetzt gehen«, und weg war er.

13.04 Uhr
Der Wind hat zugenommen, jetzt fühlt es sich endlich an wie eine Schiffsfahrt. Zirruswolken, die wie winkende Federn in eisiger Höhe über den Himmel ziehen. Salzige Schaumküsse in der Luft. Man sucht den Windschatten trotz angenehmer 26 Grad.

Am Bridgetisch fehlt die lustige Dame von den Honneurs, Mrs Grey. Ob sie seekrank geworden ist? Einer der Herren ist für sie eingesprungen. Aber da ist ein spürbarer Knick in der guten Laune. Wie eine kleine Wolke am ansonsten blauen Himmel, die plötzlich die Sonne verdeckt.

Muss an *Love Boat* denken. Da würde Mrs Grey aus dramaturgischen Gründen sterben und irgendeinem jungen Mann, der noch nicht mal weiß, dass sie seine Großmutter ist, eine Menge Geld hinterlassen. Vielleicht sogar dem Bordpianisten. Aber meistens folgt die Realität dieser simplen Dramaturgie nicht. Das Leben ist komplizierter. Und manchmal auch einfacher. Manchmal wird eine alte Dame – allen Stabilisatoren zum Trotz – eben einfach nur seekrank. Hoffentlich.

Das Captain's Dinner verpasst sie dann wahrscheinlich auch, die Arme. Das ist ja für die meisten das Wichtigste.

Was die Leute bloß alle daran finden. Es ist doch eine Farce. Ein Maskenball. Jeder gibt vor, mehr zu sein, als er ist. Mit hohen Absätzen und Kummerbund kommt plötzlich eine Attitüde von Klassenbewusstsein ins Spiel, die mich unsäglich befremdet. Und mich schon immer befremdet hat. Nichts ist mehr echt. Das Understatement wird zum Overstatement. Und wie es sich anfühlt, in einer Behauptung herumzulaufen, die einem schlechter passt als ein geliehener Anzug, das weiß ich. Wie oft bin ich mir auf Empfängen wie ein Außerirdischer vorgekommen? Vaters Hand im Rücken, die mich in nichtssagende Small-Talk-Situationen schiebt. Eine Zeit lang habe ich ja sogar mitgemacht, wirklich versucht, so zu sein, so zu leben. Versucht, mich auf diese Art bedeutsam zu fühlen. Mit großen Gesten teuren Wein getrunken und an Erfolg geglaubt.

Wahrscheinlich hätte ich mich bei Vater dafür bedanken sollen, dass er mich noch rechtzeitig demontiert hat, bevor ich gänzlich zum Deppen wurde.

Wie ich Dinner dieser Art verabscheut habe.

Aber ich sitze ja schon lange nicht mehr an diesen Tischen. Vom Flügel aus ist so ein Setting definitiv erträglicher.

Scheint so, als liegt das Klassische Mike und Frank nicht ... Vielleicht haben sie sich aber auch nur erfolgreich gedrückt. Jedenfalls hatte ich keine Wahl. Egal. Wenn der Wind weiter zunimmt, kann es trotzdem ein ganz interessanter Abend werden. Die Kollision von Upper Class mit Seekrankheit hat bisweilen hohen Unterhaltungswert.

17.44 Uhr

Das Quartett ist, soweit ich sehen kann, ganz nett. Eine Gruppe deutscher Barockmusiker, in Málaga an Bord gekommen. Unkomplizierte Probe für heute Abend (in Henriks Gegenwart, wen wundert's?), leichte Unterhaltung, hauptsächlich Vivaldi, zwischen den Gängen.

Johanna entgeht wirklich gar nichts: Sie kam noch mit einem Sonderwunsch – Mendelssohns Hochzeitsmarsch. Irgendwer soll zur Silberhochzeit überrascht werden. Torte mit Wunderkerzen und Musik. Ich glaube, es ist dieses Paar, das mir am Anfang der Reise so unbeholfen erschienen ist. Ganz falsch lag ich nicht. Sie haben die Reise zwar nicht gewonnen, aber geschenkt bekommen, was ja im Prinzip auf dasselbe hinausläuft. Sicher werden sie sich vor Verlegenheit krümmen.

Henrik hat stolz verkündet, dass er heute Abend am Tisch des Kapitäns sitzen darf. »Bei Onkel John«, wie er sagte. Seine Vertraulichkeit ist irgendwie rührend. Fast hätte ich sagen mögen, dass ich auch mal einen Onkel Jon hatte.

Der Cellist dachte, Henrik wäre mein Sohn.

20.08.2005

00.32 Uhr

Ich habe nichts unternommen. Ich konnte nicht.

Ich habe sie fallen sehen, zusammenbrechen, einstürzen.

Ihren Mund und ihre Augen. Sie ist in die Musik gestürzt, durch die Zeit. Und ich habe ihr nicht geholfen.

Ich habe alles gesehen: wie sie vom Tisch aufstand, ihre Hand auf die Schulter ihres Mannes legte, ein paar Worte sagte. Ihre vier oder fünf Schritte in Richtung Ausgang. Wo geht sie hin, habe ich mich gefragt. Wieso verlässt sie den Tisch des Kapitäns? Das tut man nicht. Ihr plötzliches Wanken. Wie sie auf ihren blauen Pumps umknickte. Ihr weißes Kleid sich hochschob. Rot wurde. Ich wusste sofort, was los ist, ein spontaner Abort ist wirklich nicht schwer zu erkennen. Ich habe in ihre Augen gesehen, habe etwas sterben sehen, und ich habe mich nicht gerührt.

Die Tulpe ist dort auf dem tiefseegrünen Teppich beim Captain's Dinner verwelkt. Unter den Blicken aller.

Ich wollte loslaufen, als sie dalag. Nicht zu ihr hin, sondern weg. Weg. Aber selbst das ist mir nicht gelungen. Ich war wie festgenagelt, und meine Hände klebten an den Tasten. Der Ruf. »Ein Arzt! Ist hier ein Arzt?« Niemand meldete sich. Und ich? Ich habe nichts unternommen. Nichts.

Ich habe brav mein Programm absolviert und dem schockierten Silberhochzeitspaar den Hochzeitsmarsch gespielt. Tatatataaa.

Mir ist schlecht. Ich muss raus.

Sonntag, 28. 6. 1992

Die Stimmung war so gelöst, wie es das ehrwürdige Ambiente, die Kombination der Gäste und der noch maßvolle Weinkonsum erlaubten. Vereinzeltes Lachen, dunkles Gemurmel und das Klingen der Gläser vermischten sich zu einem einzigen freundlichen Geräusch. Laurits lehnte sich zurück und lauschte ihm nach. Tief in seinem Inneren vernahm er das Echo von Zufriedenheit. So hatte er sich diesen Abend gewünscht: stilvoll und entspannt. Wer hätte gedacht, dass es so einfach werden würde?

Alle um ihn herum schienen sich gut zu unterhalten, niemand verlangte nach seiner Aufmerksamkeit. Einmal hatte er gelesen, dass die Einsamkeit des Gastgebers beginnt, wenn die Gäste sich wohlfühlen, doch selbst wenn das zutraf – es gab bestimmt schlimmere Arten, einsam zu sein.

Die Vorspeise, dreierlei gratinierte Austern à la bretonne an pain intégral au Roquefort und buntem Salatbouquet, war bereits verspeist, und noch gab es keine Flecken auf der Festtafel. Weiß livrierte Kellner flogen mit wehenden Schößen vorüber wie Schwalben kurz vor Sonnenuntergang, schenkten Wein ein, räumten Champagnergläser, Teller und Besteck ab und verschwanden unter dem wachsamen Blick des Maître eilig in den Tiefen der Katakomben, die sich unter dem Operakällaren verzweigten.

Der alte Weinkeller eignete sich perfekt für den Anlass: Die Größe stimmte, der Raum vermittelte eine heimelige Geschlossenheit, und man war unter sich, ohne das demütigende Gefühl haben zu müssen, in einem Hinterzimmer platziert zu sein. Ja, manchmal hatte es tatsächlich Vorteile, ein Teil der besseren Gesellschaft zu sein und »mit der Investition von ein bisschen Kleingeld gute Beziehungen noch besser zu machen«, wie sein Vater sich ausdrückte.

Es war faszinierend, wie der Maître von seinem Stehpult neben der Treppe aus das Personal dirigierte. Mit sparsamen Gesten, kurzen Blicken und einem gelegentlichen Zucken der rechten Augenbraue lenkte er seinen Schwarm. Laurits fühlte sich merkwürdig ertappt, als der Restaurantchef seinen Blick mit einem dienstbeflissenen Lächeln, gehobenem Kinn und gerunzelter Stirn auffing. Ist etwas nicht in Ordnung?, fragten seine Augen und die hochgezogenen Brauen. Fehlt gar etwas? In seiner Haltung und der stummen Frage schien eine Spur von Gekränktheit zu liegen. Als wäre es ein Ding der Unmöglichkeit, dass dem Maître etwas entgangen war, sei es ein leeres Glas, ein fehlender Aschenbecher oder ein Wunsch, von dem sein Gast womöglich selbst noch nichts ahnte. Nein, nein. Laurits schüttelte den Kopf und hob abwehrend die Hand. Es war alles in Ordnung, sie waren bestens versorgt. Um seine Geste zu unterstreichen, lächelte er entschuldigend und griff nach seinem Weinglas.

Mortensson, der Sommelier des Hauses, hatte sich viel Zeit genommen, um mit ihm die Weine für diesen Abend zu verkosten, nachdem mit dem Küchenchef das Menü festgelegt worden war. Über zwei Stunden hatten sie gemeinsam hier unten gesessen und probiert, verglichen und diskutiert. Der Gewölbekeller hatte an diesem Tag völlig anders gewirkt, nüchtern, aber dennoch sympathisch. Die hellen Deckenlampen hatten den Raum in ein reales Licht getaucht, ihn entzaubert und sein wahres Gesicht zum Vorschein gebracht. Tische waren Tische, keine Tafeln. Reizvoll wie eine schöne, ungeschminkte Frau.

Die Auswahl des Weißweins war ihm nicht schwergefallen, es musste der südafrikanische Sauvignon Blanc sein. Der Chardonnay war zu alkoholisch, und ein deutscher Wein kam, auch wenn er erstaunlich schmackhaft war, schon aus Prestigegründen nicht infrage. Schwieriger stellte sich die Wahl des Rotweins dar.

»Ein ganz vorzüglicher Tropfen«, hatte Mortensson gesagt und ihm als Viertes einen Château Lafite-Rothschild eingeschenkt. Weiter sagte er nichts, und das war verwunderlich genug. Denn vor ihnen stand eine Glasorgel aus langstieligen Rotweinkelchen, in denen Reste schimmerten, schwarzlila bis hellrot, und Mortensson hatte jeden einzelnen Wein gelobt, gepriesen und bis ins Detail beschrieben. Laurits schwenkte sein Glas und hob es an die Nase. Sofort ahnte er, dass er keine Wahl hatte. Was er roch, war edel und würdevoll, und der Geschmack bestätigte diesen Eindruck sofort.

»Ja, das kann man nicht anders sagen.«

Mortensson hatte seine Sache gut gemacht, hatte ihm zahlreiche hervorragende Weine kredenzt und das vermeintliche Sahnehäubchen fast zum Schluss präsentiert. Dieser Wein entsprach der Klasse, die man im Nobiskeller pflegte, der Klasse der Speisen, der Klasse der Gäste. Der Sommelier sah ihn durch seine Designerbrille erwartungsvoll an wie ein Professor, der seinen Musterschüler testet, in der sicheren Gewissheit, dass er die richtige Antwort geben wird.

Laurits wiegte den Kopf, schwieg und griff noch einmal zu dem Glas mit Shiraz. Mortensson schenkte derweil den letzten Wein ein, doch der entlockte Laurits kaum mehr als ein Nicken.

Er war kein echter Kenner, das konnte er sich trotz seines guten Gehalts bei den Preisen, die man im Systembolaget für eine anständige Flasche zahlte, gar nicht leisten, doch er kannte die eigenen Präferenzen, was schon mehr war, als der Durchschnittsschwede von sich behaupten konnte. Und er wusste, dass ihm der schlanke Shiraz viel eher lag als der breite, wuchtige Franzose. Spätsommerfrische mit Herbstluft.

»Ich finde den Shiraz auch sehr interessant«, begann er.

»Ohne Zweifel«, sagte Mortensson und faltete die Hände.

»Ziemlich viel Tannin ...«, überlegte Laurits laut.

»Wie gesagt, ein eher junger Wein im Vergleich, kantiger.«

»Aber mit einer schönen Frucht.«

»Brombeere und Johannisbeere«, sagte Mortensson priesterlich.

»Ich finde, er hat durchaus …«

Laurits roch noch einmal an seinem Glas.

»Auf jeden Fall, eine sehr gute Wahl.« Die Glasorgel blieb stumm, und Mortensson schwieg wie versiegelt.

»Nun gut, ich denke, wir nehmen doch den Rothschild«, sagte Laurits.

Geschlagen.

Mortensson lächelte. »Wie Sie wünschen, Herr Simonsen.«

Laurits trank einen Schluck von dem kühlen Sauvignon Blanc, der mit der Vorspeise serviert worden war. Apfel und grüner Pfeffer, hatte Mortensson erklärt, doch Laurits musste viel eher an den bunten Wiesenblumenstrauß denken, mit dem Liis ihn am vergangenen Sonntag übermütig kichernd geweckt hatte, als sie auf nackten Füßen ins Schlafzimmer im Sommerhaus auf Dalarö gelaufen kam. Tapp, tapp, tapp. Er hatte wach im Bett gelegen, auf ihre näher kommenden Schritte gelauscht und sich genau erinnert, wie sich die Dielen in seinen Kindersommern unter den Füßen angefühlt hatten.

Jetzt saß seine Tochter aufrecht auf ihrem Stuhl am Kopf der Tafel, in einem grünen Prinzessinnenkleid, das ihre Augen strahlen ließ. Rührend, wie sie mit vorsichtigen Fingern immer wieder tastend prüfte, ob ihre aufwendig gedrehten Locken noch in der Hochsteckfrisur hielten. In der abgetönten Distinguiertheit dieser Umgebung leuchtete sie so hell, wie es nur zehnjährige Mädchen vermochten. Er hörte, wie sie mit lehrerhafter Stimme auf Amy einredete, die neben ihr saß.

»Nein, Omama. Mario geht doch nicht in meine Klasse! Mario ist eine Computerfigur, das verstehst du doch wohl. Im Super Nintendo. Aber Mama erlaubt mir ja nicht mal einen Gameboy, und Papa hat bis heute nicht kapiert, dass Tetris nichts mit Tee zu tun hat.«

»Gameboy?«, fragte Amy mit gerunzelter Stirn, »du lieber Himmel, bist du dafür nicht noch ein bisschen zu klein?«, und Liis stöhnte: »Oooomama!«

Wie aufmerksam seine Mutter ihrer Enkelin zuhörte. Es berührte ihn seltsam, wie in Liis' Beisein ein mattes Strahlen durch ihre fest zementierte Fassade drang. Der Schein eines lang erloschenen Sterns.

Liis flüsterte ihr kichernd etwas ins Ohr, und seine Mutter begann in ihrer Handtasche zu kramen. Sie waren sich so nah. Einfach und unvoreingenommen. Hatte er mit seiner Mutter jemals eine solche Vertrautheit erlebt? Meistens hatte sie sich hinter ihrem Gesellschaftsgesicht verschanzt. Lächeln, immer lächeln, bis es schmerzt. Und keine Unsicherheit zeigen. Eine Dauermaske, die sie – als Einzige – für die standesgemäße Erhabenheit einer Hausherrin hielt. Doch in der letzten Zeit hatte sie sich verändert, er sah es in ihrem Gesicht; sie wirkte entspannter und weniger nervös. Als hätte sie, nach vielen Jahren der vergeblichen Mühe, plötzlich eingesehen, dass nie eine wirkliche Grande Dame aus ihr werden würde, und sich deshalb zumindest die leise Souveränität einer Hausdame zugelegt. Was ihr deutlich besser stand.

Sein Vater thronte ihr gegenüber, wie er es schon immer getan hatte. Unübersehbar. Kein Wunder, dass die Kellner zuerst ihn für den Herrn der Tafel halten wollten. Aber der Maître hatte drei Mal mahnend mit der Zunge geschnalzt und sie mit einer Augenbewegung zu Laurits herüberdirigiert.

Wie hätte ihn ein solches Missverständnis vor ein paar Jahren noch getroffen. Doch außer einem kurzen Stich, der genauso gut eine winzige Herzunregelmäßigkeit sein konnte, war da nichts.

Magnus' Erscheinung war nach wie vor imposant. Zwar war sein Haar, streng mit Wasser nach hinten gekämmt, ein wenig dünner geworden, die Wangen eine Spur schlaffer als früher, doch sein Rücken war trotz seiner vierundsiebzig Jahre noch gerade, seine Schultern kantig und breit, und der Smoking saß tadellos. Wahrscheinlich würde er selbst beim Jüngsten Gericht keine anderen Götter neben sich dulden. Da jedoch heute keine Gefahr bestand, dass ihm jemand den Rang ablaufen würde, unterhielt er sich nahezu angeregt mit Mart über den Zerfall der Sowjetunion – worüber sonst? – und die Probleme von Kleinstaatenwirtschaft.

Laurits konnte nicht genau verstehen, was Mart sagte, aber sein Schwiegervater schien ausnahmsweise mehr als ein Drittel des Gesprächsanteils bestreiten zu dürfen und auch zu wollen. In den letzten drei Jahren hatte der sonst so ruhige und wortkarge Mann sich deutlich verändert. Was seine Mutter an Nervosität abgelegt hatte, war Mart an Unruhe in die Glieder gefahren. Seine schrundigen Arbeiterhände bewegten sich unablässig, fuhren alle paar Minuten über das dünne, bleiche Haupthaar, rieben die Nasenspitze, und mit dem richtigen Stichwort war seine sonst an Lethargie grenzende Besonnenheit augenblicklich weit fort und übers Meer geweht. Seit im Baltikum ein Staat nach dem anderen seine Unabhängigkeit deklarierte, Litauen, Lettland und Estland singend die Revolution gegen das Sowjetregime eingeleitet hatten, brannte in den Augen seines Schwiegervaters ein Feuer, das Laurits vorher nicht gekannt hatte, auf seinen Wangen glühten fast fünfzig Jahre Heimweh. Manchmal war er richtiggehend hitzig. Es war zu bezweifeln, dass Marts leidenschaftliche Argumente seinen Vater wirklich nachdenklich stimmten, doch zumindest war im Moment das rasante gesellschaftliche Gefälle von Djursholm nach Bromma, wo die Schwiegereltern in einem kleinen Einfamilienhaus lebten, vergessen.

Ein Lachen von links. Kirkes warme Stimme. Seine Schwiegermutter war die Herzlichkeit selbst. Sie trug ein festliches Kleid, das weit über ihren wogenden Busen fiel. Sicher war sie eigens für den heutigen Tag beim Friseur gewesen und hatte sich nicht nur den Pagenkopf schneiden, sondern auch zwei braune Strähnen in ihr weißes Haar färben lassen, die in perfekter Symmetrie links und rechts vom Scheitel abzweigten. Er kannte keine andere Frau, die ihre Haare auf diese eigenwillige Art gestaltete – die modischen Kurzhaarfrisuren für die reifere Frau, an die sich seine Mutter schon seit Jahren hielt, obwohl sie wesentlich jünger war, schienen Kirke jedenfalls nicht zu interessieren. Ihre lebhaften blauen Augen, die, genau wie seine, unter Schlupflidern verschwanden, waren auf Daniel und Eva gerichtet.

»Jetzt haben sie in der Stadt sogar verboten, im Garten

zu grillen«, sagte sein Freund gerade, »wegen der Brand-
gefahr. Bei uns in der Nachbarschaft hat sich ein Mülleimer
entzündet.«

»Wobei man nicht sicher sein kann, ob Christian vielleicht einfach seine Zigarette nicht richtig ausgemacht hat«,
warf Eva ein. »Christian ist unser Nachbar«, fügte sie erklä-
rend hinzu. »Ein Chaot.«

»Tja, zuzutrauen wäre es ihm«, sagte Daniel.

»Sicher konnte der arme Mann nichts dafür. Wahrscheinlich war es einfach die Hitze«, sagte Kirke. »Ich kann mich
jedenfalls nicht erinnern, dass es im Juni jemals so trocken
war. Bei uns hat ja selbst der Schimmelfleck im Bad aufgehört zu wachsen.«

Daniel lachte.

Wahrscheinlich würde sich auf der ganzen Welt nicht ein
Mensch finden, der Kirke nicht liebte und nicht von ihr geliebt werden wollte.

»Sie hat ein Herz wie ein Bahnhof«, hatte Mart einmal
über seine Frau gesagt, »viel Platz für viele Menschen.«

Es gab Momente, da war Kirke auf eine geradezu provo-
zierende Art bescheiden, entschuldigte sich, noch bevor sie
anfing zu kochen, dass das Essen nicht schmeckte, und fand
selbst immer als Erste ein Haar in der Suppe. Die Zufriedenheit der anderen war für sie das größte Glück.

»Deine Mutter ist zu gut für diese Welt«, hatte Laurits
neulich beim Frühstück zu Silja gesagt. »Hast du jemals gehört, dass sie von sich und ihren Bedürfnissen gesprochen
hat? Das ist doch nicht gesund.«

»Meine Mutter ist die einzig wahre Sozialistin, die ich
kenne«, antwortete Silja.

»Und du bist die einzig wahre Idealistin, die ich kenne. Unter anderem deshalb liebe ich dich so sehr«, entgegnete er.

»Genau«, sagte sie, lächelte, trank einen Schluck Kaffee und las weiter die Zeitung.

So war sie. Silja. Einhundertzweiundsiebzig Zentimeter eigenwilliger Persönlichkeit. Eine Herbstzeitlose, zart, aber bei aller Schönheit doch mit wirksamem Gift ausgestattet. Schmal und weiblich zugleich. Klar und gerade. Das meiste an Silja war klar und gerade, sowohl ihr Charakter als auch ihre Haltung – nur ihre Schneidezähne standen ein wenig schief, und ihre schmale Nase wies, sehr zu ihrem Ärger, einen kleinen Höcker auf, seit sie als Kind ein unglückliches Zusammentreffen mit einem Treppengeländer gehabt hatte. Aber er liebte den Höcker, genau wie ihren weichen Bauch und die steile Falte zwischen ihren Augen, wenn sie zweifelte oder sich wunderte. In vielem war sie ihrer Mutter durchaus ähnlich. Es war ihm unbegreiflich, woher sie die Geduld nahm, sich nun schon zum wiederholten Mal und mit ungebrochenem Interesse Tante Mias Klagen über Hörgeräte und Busfahrer anzuhören. Den Kopf leicht schräg gelegt, einen Schimmer von Rot auf den Wangen – vermutlich kein Rouge, sie schminkte sich eigentlich nur die Lippen und die Augen –, sah sie in ihrem silbernen Kleid aus wie ein Wesen aus einer anderen Welt, ja, auf eine Art, und nicht zuletzt wegen des kleinen Hubbels auf dem Nasenrücken, hatte sie sogar Ähnlichkeit mit der Bajoranerin Ro Laren, Lieutenant der Sternenflotte unter Captain Picard. Aber diesen Vergleich behielt er wohl besser für sich, denn im Gegensatz zu ihm hasste Silja *Star Trek*, diesen »realitätsfernen Zukunftskram«.

Am anderen Ende des Tisches versuchte unterdessen ihr heringsdünner Bruder Hannu, Onkel Jon auseinanderzusetzen, dass Schweden immer tiefer in die ökonomische Krise steuere. Das war nicht unbedingt ein Staatsgeheimnis, doch da Hannu in den letzten Jahren verstärkt und streckenweise sogar mit kleinen Gewinnen »in Aktien machte«, hielt er sich für kompetent genug, mit einem Steueranwalt a. D. wie Onkel Jon darüber zu diskutieren. Seit Wochen schielte er stündlich auf den SAX, rauchte doppelt so viele Zigaretten wie früher, und er schien vor lauter Angst, sich verspekuliert zu haben, noch dünner geworden zu sein.

»Wir befinden uns im freien Fall. Die paar Garantien, die der Staat gegeben hat, sind doch nur ein Tropfen auf den heißen Stein«, ereiferte sich Hannu. »Wir können doch jetzt schon zugucken, wie unser Geld stündlich an Wert verliert. Ich verstehe nicht, wie die Banken auf diesen Immobilienhype reinfallen konnten – und das auf unsere Kosten. Wir werden untergehen, mit Mann und Maus. Aber keiner tut was, weil sie alle denken, Vater Staat wird's schon richten. Genauso gut kann man auch wieder an den Weihnachtsmann glauben.«

»Tja«, sagte Jon und paffte an seiner Zigarre. »So sind die Menschen. Sie schreien lieber, wenn's schon wehtut; dann ist es einfacher, einen Schuldigen zu finden.«

Hannu fuhr sich nervös durchs Haar.

»Ich verstehe wirklich nicht, dass euch das so kaltlässt. Ihr müsstet doch am meisten Angst um euer Geld haben, mit euren dicken Po-«

Hannus Frau Brigitte ging dazwischen.

»Hannu, Schätzchen, reg dich nicht so auf. Das hat doch

heute Abend hier nichts zu suchen, hm?« Sie legte ihm ihre fleischige Hand auf den Arm.

Laurits musste ein Grinsen unterdrücken.

Brigitte hatte nie eine elfengleiche Statur gehabt, doch inzwischen wog sie sicher mindestens doppelt so viel wie Hannu, was das Kräfteverhältnis in der Beziehung nur noch physisch untermauerte.

Onkel Jon war unangefochten. Wie immer.

»Hör nicht auf sein Gerede, Jon«, sagte Brigitte über Hannus Kopf hinweg. »Er bekommt in letzter Zeit zu wenig Schlaf. Und das alles nur wegen dieser angeblichen Finanzkrise. Als würde uns das was angehen. Ha, wenn wir nur unser monatliches Auskommen hätten, aber Hannu …«

»Nun«, wandte Onkel Jon ein, »wenn das Eis dünner wird, muss man schneller laufen …«

»Ihr entschuldigt mich«, sagte Hannu mit rotem Kopf und stand abrupt auf.

»Selbstverständlich«, antwortete Jon, und von seiner Zigarre stieg ein perfekter Ring auf.

Hannu konnte einem wirklich leidtun. Laurits mochte ihn, er war durch und durch liebenswert, aber er hatte die bedauernswerte Eigenschaft, in fast allen Lebenslagen aufs falsche Pferd zu setzen. Kirke und Mart verfolgten betroffen jede Bauchlandung ihres Sohnes und halfen ihm anschließend ungefragt wieder auf die Füße, soweit sie dazu in der Lage waren – was Silja, die nicht leicht aus der Ruhe zu bringen war, regelmäßig auf die Palme brachte.

Laurits roch noch einmal an seinem Wein, wollte nicht unbeschäftigt wirken, sondern noch für einen Augenblick seine Beobachterposition genießen.

Daniel, Eva und Kirke hatten das Thema gewechselt und in atemberaubendem Tempo einen Weg vom Schimmel im Bad zum Tennis gefunden. Der Name Stefan Edberg fiel.

»Dieser Junge ist wirklich tüchtig«, sagte Kirke. »Er war noch so jung, als dieser makabre Unfall passiert ist, und trotzdem hat er so eine tolle Karriere gemacht. Ich finde, er macht seine Sache großartig.«

»Ja, ja, ein echter Schwiegermutterliebling«, sagte Daniel lakonisch und zwinkerte Kirke zu. »Fast so wie unser Laurits …«

»Na, das musst du erst mal verdauen, wenn du mit einem Aufschlag einen Schiedsrichter erschossen hast. Dafür spielt er nun wirklich nicht schlecht«, stärkte Eva Kirke den Rücken.

Nachdem sie ihren Mann erfolgreich mundtot gemacht hatte, mischte sich Brigitte jetzt in das Gespräch ein.

»Ach, das ist aber nicht euer Ernst? Dieser kleine Weichling ist doch kein Vergleich zu Björn Borg«, sagte sie. »Einen wie den wird's kein zweites Mal geben.«

»Ach, Björn Borg, ja. Aber hatte der nicht so eine schreckliche Frisur?«, entgegnete Kirke, womit der nächste Themenwechsel eingeleitet war.

Sie unterhielten sich ungezwungen, was wollte man mehr?

Unter dem Tisch legte Laurits seine rechte Hand leicht auf Siljas Oberschenkel. Durch den dünnen Seidenstoff spürte er ihre Wärme. Ohne dass sie auch nur den Blick von Tante Mia wandte, kam ihre linke Hand ihm entgegen. In einer vertrauten Bewegung verflocht sie ihre Finger mit seinen, und völlig unbewusst, wie von einem kleinen Motor getrieben, fuhr ihr Daumen über die Narbe an seinem Zeigefinger. Hin und her. Sie lächelte. Ganz sicher lächelte sie jetzt.

Gewissheit, Zuversicht – dazu bedurfte es, damals wie heute, nur einer kurzen Begegnung ihrer Finger.

Die erste Berührung ihrer Hände hatte nach ein paar kurzen Blicken und wenigen Sätzen am lagerfeuerbeschienenen Strand von Långholmen stattgefunden. Es war im Sommer nach dem Physikum gewesen, 1979.

Nach vier Semestern, in denen er sich kaum eine Atempause gegönnt hatte, war Laurits mit einem ausgezeichneten Zeugnis der medizinischen Fakultät in der Hand aus dem Karolinska-Institut getreten und musste sich zügeln, um nicht wie ein Pennäler loszurennen und dabei laut den Ferien entgegenzuschreien.

Die Welt war in den vergangenen Monaten mit all ihren Nachrichten an ihm vorübergerauscht, die Flucht des Schahs aus dem Iran, der Tod von Sid Vicious und die Weltcup-Siege von Ingemar Stenmark – alles nur Randnotizen. Und wer zum Teufel war Margaret Thatcher? Er hatte sich auf Anatomie, Physiologie und Biochemie konzentriert und auf nichts anderes. Er war abgetaucht in die Welt der Zellen, Nervenbahnen und Synapsen, hatte sich das Leben von innen vorgenommen, es erforscht, seziert und gehofft, es zu verstehen. Endlich zu verstehen.

An seiner Seite: Daniel und Eva. Unter Hunderten von Studenten hatten sie sich gefunden, wie Tiere aus dem gleichen Stall sich am Geruch erkennen. Allen dreien hing, trotz Wildlederjacke, Batiktasche, kaputter Jeans und langer Haare, wodurch sie eigentlich aussahen wie gut die Hälfte ihrer Kommilitonen, doch eine kaum wahrnehmbare, aber unauslöschliche Note von Bürgertum an. Sie waren Aufrührer nach ihren Möglichkeiten. Wohlstandshippies hätte Pelle sie genannt.

Sie lernten zusammen, feierten zusammen, und natürlich unternahmen sie im schweren Dunst von Räucherstäbchen auch den einen oder anderen biochemischen Selbstversuch. Irgendwann war aus Daniel und Eva plötzlich ein Paar geworden, doch außer dass jetzt nur noch Daniel mit Eva schlief, was Laurits ohne großen Kummer akzeptierte, änderte sich zwischen ihnen nichts.

Mittsommer war nicht mehr weit, und im blassblauen Licht der immerhellen Nacht saßen Grüppchen junger Leute zwischen den grauen Schärenfelsen, die am Ufer des Riddarfjärden lagen wie schlafende Walrosse. Ausgelassenes Gelächter und Gitarrengeklimper flogen durch die Nacht. Flaschen klirrten, die Flammen der kleinen Lagerfeuer zuckten, und das Wasser schimmerte wie ein blinder Spiegel.

Laurits genoss es, einer unter vielen zu sein, eines von zahlreichen schemenhaften Gesichtern. Es spielte keine Rolle, ob der Mensch gegenüber ein Freund war oder ein Fremder, man teilte, was es zu rauchen und zu trinken gab. Peace and Love und genüssliche Indifferenz auch für die braven Studenten. Nicht nur die Joints und der Rotwein, auch das plötzliche Übermaß an Freizeit hatten Laurits in einen nun schon Tage andauernden Rauschzustand versetzt.

»Ein bisschen Treiben«, sagte Daniel und nahm einen Zug. »Schweben.«

»Wie eine Qualle im Meer«, sagte Eva.

»Herrlich«, sagte Laurits.

Die Flammen trugen sie davon, die Zeit verbrannte knisternd im Feuer, aber was machte das schon, sie hatten unendlich viel davon. Irgendwann erwachte Daniel aus diesem Dämmerzustand und fragte:

»Wo ist eigentlich Eva?«

Laurits schaute sich um.

»Keine Ahnung«, antwortete er gleichgültig und stocherte mit einem Stock in der Glut. »Eben war sie noch da.«

»Ist es nicht seltsam, dass gleich nichts mehr so ist wie jetzt?«, sagte Daniel. »Alles ist immer neu. Jede Sekunde.«

»Hm«, machte Laurits. »Kann sein.«

Sie tranken noch einen Schluck von dem billigen Chianti in der Bastflasche, und ein Schweigen später war plötzlich auch Daniel weg. Stattdessen saß Silja neben ihm.

Er wusste nicht, wer sie war oder woher sie kam, sie war einfach da. Ihr Gesicht löste sich aus dem Schatten, als sie sich zu ihm herüberlehnte. Große graue Augen. Ein blonder Zopf und eine indische Bluse mit weitem Ausschnitt, der seinen Blick fing.

»Bist du auch Mediziner, wie all die anderen Vollidioten hier?«, fragte sie. Ihr Blick war prüfend.

Laurits nickte, und das Bild vor seinen Augen verdoppelte sich. Er war wirklich nicht mehr ganz nüchtern.

»Kannst du trotzdem über andere Dinge reden? Sonst geh ich wieder.«

Wieder nickte Laurits. Womöglich stimmte es nicht, womöglich konnte er nur noch hohl nicken, aber er hatte durchaus Lust, mit ihr zu reden, denn sie hatte eine andere

Art als die Mädchen, mit denen er sonst Anatomie übte. Direkter. Er merkte, dass er besoffen grinste.

»Ein Freund vieler Worte scheinst du jedenfalls nicht zu sein«, stellte Silja sachlich fest, als er nichts weiter sagte.

»Ich mag am liebsten Lieder ohne Worte«, kam es unwillkürlich aus seinem Mund. Was redete er denn da?

»Und was machst du so?«, schob er schnell hinterher.

»Verba docent. Ich studiere Literatur. Und Geschichte. Schwerpunkt Estland und Finnland.«

Er hustete verlegen.

»Gibst du mir einen Schluck?«, fragte sie, und als Laurits ihr die Weinflasche hinhielt und Silja danach griff, und als ihr die Flasche entglitt und als Laurits instinktiv versuchte, sie aufzufangen, da spürte er in der Dunkelheit unerwartet ihre kühlen Hände. Ein Schlag aufs Herz war das, und die Welt stockte, stolperte und richtete sich neu aus. Alle Pole waren festgelegt. Nord und Süd. Plus und Minus. In dieser Nacht verbanden sich seine rechte und ihre linke Hand magnetisch – zwei Jahre später dann ihre Zellen.

Es musste dieser Novembernachmittag gewesen sein. Dieser Donnerstag, an dem so hörbar Stille herrschte und die Straßen wie leer gefegt waren; an dem außer dem Hausmeister mit seinem darmkranken Hund draußen niemand zu sehen war, weil in Amerika unter Beobachtung von zehntausend Fernsehkameras die Raumfähre Columbia zum zweiten Mal in den Orbit geschossen wurde; es war der Tag, an dem Silja und Laurits eine längst überfällige Lerneinheit in Angriff nahmen.

Selbst im Studentenwohnheim war es still. Keine Musik aus dem Nebenzimmer, kein Töpfeklappern aus der Küche.

Alle waren ausgeflogen. Der Regen schickte die Tropfen in ziellosen Rinnsalen die Fensterscheibe hinunter, und die Elektroheizung summte leise. Siljas Füller kratzte in ihrer gleichmäßigen Schrift über das Papier, und Laurits fragte sich kurz, warum sie nicht mit Kugelschreiber schrieb, dann unterstrich er halbherzig den Satz: »Man unterscheidet terminale und interstitielle Deletionen. Sie führen zum Verlust von Chromosomenbereichen«, und wusste sofort, dass er ihn nicht behalten hatte.

So ging es nicht. Sie lenkte ihn ab. Das Kratzen ihres Füllers, das Rascheln beim Umblättern der Seiten und ihr Nachdenken, ihre ungebrochene Konzentration, ihr Geruch, ihr Schatten, ihre Gegenwart, alles an ihr irritierte Laurits. Am meisten aber irritierte ihn, dass sie in seiner Gegenwart anscheinend problemlos lernen konnte, während es ihm nicht gelang, mehr als drei Sätze am Stück zu lesen. Wie viele Ideen, die in der Theorie überzeugen, stellte sich auch der Versuch, gemeinsam zu lernen, als für die Praxis untauglich heraus, zumindest was Laurits betraf.

»Ob die Rakete schon gestartet ist?«, fragte er in die Stille.

»Vielleicht«, sagte Silja und sah von ihrem Buch auf.

»Ist schon ein merkwürdiger Gedanke, dass genau in diesem Moment ein paar Männer etwas tun, was die Welt für immer verändert«, sagte er.

»Verändert nicht alles, was wir tun, die Welt?«, fragte sie. Ein Blick über den Stapel aus poststrukturalistischer Literaturtheorie und Humangenetik, der sich zwischen ihnen auftürmte. Eine Ansammlung von abstraktem Wissen, das Lichtjahre von ihrer Realität entfernt schien.

»Nur dass uns niemand dabei zuschaut.«

Drei Gedanken später lagen sie nackt auf seinem Bett, er oben, sie unten und so eng an ihm, dass sich der Schweiß auf ihren Bäuchen zu einem feinen Film verband. Als er tief, tief in ihr war, hielt Silja ihn unnachgiebig an sich gedrückt, bis er die Kontrolle aufgab, nicht mehr versuchte, erneut in sie zu stoßen; bis er begriff, dass sie bereits angekommen waren und nirgends mehr hinstrebten. Sie verharrten; auch als ein Krampf in seinen Oberschenkel fuhr, hielt er ganz still. Mit weit geöffneten Augen schauten sie sich an und sahen die Woge heranrollen, schauten sich an, als sie über ihnen brach, sie mit sich riss und krachend auf den Strand schleuderte.

Natürlich konnte er nicht mit Sicherheit sagen, dass Liis wirklich an diesem und nicht am nächsten Tag oder an dem davor gezeugt wurde, doch er meinte deutlich gespürt zu haben, dass diesmal etwas anders war, daran erinnerte er sich noch genau. Daran und an blau karierte Bettwäsche und den schweren Geruch von Patschuli.

Laurits hob Siljas Hand an seinen Mund und drückte die Lippen darauf. Sie sah ihn an, und es stimmte: Sie lächelte.

Sie waren dreizehn bei Tisch – sehr zum Missfallen der Damen, denn Kirke war auf althergebrachte Art abergläubisch, seine Mutter hatte Agatha Christie gelesen und Silja Ibsen. Laurits wäre es ebenfalls lieber gewesen, wenn ein Gast mehr am Tisch gesessen hätte, aber Pelle war nicht aufgetaucht. Es wäre einem Wunder gleichgekommen, wenn er tatsächlich erschienen wäre, er fehlte inzwischen schließlich seit knapp sechzehn Jahren, aber in trotziger Beharrlichkeit bildete sich Laurits immer noch ein, sein Freund stünde gleich hinter der nächsten Kurve.

Pelle war wie ein amputierter kleiner Zeh. Man konnte damit, vielmehr ohne ihn leben, aber es lief sich eben nicht ganz so gut. Es wäre zu schön gewesen, ihn an diesem Abend am Tisch zu haben und zuzusehen, wie er alle mit seinem Charme einwickelte. Seine Mutter hätte ihm nicht widerstehen können, Kirke hätte ihn bewundert, Tante Mia hätte ihn fest auf die Wangen geküsst, und Liis hätte ihn auf ganz ähnliche Weise geliebt wie er. Er hätte Geschichten aus seinem Weltenbummlerleben erzählen können, von Neuseeland oder Afrika oder Göteborg, und sie hätten an seinen Lippen gehangen. Mit seiner jungenhaften Art sprach er eine Seite bei den Frauen an, die keine von ihnen gern zugab. Ein Satz – und selbst die griesgrämigste Verkäuferin errötete oder kicherte mädchenhaft. Jede wollte ihn ein wenig retten, ein bisschen bekehren, verwöhnen und dabei heimlich etwas von dem Abenteuer und der Freiheit atmen, die ihn umgaben. Sein Freund war nie ganz aus Laurits' Leben verschwunden, aber er war ein Trabant auf seiner Umlaufbahn und folgte seinen eigenen Regeln.

Ein halbes Jahr nachdem Pelle seinerzeit ohne ihn nach Spanien aufgebrochen war, hatte Laurits eine Postkarte von Kreta bekommen. Blauer Himmel, ein Hafen, ein Esel. Auf der Rückseite der Ratschlag: »Pack Deine Sachen und komm her, Mann. Hier ist das wahre Leben! Gruß aus Mátala, P.«. Zwei Jahre später hatte das wahre Leben dann laut einer weiteren Postkarte in einem Aussteigerdorf auf La Gomera stattgefunden, und von dort hatte Pelle sich für lange Zeit in eine fröhlich kiffende Funkstille verabschiedet. Erst kurz nach Liis' Geburt 1982 rief er plötzlich wieder an, mitten in der Nacht.

»Wie geht's, alter Freund?«, hatte er gefragt, als Laurits verschlafen den Hörer abnahm. Als hätten sie erst vorgestern miteinander gesprochen, als wollte er sich nur mal wieder melden und hören, wie es ging. Laurits war so froh und überrascht gewesen, Pelles Stimme zu hören, dass er sofort lossprudelte.

»Ich bin total verliebt!«, hatte er übermütig in den Hörer geschrien.

»Na endlich!«, sagte Pelle. Es knackte in der Leitung.

»Was?«, rief Laurits.

»Na endlich!«, wiederholte Pelle deutlich. »Seit wann?«

»Seit drei Jahren!«, rief Laurits in den Hörer. Er hatte nicht nur das Rauschen in der Leitung, sondern auch sechs lange Jahre Stille zu übertönen.

»Wirklich?«, sagte Pelle. »Das muss ja eine tolle Frau sein.«

»Ja, die beste. Nichts für dich also.«

Pelle lachte. Laurits presste den Hörer ans Ohr, ging vor dem Telefontischchen im Flur auf und ab, soweit es das Kabel zuließ, und fuhr sich mit der Hand durch die Haare. Er war ganz nervös.

»Aber ihren Namen verrätst du mir?«

»Sie heißt Silja.«

»Aha, eine Finnin.«

»Nein, sie ist Estland-Schwedin. Aber in Stockholm geboren. Ihre Eltern sind 44 aus Tallinn geflohen, in einem Ruderboot, als die Deutschen den Russen ...«

»Erspar mir die Familiengeschichte. Wie hält sie es bloß mit dir und deinem ewigen Geklimper aus?«

Rauschen.

»Ich spiele nicht mehr.«

Rauschen, Rauschen. Rauschen.

»Hallo? Pelle! Bist du noch da?«, rief Laurits.

»Ja! Klar«, sagte Pelle. »Umso besser! Womit machst du ihr denn dann das Leben schwer?«

Laurits lachte erleichtert.

»Ich fasse den ganzen Tag andere Frauen an«, antwortete er.

»Du bist Gigolo? Hätte ich dir gar nicht zugetraut!«

»Nein, Mensch! Gynäkologe.«

»Du ahnst es nicht! Ein Doktor.« Pelle stieß einen Pfiff aus. Und fragte nicht nach. »Und wann heiratet ihr?«

»Wir sind schon verheiratet«, antwortete Laurits. »Seit drei Monaten.«

»Und das erfährt man so nebenbei! Mein lieber Freund – und das schon mit vierundzwanzig.«

»Wir haben auch eine Tochter. Sie heißt Liis. Mit zwei i. Ist sechs Wochen alt.«

Pelle jubelte.

»Du musst sie unbedingt kennenlernen!«, rief Laurits. »Und du? Was ist mit dir? Du hast doch sicher auf jedem Kontinent ein Kind!«

Hinter ihm öffnete sich die Tür, und Silja steckte den Kopf herein. Müde und noch immer ein bisschen blass, da das neue Leben seinen Tribut forderte.

»Warum schreist du denn so?«, fragte sie, skeptische Falte zwischen den Augenbrauen. »Die Kleine schläft doch.«

»Es ist Pelle. Pelle, du weißt schon, mein Freund«, flüsterte er und zeigte auf den Hörer.

»Was ist?«, fragte Pelle.

»Nichts, das war nur Silja«, rief Laurits in unverminderter Lautstärke und winkte ab, als Silja ihm einen Vogel zeigte. »Kommst du bald nach Hause?«

»Nach Hause? Ich höre immer nach Hause! Wo ist dieses Zuhause, von dem alle sprechen? Nein, mir geht es prächtig. Ich bleibe hier.«

»Wo steckst du eigentlich?«

»Valencia. Mitten zwischen dicken Apfelsinen.«

»Gut zu wissen, dass du das Leben genießt.«

»Ja.«

Kurzes Schweigen, Pelle räusperte sich.

Laurits wusste, was kommen würde. So war es immer gewesen, und es hatte ihm nie etwas ausgemacht.

»Also, Laurits, ich weiß, es ist unverschämt …«

»Wie viel brauchst du?«, fragte er. »Und wohin soll ich es schicken?«

Er notierte eine Adresse in Valencia, postlagernd. Während Laurits schrieb, sagte Pelle:

»Ihr müsst unbedingt mal herkommen, deine beiden Mädchen und du. Ich hab ein kleines Boot, dann fahren wir raus, fischen, wie früher.«

»Ja, logisch. Das machen wir«, antwortete Laurits. »Wenn Liis ein bisschen größer ist.«

Damals hätte er zu gern selbst geglaubt, was er sagte.

Inzwischen wusste er nicht einmal, in welchem Land Pelle sich aufhielt. Die Einladung für den heutigen Abend hatte er nach Kopenhagen geschickt, an die letzte bekannte

Adresse, an die seine Weihnachtskarten und ein weiterer Scheck gegangen waren. Doch das war inzwischen auch schon vier Jahre her. Und Pelle hatte es, im Gegensatz zu ihm, nie länger als ein Jahr irgendwo ausgehalten. Aber er würde sich wieder melden. Irgendwann. Daran glaubte Laurits fest.

Der hohe Ton eines leeren Kristallglases erklang. Eine Rede. Laurits drückte noch einmal Siljas Hand, dann zog er sie zurück und zündete sich eine Zigarette an. Sein Vater ließ das Messer sinken, mit dem er das Glas angeschlagen hatte, und erhob sich gemächlich zu seiner vollen Größe. Magnus räusperte sich, drei oder vier effektvolle Sekunden hielt er den Kopf gesenkt, dann hob er das Kinn und fixierte mit in die Ferne gerichtetem Blick einen Punkt in der Zukunft. Licht aus, Spot an. Auftritt Magnus Simonsen, alles wie immer.

Doch sein raumgreifender Habitus, die berechenbare Unberechenbarkeit, die das Fundament seiner Autorität waren, verursachten Laurits längst kein spontanes Sodbrennen mehr. Zum Teil lag das womöglich daran, dass er seinen Säurehaushalt im Griff hatte, sich gesund ernährte und wenig Kaffee trank; wirklich ausschlaggebend für das entspanntere Verhältnis zu seinem Vater schien aber die einfache Tatsache zu sein, dass er erwachsen geworden war und ein wenig Abstand gewonnen hatte.

Im Odinvägen auf Djursholm spielten Amy und Magnus nun schon seit Jahren ein Zweipersonenstück, in dem Laurits hier und da höchstens noch eine Statistenrolle zukam, die jedoch selten mehr Bedeutung hatte als ein Kleiderständer. Hingegen ließen seine Eltern mit Freuden zu, dass

Liis in regelmäßigen Abständen wie ein Wirbelwind über ihre Bühne fegte und den Haushalt aufmischte. Mit der Zeit hatte das zu einer bislang ungekannten Form der Harmonie zwischen Laurits und seinen Eltern geführt. Wenn Silja und er an einem Sonntagabend über den sauber geharkten Kiesweg in den Garten kamen, um Liis nach einem Wochenende auf Djursholm abzuholen, und seine Eltern antrafen, wie sie unbeschwert auf dem Rasen Krocket oder Federball mit Liis spielten, dann empfand er aufrichtige Dankbarkeit. Wofür genau, konnte er gar nicht sagen, jedenfalls nicht nur dafür, dass sie sich so sehr um Liis bemühten, so fühlte es sich nicht an – es war umfassender. Und es kostete ihn keine Überwindung, mit ihnen noch einen Sundowner auf der Terrasse zu nehmen.

Er war angekommen und glücklich.

Wenn er morgens in Siljas Arm aufwachte, fühlte er sich oft wie eines jener Neugeborenen, denen er in der Klinik täglich per Kaiserschnitt und Saugglocke auf die Welt half: ein wenig überrascht, aber entschlossen, seinen Platz im Leben zu behaupten.

Silja stieß ihn mit dem Ellenbogen in die Seite.

»Laurits! Du träumst«, flüsterte sie.

Er schreckte auf. Sein Vater hatte schon begonnen, einen Satz, vielleicht zwei, mehr konnte er noch nicht gesagt haben. Schuldbewusst drückte Laurits die halb abgebrannte Zigarette im Aschenbecher aus. Schaute zu seinem Vater auf, der mit dem Glas in der Hand an seinem Platz stand.

»… und darum keine Sorge, mein Sohn«, sagte Magnus ruhig und mit durchdringender Stimme, »die Festrede

128

übernimmt heute mein teurer Freund Jon, dein Patenonkel. Aber den ersten Toast lässt sich dein alter Herr dennoch nicht nehmen. Bringen wir's hinter uns, wie es sich geziemt: Vier kurze Hurra auf das alte Hochzeitspaar!«

Er hob sein Weinglas. Wie auf Kommando folgte Laurits' Mutter dem Beispiel ihres Mannes, und während Laurits noch versuchte zu begreifen, dass die Rede offenbar vorbei war, bevor sie richtig angefangen hatte, riefen die am Tisch versammelten Gäste laut »Hurra, Hurra, Hurra! Hurra!« und prosteten ihm und Silja zu.

»Das war ja nett«, sagte Silja, zu ihm herübergelehnt.

Laurits lächelte und nickte. Einen Wimpernschlag lang glaubte er ein Flüstern, ein Raunen zu vernehmen: »Mehr hat er seinem Sohn nicht zu sagen?« Doch sicher war es nur das Echo der Hurrarufe gewesen, die sich vielfach an der Gewölbedecke brachen.

»Was hat Magnus gesagt?«, fragte Tante Mia laut in die entstehende Stille. Liis kicherte.

»Er hat uns gratuliert, Tante Mia!«, rief Silja.

»Gratuliert? Wozu?«, fragte die Tante, wobei ihr Kopf – von Parkinson geschüttelt – beständig wackelte. Als könne sie einfach nicht glauben, dass nicht nur ihre Ohren, sondern auch ihr Gedächtnis schlechter wurden.

»Zum Hochzeitstag, Tante. Laurits und ich sind doch heute zehn Jahre verheiratet!«

»Ach. Wie schön. Das müssen wir feiern.« Tante Mia strahlte.

Falls Mart enttäuscht war, ließ er es sich nicht anmerken. Vielleicht war er sogar erleichtert, dass Magnus den ersten Toast ausgebracht und ihm die Verantwortung abgenommen hatte, denn ein großer Redner war sein Schwiegervater nie gewesen. Leider. Ihm zuzuhören war immer eine Reise. Er fügte die schwedischen Worte so zusammen, dass man stets sein estnisches Herz darin schlagen hörte. Nicht dass er viele Fehler machte oder einen starken Akzent hatte – ein halbes Jahrhundert hatte die meisten Unebenheiten glatt geschliffen –, doch Mart gelang es, aus bekannten Worten unbekannte Bilder entstehen zu lassen. Bilder von der anderen Seite der Baltischen See, aus einer fremden Geschichte, aus Erinnerungen an Maarjamaa, das Land der Jungfrau Maria.

Das Schicksal seiner Schwiegereltern war für Laurits wie eine Geschichte aus einer fernen Zeit – seltsam irreal. Mart war vierundzwanzig, Kirke gerade achtzehn Jahre alt gewesen, als sie am 20. September 1944 auf einem kleinen, völlig überlasteten Segelboot von Pärnu aus in See stachen, ihr Heimatland verließen, das die Deutschen den Russen wie einen bleichen Hundeknochen zum Fraß vorwarfen. Frierend, klamm und seekrank hatten sie unzählige Stunden unter einer Persenning gehockt, Fremde, hatten dieselbe Luft geatmet und so dicht nebeneinandergesessen, dass sie, auch als sie die Ostküste von Gotland erreichten, Seite an Seite blieben.

»… das ist die ganze Geschichte, kleine Liis«, endete Mart. Sie saßen in Bromma auf dem Sofa, Liis auf Laurits' Schoß, vor sich die blaue Keksdose mit einer Handvoll estnischer Erinnerungsstücke und Fotos.

»Und dann?«, fragte sie.

»Dann«, sagte Mart, »dann haben wir in Stockholm ein neues Zuhause gefunden.«

»Und Großmama hat angefangen, als Schneiderin zu arbeiten.«

»Ja. Und bald wollten alle Frauen, dass Großmama ihnen Kleider nähte. Sie konnte nämlich zaubern, weißt du. In ihren Kleidern sahen sogar hässliche Mütterchen mit roten Knollennasen aus wie Königinnen.«

»Glaub ihm kein Wort, Schätzchen«, rief Kirke aus der Küche und tuschelte weiter mit Silja, während sie Kaffee kochten.

»Doch«, flüsterte Mart, »genau so ist es gewesen. Tag und Nacht ratterte bei uns die Nähmaschine, bald platzte die Wohnung vor lauter Stoff fast aus allen Nähten, überall lagen dicke Ballen mit Seide, Baumwolle, Leinen, in allen denkbaren Farben.«

Mit offenem Mund sah Liis ihren Großvater an.

»Bei meiner Arbeit im Hafen habe ich einen Mann kennengelernt, der wusste, wie man günstig an diese Stoffe kam. Und bis deine Mama geboren wurde, und später Onkel Hannu, fuhr Memm-Kirke einmal in der Woche ins Lagerhaus am Hafen und hat Stoffe ausgewählt. Sie nahm das Fahrrad, das alte grüne, das noch im Keller steht. Sie war bekannt wie ein bunter Hund, deine Großmama …«

Liis kramte vorsichtig in der Dose und betrachtete die Fotos. Laurits schwieg, um die beiden nicht zu stören.

»Du, Taadu«, sagte Liis dann langsam. »Stimmt es, dass ihr auf dem Dachboden einen gepackten Koffer stehen habt, damit ihr schnell zurück nach Tallinn könnt?«

Mart musste lachen.

»Es ist immer gut, auf alles vorbereitet zu sein, meine Kleine. Man weiß nie, wann der nächste Sturm kommt, der das Wasser teilt.«

Laurits schluckte. Kaum vorstellbar, dass Kirke und Mart tatsächlich bald fort sein würden. Das kleine Haus verkauft, die Schränke geräumt, der Duft nach Piroggen gestorben.

Ihr Entschluss, nach Estland zurückzukehren, stand fest, seit sie vor knapp einem Jahr zum ersten Mal in Freiheit in die alte Heimat gereist waren. Es war an der Zeit gewesen, der bis Glasnost und Perestroika unstillbaren Sehnsucht endlich nachzugeben.

Für Silja stand außer Frage, dass sie beide ihre Eltern auf diese erste Erkundungsreise nach Tallinn begleiten würden.

»Stell dir vor, sie finden es ganz schrecklich«, sagte sie. »Dann brauchen sie doch jemanden.«

Laurits wusste, dass Silja neben aller Fürsorglichkeit für ihre Eltern eine eigene Mission verfolgte: Bis zur Pubertät hatte sie an diesen Nationalriesen geglaubt, dessen Namen er sich nie merken konnte, als Teenager hatte sie traditionelle Strickmuster und Kochrezepte gelernt und alles über Estland gelesen, was sie in die Finger bekam. Nach zwei Semestern ihres Studiums hatte sie sich mit den Fakten besser ausgekannt als ihre Eltern und ernüchtert feststellen müssen, dass manches, was in Marts und Kirkes Erinnerung golden glänzte, bestenfalls Messing war. Sie begriff, dass die beiden nicht nur ein von den Russen geknechtetes Land verlassen hatten, sondern dass es außer zwei Tanten, die nach Sibirien deportiert worden waren, auch noch einen

Großonkel gegeben hatte, der bei Einzug der Deutschen sein politisches Fähnchen bereitwillig nach dem Wind hängte und Freunde verriet. Sie sah, dass es auch in dieser Geschichte mehr als eine Wahrheit gab, und bemühte sich, das alles in ihrem Innern zusammenzufügen. Aber allen Anstrengungen zum Trotz war immer eine undefinierbare Leerstelle, ein blinder Fleck in ihr geblieben, den sie einfach nicht mit Leben zu füllen vermochte. Sie kannte das Land nicht, nach dem auch in ihr Herz eine Art verzweifeltes Heimweh gesät war. Natürlich wollte sie endlich wissen, wie die Wirklichkeit aussah.

Sechs Tage hatten sie in Tallinn verbracht: die wortlose Nervosität der Schwiegereltern und Siljas erwartungsvolle Anspannung, daneben sein völliges Befremden. Es kam ihm vor, als säßen sie im selben Kino und als sähe doch jeder einen anderen Film.

Laurits war als Einziger gebannt gewesen von den unendlichen Reihen fahler Plattenbauten, die wie Zahnstümpfe einer neben dem anderen in den Himmel ragten. Vom staubigen, sauren Geruch der Braunkohleluft. Vom Zweitakt-Knattern der Schigulis. Von viel zu breiten Straßen, die sich wie aufgeworfene Narben durch die Landschaft zogen. Von den weiten Flächen monochromen Nichts. Von ewigen Ebenen, ohne Baum und Strauch und Saatkrähen. Von dem nicht ausgerotteten Argwohn, der aus den Blicken der Menschen sprach.

Er hatte zwar nicht geglaubt, dass nach einem Jahr der Umstrukturierung gar nichts mehr von fünfzig Jahren Sowjetherrschaft zu spüren sein würde; nein, so naiv, zu erwarten, dass Tallinn sich hübsch, gefällig und offen wie Stockholm präsentieren würde, war er nicht gewesen. Aber er hatte nicht damit gerechnet, welche Wirkung die Abwesenheit von Farbe haben konnte: Die Stadt war in sozialistisches Einheitsgrau gekleidet, die Fassaden trugen Trauer, und wenn an einem Hochhaus hier und da ein Balkon frisch angepinselt war, wirkte es so traurig wie greller Lippenstift an einem Mund voll schlechter Zähne. Die ganze Zeit war Laurits das Gefühl nicht losgeworden, dass es im nächsten Augenblick anfangen müsste zu regnen, und mehr als ein Mal bewegten sich die Scheibenwischer mit trockenem Quietschen gleichmäßig durch die Tarkowski-Szenerie und konnten doch die Vergangenheit nicht fortwischen.

Für den Rest der kleinen Reisegruppe sortierte sich währenddessen die Realität neu. Kirkes rote Wangen waren das Bunteste im ganzen Land, und mit jedem Verwandtenbesuch blühten sie mehr. Tanten und Onkel, Vettern und Cousinen empfingen sie so selbstverständlich zu Hause, als wären sie nur mal eben Brötchen holen gewesen. Sie zogen die Schuhe aus und setzten sich an einen Tisch, auf dem sauer eingelegte Gurken, Paprika und Krautsalat standen. Sie aßen Kalev-Schokolade und tranken aufgesetzten Johannisbeerwein.

Wie lange hatten sie das oder Ähnliches vermisst.

Jeder auf seine Weise.

Sie waren übereingekommen, dass die Schwiegereltern erst nach dem Hochzeitsfeiertag ihre Rückkehr verkünden würden. Um die Stimmung nicht zu trüben. Und nun drang der Gedanke trotzdem wie ein feiner Nieselregen durch Laurits' Mantel aus guter Laune. Sie feierten heute nicht nur ihren zehnten Hochzeitstag, es war ebenso sehr eine heimliche Abschiedsfeier für Mart und Kirke, ein Abgesang auf einen langen Lebensabschnitt.

Der Zwischengang wurde aufgetragen. Lachsterrine auf einem Bett von Safranreis. Eine rosa-gelbe Winzigkeit, die schnell verspeist sein würde. Viel zu schnell.

Mit jedem Bissen, den Laurits schluckte, wurde es plötzlich enger in seinem Hals, sein Puls beschleunigte sich, und der Kragen seines Hemdes fühlte sich unangenehm stramm an. Engegefühle, Atemnot, Herzrasen. Schmerzen im linken Arm? Infarkt? Nein. Lampenfieber. Er atmete tief ein. Er hatte doch wegen einer Rede an seinem eigenen Hochzeitstag kein Lampenfieber. Silja sah ihn an.

»Ist alles in Ordnung?«, fragte sie und legte ihm eine Hand auf die Schulter.

»Ja, ja, alles bestens.«

»Du wirkst plötzlich so nervös. Läuft doch alles prima.«

»Es ist nur … Ich wollte auch noch ein paar Worte sagen«, sagte Laurits.

»Du willst eine Rede halten? Das hast du ja gar nicht erzählt.«

»Sollte eine Überraschung sein.« Er zog mit unruhigen Fingern eine Zigarette aus der Schachtel.

»Das ist dir gelungen.«

Er inhalierte stumm den Rauch.

»He«, sagte sie leise und drückte seinen Arm. »Damit hätte ich niemals gerechnet. Ich finde es großartig!«

Schnell, bevor ihm sein Verstand einen Strich durch die Rechnung machen konnte, erhob er sich, schob den Stuhl zurück und drückte noch im Aufstehen die Zigarette aus.

Er räusperte sich. Wann, wenn nicht jetzt, wäre der richtige Zeitpunkt, um endlich einmal klare Worte zu sprechen?

»Liebe Familie, werte Gäste, liebste Silja!«, sagte er mit klarer Stimme in das wogende Gemurmel hinein und machte eine Pause. Er hatte keine Lust, theatralisch an sein Glas zu klopfen. Wer sein Publikum zur Ruhe schweigt, bekommt viel eher Gehör, hatte die Kommunikationstrainerin beim Pflichtseminar für Nachwuchsführungskräfte neulich gesagt, mal sehen, ob sie recht hatte. Er sammelte sich, rief sich die Struktur seiner Rede ins Gedächtnis und suchte den Moment der inneren Stille, in dem Körper und Geist verschmolzen und sich die Energie in einem Punkt verdichtete. Laurits lächelte erleichtert. Es war ruhig geworden am Tisch.

»Vor zehn Jahren haben wir mit ein paar Tagen Verspätung unsere Hochzeit gefeiert. Ihr erinnert euch: Ich hatte gerade mein Studium abgeschlossen, und Silja war hochschwanger mit Liis. Die meisten von euch waren damals ziemlich überrumpelt, als sie erfuhren, dass wir heimlich geheiratet hatten.«

Beifälliges Getuschel.

»Ich gebe zu, dass wir euch – liebe Eltern – einiges zugemutet haben. Wir hatten keine Sorgen und keine Bedenken – das war etwas für Spießer. Ein Kind, dachten wir, wie schön. Heiraten, dachten wir, wie verrückt, das tut ja heutzutage keiner mehr. Wir waren jung und unheilbar optimistisch. Mutter, ich werde nie dein entsetztes Gesicht vergessen, als Silja und ich dir unser Päckchen froher Kunde überbracht haben – wobei ich bis heute nicht sicher bin, ob es wegen der Heirat war oder weil du so ungefragt zur Groß-

mutter gemacht wurdest. Und sogar du, lieber Schwieger-
papa Mart, hast erst mal einen Schnaps gebraucht, auf den
Schreck, deine Tochter plötzlich mit mir teilen zu müssen.«

Das Geständnis. Ein Drama in zwei Bildern.

Erstes Bild.

Silja und er in der weißen Sitzgruppe im Wohnzimmer
auf Djursholm. Der Holzboden knackt in der Sommerwärme, die Standuhr tickt. Seine Mutter, wie immer tadellos gekleidet, nimmt in einem der Sessel Platz, vorn auf der
Kante, und presst die Knie zusammen. Den ersten Schock
ertränkt sie mit einem steifen Gin und vergisst, ihnen etwas anzubieten.

»Was machen wir denn jetzt bloß?«, fragt sie und ringt
verzweifelt die Hände. »Wenn das dein Vater erfährt ...
und was sollen die Leute denken?«

Sie schweigen. Alle drei kämpfen mit der Enttäuschung.
Irgendwann sagt Laurits aufsässig: »Du musst es ja niemandem sagen, Mutter, wir wollten nur, dass ihr Bescheid
wisst.«

Wie Fremde geben sie der Höflichkeit halber noch ein
paar Allgemeinplätze von sich, und schließlich, als Laurits
es nicht mehr erträgt und sie schon in der Tür stehen, reißt
Silja doch noch das Ruder herum.

»Ich hoffe, unsere Kleine bekommt Ihre Augen, Frau Simonsen«, sagt sie und lächelt seine Mutter an.

Und plötzlich strahlt Amy.

Magnus ist beim Logentreffen.

Zweites Bild.

Silja und er in der braunen Cord-Sitzgruppe im Wohn-zimmer in Bromma. Auf dem Couchtisch steht Geschirr mit Rosendekor, frisch gebackener Apfelkuchen und damp-fender Kaffee, unangetastet. Mart und Kirke sehen sich an, Mart bekommt plötzlich feuchte Augen, und Kirke sagt: »Nun trinken wir erst mal Kaffee, das stärkt.«

Silja muss lachen, und gleichzeitig tropfen zwei Tränen in ihre Tasse. Sie bringt mühsam hervor: »Ihr seid doch nicht böse?«

Kirke antwortet: »Heutzutage macht man manche Din-ge wohl anders als früher.«

»Ach, Mama«, sagt Silja, und ihre Mutter legt den Arm um sie.

Mart holt vier Schnapsgläser aus der Vitrine, von denen er Kirke und Laurits jeweils eins hinstellt und sich selber zwei. Seine Hand zittert, als er einschenkt.

»Mit Kaffee kann man einen Schwiegersohn und ein Baby ja wohl schlecht feiern«, sagt er.

Kirke und Mart heben ihre Gläser in Siljas Richtung.

»Für dich ist das jetzt ja nichts«, sagt Mart, dann stoßen die beiden miteinander an, danach mit Laurits, den sie an-lächeln wie einen Mann, der ihnen gerade Haus und Hof abgekauft, aber lebenslanges Wohnrecht eingeräumt hat. Er schluckt und schluckt.

»Ich hoffe, ihr seht uns unseren jugendlichen Eigensinn in-zwischen nach«, fuhr Laurits fort. »Wir haben uns bemüht, euch seither nicht mehr allzu viel Kummer zu machen. Trotzdem muss ich sagen, dass die Erinnerung an den Tag unserer Hochzeit zu meinen liebsten zählt. Es kommt mir wirklich so vor, als sei es erst gestern gewesen, dass wir neben Siljas altem R4 standen, der ausgerechnet auf dem Weg zum Standesamt zum ersten Mal in seinem zwölfjährigen Dasein nicht anspringen wollte. Wie wütend ich die Revolverschaltung traktiert habe! Zu so einem Termin kommt schließlich selbst ein ehemaliger Hippie ungern zu spät.«

Gelächter. Auch Silja lachte, Daniel zog die Augenbrauen hoch, und Eva nickte.

Als er Silja kennenlernte, war aus dem dreiblättrigen ohne Umschweife ein vierblättriges Kleeblatt geworden. Keine anderen als Daniel und Eva wären damals als Trauzeugen infrage gekommen, denn sie waren die Einzigen im Freundeskreis, die eine Heirat nicht als vollkommenen Werteverrat verurteilten, sich ebenfalls vorstellen konnten, irgendwann eine Eigentumswohnung zu kaufen und Kinder zu kriegen. Inzwischen gingen ihre Töchter Pippa und Liis zusammen zum Ballettunterricht.

»Als wir eine halbe Stunde später am Stadshuset ankamen, dachten Daniel und Eva schon, unser Kind wäre zu früh gekommen«, sprach Laurits jetzt weiter und sah Eva an. »Erinnert ihr euch noch an den Blick des Standesbeamten, der uns im ovalen Saal erwartete? Wir waren ja eine ziemlich zerrupfte Gesellschaft: Ihr beide kamt gerade vom Campen, ich hatte Jeans und ein völlig verknittertes weißes Hemd an und Silja dieses Umstandsdings.«

Laurits machte eine Kunstpause, und seine Mutter schüttelte leicht den Kopf. Vermutlich war sie im Nachhinein froh, dass sie dieses Elend nicht hatte mit ansehen müssen.

Liis hatte es sich auf Amys Schoß bequem gemacht und

drückte ihr Gesicht an das ihrer Großmutter. Wie verblüffend ähnlich sie einander sahen. Nicht nur, weil Siljas Wunsch in Erfüllung gegangen war und Liis die irischgrünen Augen geerbt hatte, auch die ebenmäßige Form und der ausgeprägte Amorbogen fanden sich in ihrem Gesicht wieder. Ähnlich und doch ungleich.

Laurits zwinkerte seiner Tochter zu.

»Und wie ging die Sache auf dem Standesamt aus, Liis?«, fragte er, denn Liis liebte diese Geschichte, sie liebte die Vorstellung, dass sie durch den Bauch ihrer Mutter hätte mithören können, dass sie dabei gewesen war und doch nicht; die Magie des Zustandes zwischen Nichtsein und Sein. Aber jetzt schaute sie ein wenig verlegen in die Runde, ehe sie schließlich mit leiser Stimme sagte:

»Der Standesbeamte hat gefragt: ›Erwarten Sie noch Gäste?‹ Und Mama hat geantwortet: ›Nein, der König hat leider abgesagt.‹ Und dann wart ihr verheiratet.«

Alle schmunzelten, sein Vater, seine Mutter, sogar Tante Mia. Es lief gut. Laurits holte tief Luft.

»Wisst ihr, ich erinnere mich noch genau an das wackelige Fernsehbild, als Neil Armstrong und Buzz Aldrin 1969 den Mond betraten. Sie stiegen aus ihrer Blechbüchse, und dann sagte Armstrong seinen legendären Satz und pflanzte die amerikanische Flagge ins Mondgeröll. Ich war damals elf, und etwas Spannenderes war in meinem Leben bis dahin nicht passiert. Dass Silja mir 1982 verkündete, wir würden ein Kind bekommen, und dass sie dann auch noch in eine Heirat mit mir eingewilligt hat, kann unter Spannungsgesichtspunkten auf jeden Fall mit der Mondlandung mithalten, nur umgekehrt. Es war vielleicht nur ein unbedeutender Schritt für die Menschheit, aber – und das ist mir in voller Tragweite erst später aufgegangen – ein gigantischer Schritt für mich. Mit Silja hat sich mein Leben grundlegend verändert, denn mit ihr und unserer kleinen Liis kam ja auch noch eine Schwiegerfamilie. Und mit dieser Familie eine neue Sprache mit fürchterlich vielen Äs und Is und einem völlig unbekannten Klang, eine neue Kultur mit neuen Geschichten und Bräuchen. Ich gebe zu, dass ich mich anfangs mehr als einmal gefühlt habe, als müsste ich den Mond in zu großen Schuhen überqueren. Aber heute – heute passen sie.«

Er lächelte in die Runde und fühlte sich richtig, trank einen Schluck Wasser, um das beengende Gefühl endgültig hinunterzuspülen.

»Silja und ich haben seither viele Schritte gemacht, große und kleine, und die meisten gemeinsam. Hand in Hand sind wir über Studentenpartys gezogen, Hand in Hand vom Zehnmeterbrett gesprungen, wir lagen Hand in Hand an der Kante des Preikestol-Felsens und haben fünfhundert Meter in die Tiefe geschaut. Hand in Hand standen wir in der Sixtinischen Kapelle, auf der Brücke über den Bosporus und in der Grabkammer der Klytaimnestra. Wir hielten uns an den Händen, als wir uns das Jawort gaben und als Liis geboren wurde. Wir teilen unser Leben, im wahrsten Sinne des Wortes. Gut, den Schritt in die Fontana di Trevi hat Liis als Baby allein gemacht, Silja hat ihren ersten und einzigen Fallschirmsprung allein gewagt, und ich muss allein segeln gehen, weil meine Mädchen solche Landratten sind, aber wenn wir ein Familienmitglied verlieren, wie unseren kleinen Puck, graben wir gemeinsam ein Hasengrab.«

Das war sein Leben.

Fusselige Bilder eines Zelluloidstreifens, die von einem knatternden Projektor auf die Leinwand geworfen wurden. Stumme Bilder, die alles Notwendige sagten und ohne jeden Dialog auskamen.

Das war sein Film.

Er sah Silja an. Auf ihrem Gesicht lag ein verletzliches Lächeln.

»Silja, wir sind miteinander erwachsen geworden, sind aneinander gewachsen und haben uns trotzdem nie länger satt. Du bist ganz einfach mein Zuhause, und ich möchte nirgendwo anders sein.«

Laurits schlug den Blick nieder, schluckte. Jetzt nicht die Fassung verlieren. Schnell sprach er weiter.

»Jedem von euch möchte ich dafür danken, dass ihr zu unserem Glück beigetragen habt. Unseren Eltern danke ich dafür, dass sie sich nicht nur um uns, sondern auch um Liis immer gesorgt und gekümmert haben. Euch – Mutter, Vater – danke ich besonders dafür, dass ihr in stürmischen Zeiten den Überblick behalten habt. Und euch, Kirke und Mart, danke ich für das Vertrauen, das ihr mir von Anfang an entgegengebracht habt, und die gemeinsamen Jahre.«

Mit leicht zittrigen Händen griff er nach seinem Glas und wandte sich wieder Silja zu.

»Auf meine Mädchen«, sagte er, dann sah er in die Runde, »und auf euch. Terviseks und skål!«

Alle Luft entwich aus ihm, als Laurits wieder auf seinem Stuhl saß. Er schmolz in sich zusammen, wagte nicht, Silja jetzt noch einmal anzusehen, denn bei den letzten Worten war er im lebendigen Grau ihrer Augen gekentert und in Seenot geraten, hatte sich an seinem Zettel festgehalten, um nicht davongetragen zu werden.

Um ihn herum lächelnde Gesichter, Wohlwollen. Hatte er sich nicht genau diesen Effekt gewünscht?

Silja küsste ihn fest, mit warmen Lippen. Er schmeckte Salzwasser.

»Das war wunderwunderschön«, flüsterte sie. »Danke.«

Langsam füllte er sich wieder mit Atem und Energie.

Es war angenehm gewesen, aus der Sommerhitze hinunter in den Weinkeller zu steigen. Die dicken Mauern hielten den Raum kühl und die Welt fern. Deshalb ahnten sie nicht, dass draußen ein Gewitter aufgezogen war, dass sich regenschwangere Kumuluswolken über den Dächern der Stadt aufgetürmt hatten, die, von der tief stehenden Sonne angeleuchtet, schwefelgelb und giftig aussahen. Sie hatten nicht bemerkt, dass die Luft erstarrt war und jemand der Natur einen Zeigefinger auf die Lippen gelegt hatte, um für einen Moment alle Geräusche, alle Vögel, Hunde, Katzen, ja selbst die Fische, verstummen zu lassen, in Erwartung des ersten ohrenbetäubenden Donnerschlags.

Umso größer war der Schreck.

Selbst das meterdicke Gewölbe des Nobiskellers konnte diesen Knall nicht aussperren. Kurz fiel der Strom aus, doch es wurde kaum dunkler, denn überall standen Kerzen. Laurits hörte, wie seiner Mutter dennoch ein erschreckter Ruf entfuhr, und eine Sekunde später hing Liis an seinem Hals.

»Papa, ich hab Angst.«

»Du brauchst keine Angst zu haben, Schatz. Es ist sicher nur ein Gewitter.«

Wieder zuckte das Lampenlicht hinter den bleiverglasten Scheiben, die den Blick in die Tiefen des Weinkellers freigaben. Klimaschränke, Weinregale, alte Fässer, sinnentfremdete Winzerutensilien, die Dinge sahen aus, als würden sie lebendig.

»Papa!« Schwarze Pupillen, so unergründlich wie Moorseen.

»Ja, ja. Jetzt schwingt Thor mal anständig den Hammer«, sagte Magnus und lachte. »Wenn die Welt untergeht, ersäuft man im Keller zuerst.«

»Also wirklich, Magnus, muss das sein?«, sagte Amy und strich ihre Serviette glatt.

»Alles unter Kontrolle«, rief der Maître nachdrücklich, »wir haben ein Notstromaggregat.«

Liis bohrte den Kopf in Laurits' Halsgrube. Er umfasste den zarten Körper mit einem Arm. Ihre Wangen pochten heiß an seinem Hals; sie war so klein. Sanft schob er Liis zu Silja hinüber.

»Ich gehe mal nachsehen, in Ordnung?«

Er eilte die Treppe hinauf. Vor der Tür erfasste ihn ein warmer Wind, die Welt war gelb, die Luft bleischwer, zu dick zum Atmen. Der nächste Donner kam fast zeitgleich mit dem Blitz, und es klang, als würde ein Hochhaus einstürzen. Dann schlitzte jemand mit einem langen Messer die Wolken auf, und der Regen brach los.

Es gefiel ihm. Er mochte Wetter, es hatte ihn schon immer fasziniert. Sturm, Gewitter, Regen in aller Gewalt und Unberechenbarkeit – der menschlichen Kontrolle entzogen. Als Kind war er an solchen Tagen in der Badehose hinausgelaufen, die dicken Tropfen warmer Sommergewitter waren so einladend gewesen, die Pfützen herrlich frisch, und aus dem Kies in der Einfahrt der Villa auf Djursholm war Feennebel aufgestiegen. Angst hatte nur die arme Frida gehabt, denn sie musste ins Unwetter hinaus, um ihn einzufangen.

Einen Augenblick blieb er stehen, beobachtete das Naturschauspiel. Böen jagten den Schauer über die Bürgersteige und ließen die Tropfen auf der Wasseroberfläche des Riddarfjärden springen. Erst als Laurits spürte, wie sein Hemd langsam feucht wurde, trat er wieder durch die Glastür des Restaurants, die ihm der wie aus dem Nichts erschienene Maître aufhielt.

»Kommen Sie ins Trockene«, sagte er und sah Laurits freundlich an. »Wir sind quasi katastrophensicher.«

Laurits schüttelte sich, wischte sich die Tropfen von der Stirn und folgte dem Maître nach drinnen. Er stieg zurück in den Keller. Wie stickig es hier unten plötzlich war, regelrecht tropisch, als hätte sich die Gewitterluft bei ihnen vor dem Regen in Sicherheit gebracht. Aber immerhin hatte sich die Aufregung gelegt. Silja hielt Liis im Arm und wiegte sie sanft, stützte das Kinn leicht auf ihren Kopf und murmelte unverständliche Sachen in ihr Haar. Muttersachen. Wie früher, als Liis noch ganz klein gewesen war.

»Wärmegewitter«, sagte Laurits. »Kein Grund zur Sorge.«

»Na, siehst du«, sagte Silja und küsste Liis auf den Scheitel. »Alles halb so schlimm.«

»Vorsicht, meine Frisur«, sagte Liis aufgebracht und machte sich los. Kaum war der erste Schreck verflogen, schon war das nach wie vor laute Donnern nicht mehr schlimm.

»Darf ich der jungen Dame noch eine Limonade bringen?«, fragte der Maître.

»Danke, gerne«, entgegnete Liis hoheitlich und richtete sich auf. »Mama, ich gehe zurück auf meinen Platz. Du brauchst mich doch jetzt nicht mehr, oder?«

Silja schüttelte den Kopf.

»Deine Tochter«, sagte sie.

Ja, seine Tochter.

Ihre Geburt war ein Schock für ihn gewesen. Das mühsam angehäufte medizinische Fachwissen, sämtliche Theorie, die er sich in langen Stunden in der Universitätsbibliothek angeeignet hatte, um sein Studium mit summa cum laude abzuschließen, hatten ihn nicht vor der Panik bewahren können, die ihn erfasste, als er zusah, wie Silja mit ungeheurer Kraft Liis' kleinen, unförmigen Kopf hervorpresste.

Alle hatten gesagt, es würde der glücklichste Moment in seinem Leben werden, unvergesslich schön, und er hatte sich darauf gefreut – doch dann stand er, vierundzwanzigjährig, neben seiner frisch angetrauten Ehefrau und erstarrte völlig unerwartet in einer tiefen existenziellen Angst. Eiskalt und hohlgesichtig glotzte sie ihn an.

Da waren sie in diesem sterilen Kreißsaal, umgeben von Kollegen oder solchen, die es werden sollten, und er umklammerte hilflos Siljas Hand. Die Knöchel traten weiß hervor, er war unfähig, sich zu rühren, blass im Gesicht, die Lippen blau und blutleer. Aber die erlösende Ohnmacht stellte sich nicht ein. Bei vollem Bewusstsein sah er zu, wie Silja kämpfte, um ihre Tochter auf die Welt zu bringen, und war doch nicht imstande, diese schreckliche Blase, die ihn zu umgeben schien, zu zerstören und in die Wirklichkeit zurückzukehren. Etwas hielt ihn fest. Umklammerte ihn von hinten, drückte ihm die Luft ab und trieb mit dem kalten Schweiß das letzte Stück Unbedarftheit aus seinen Poren. Gnadenloses Leben.

Erst als Liis, die winzige Liis, mit einem Klaps auf den Po einen heiseren Schrei ausstieß und Silja matt lächelnd sagte: »Sie sieht aus wie ich«, hatte er den Mut gefunden, sich darüber zu freuen, dass er sich im wahrsten Sinne des Wortes vermehrt hatte.

»Also, Frauenarzt?«, hatte seine Mutter skeptisch gefragt, als ein halbes Jahr später nach einem Sonntagsessen die Sprache auf die Wahl der Frauenheilkunde als Spezialfach kam – während der Mahlzeit hatte sie sich dieses Thema verbeten. »Ist dir das nicht irgendwie – unangenehm?«

»Nein«, sagte Laurits. »Überhaupt nicht.«

»Es ist so, wie soll ich sagen, intim, findest du nicht?« Sie lächelte unsicher.

»Es ist vor allem Verschwendung«, brummte Magnus hinter seiner Zeitung. »Diese Hände gehören in die Chirurgie.«

»Ich habe Aussicht auf einen guten Posten im Team von Dr. Liljeson«, entgegnete Laurits. »Wer Karriere machen will, braucht die richtigen Förderer. Das sagst du doch selbst immer. Und du hast immer gesagt, dass du Liljeson schätzt.«

»In der Chirurgie hätte ich dir zehn bessere Förderer auf einem Silbertablett serviert.«

»Er hat mir ein sehr gutes Angebot gemacht«, sagte Laurits ruhig.

In der Halle schlug die Uhr.

»Nun, darauf sollten wir anstoßen«, sagte Amy. »Findet ihr nicht?«

»Du wirst schon wissen, was du tust.« Wie sein Vater das sagte, klang es, als meinte er das Gegenteil.

»Ja«, sagte Laurits umso überzeugter.

Seit Liis' Geburt, bei der er, da war er sich inzwischen sicher, dem Tod ins Gesicht geschaut hatte, wusste er endgültig, was er schon während des Studiums geahnt hatte: Dieser Fratze musste man ein Schnippchen schlagen. Angreifen mit der am meisten gefürchteten Waffe. Mit Leben. Und wo ging das besser als im Kreißsaal?

Laurits liebte seine Arbeit in der Klinik. Tag für Tag trennte er Bauchdecken auf, räumte Muskelgewebe zur Seite und hob schmierige Kinderleiber auf direktem Weg ans Tageslicht. Er setzte Dammschnitte und nähte das offene Fleisch später wieder zu, massierte mitten in der Nacht ein winziges Kinderherz, ertastete mit seinen schlanken Fingern die Öffnung eines Muttermunds und lehnte sich nicht selten mit seinem ganzen Gewicht auf den Bauch einer wildfremden Frau, die unter ihm schrie und schrie (während Silja noch unter dicken Daunen schlief, bis Liis auf müden Füßen ins Schlafzimmer getappt kam und im Halbschlaf seinen Platz einnahm). Er konisierte Gerbärmutterhälse und entfernte Kollumkarzinome, behandelte Adnexitis, operierte Klitorishypertrophie. Natürlich kam es vor, dass er Brustkrebs ertastete und tödliche Diagnosen stellte, aber zehn Minuten später half er schon wieder Zwillingen in der 28. Schwangerschaftswoche auf die Welt. Zu früh – zu spät, das lag so eng beieinander. Doch er glaubte an das Leben. Er hatte seine Bestimmung gefunden. Dank Liis.

Nur einen Nachteil hatte diese ansonsten perfekte Stelle in der Klinik: Er war nicht allein. Um ihn herum tobte eine ewige Rangelei um Ansehen und Erfolg. Wie Schulkinder buhlten die Ärzte um Gunst und Bestätigung. Das Karolinska war nicht irgendein Krankenhaus, die Gynäkologie nicht irgendeine. Hier wurden Karrieren begründet, Forschungserfolge verbucht, hier wurden In-vitro-Sechslinge auf die Welt geholt. »Jeder hier will einen Teil von der Plazenta«, hatte Liljeson einmal gesagt. Man buckelte nach oben, boxte nach rechts und links und trat nach unten.

Wie Zehnjährige.

Wie Liis und ihre Freundinnen.

Neulich beim Abendessen hatte sie verkündet:

»Elin ist nicht mehr meine Freundin. Sie spielt jetzt immer mit Britta.«

»Kannst du denn nicht mit beiden befreundet sein?«, fragte Silja und schmierte Butter auf Liis' Toast. »Wurst oder Käse?«

»Egal.«

»Egal haben wir nicht«, sagte Laurits, und Silja legte eine Scheibe Wurst auf Liis' Brot.

»Britta ist total blöd. Und Elin spielt auch nur mit ihr, weil Brittas Papa Pferde hat und sie unbedingt reiten will.«

»Vielleicht hat Elin ja herausgefunden, dass Britta doch ganz nett ist …«, wandte Silja ein.

»Nein. Sie lästert über sie.«

149

»Und was machst du dann?«, fragte Laurits.

»Ich sage ihr, dass sie das den Pferden erzählen soll«, sagte Liis und schob trotzig die Unterlippe vor. »Blöde Pferde.«

Daran konnte man sich ein Beispiel nehmen.

»Erzählen Sie das den Pferden, Frau Kollegin«, sollte er sagen, wenn Mariann Engström wieder mit den Ergebnissen neuester Studien vor seiner Nase wedelte, um zu zeigen, dass sie besser Bescheid wusste als er.

Das würde er sagen – wäre er so couragiert wie Liis. Aber meistens schwieg er. Es war immer noch schwer zu verdauen, dass diese hervorragende Gynäkologin, für deren Einstellung er noch vor einem halben Jahr selbst votiert hatte, ihm plötzlich bei jeder Gelegenheit ins Wort fiel und alles dafür tat, ihn vor Liljeson schlecht aussehen zu lassen. Erst war ihm das auf die Laune, dann auf den Magen geschlagen, sodass selbst Silja, die sich nur selten in seine Arbeit einmischte, irgendwann skeptisch wurde.

»Sag mal, hast du irgendwas ausgefressen, dass sie dich immer mit Frühdienst bestrafen?«, hatte sie gefragt, als er sich zum sechsten Mal in Folge gegen vier Uhr morgens aus dem Bett quälte.

»Nein, aber die anderen schlagen sich immer regelrecht um die Tagesschichten. Außerdem läuft mir um diese Uhrzeit die Engström nicht andauernd über den Weg, und ich bin früher zu Hause.«

»Vielleicht solltest du bei diesem Ringkampf auch mal mitmachen«, entgegnete sie und zog ihn zurück ins Bett, »und die Engström auf die Matte hauen ...«

Sie biss ihn ins Ohrläppchen, und er bekam eine Gänsehaut.

»Ich mag solche Spielchen nicht. Sie sind irgendwie unwürdig.«

Silja setzte sich im Bett auf, zog sich die Decke bis zur Brust und sah ihn ungläubig an.

»Es kommt dir unwürdig vor, für dein Recht zu sorgen? Ehrlich gesagt finde ich es eher unwürdig, alles mit sich machen zu lassen. Wo ist denn dein Ehrgeiz geblieben, Laurentius Simonsen? Willst du keine Oberarztstelle?«

»Natürlich will ich die Oberarztstelle, ich will sogar den Chefarztposten. Aber ich möchte eben durch meine Leistung überzeugen und nicht, weil ich andere ausgebootet habe.«

Das war genau die feige Ausrede, nach der es klang. Aber er sträubte sich dagegen, einzusehen, dass in der heißen Schlacht am kalten Buffet niemand etwas für ihn übrig lassen würde, nur weil er sich in Anstand und Zurückhaltung übte. Natürlich gab sich Silja nicht damit zufrieden.

»Mein lieber Laurits, du hast wirklich ein großes Herz. Aber wenn du so weitermachst, wirst du nie die Chance bekommen, zu zeigen, was du kannst, weil die anderen zuvor dich ausgebootet haben. Face it, baby.«

»Weißt du das aus deinen tausend schlauen Büchern?«, fragte er.

»Nein«, sagte sie, »dazu brauche ich keine Bücher. Mir reicht schon gesunder Menschenverstand …«

Sie küsste ihn. Die Art, wie sie sich daraufhin liebten, hatte einer Raubtierfütterung geglichen. Mit Zahnen und Krallen und Rücksichtslosigkeit provozierte sie ihn, dass er fast wütend in sie stieß.

151

Ein unpassender Moment, um an Sex zu denken, so eine Familienfeier. Doch konnte es je unpassend sein? War es unpassend, wenn ein Paar nicht zuließ, dass im Alltagstrott immer häufiger die Trägheit über die Lust siegte? Sie schliefen gern miteinander. Auch nach zehn Jahren noch. Natürlich gab es Abende, an denen sie erfundene Geschichten im Fernsehen verfolgten und zusahen, wie zwei einander fremde Schauspieler eine weichgezeichnete Illusion der Nähe beschworen, ohne dass sie diese Bilder anschließend noch mit der Wirklichkeit verglichen. Vielleicht, weil es nicht nötig war; weil sie wussten, dass der Nachmittag nicht fern war, an dem eine Geste genügen konnte, um sich in der nächsten Minute im Bett wiederzufinden.

Und wenn sie nun einfach aufstanden, zusammen auf die Damentoilette gingen, sich in der engen Kabine, begleitet von säuselnder Fahrstuhlmusik, anfassten? Schnell und zielgerichtet. Und mit Schweiß auf der Stirn erstarrten, wenn seine Mutter oder Kirke auf die Toilette kamen, um sich die Lippen nachzuziehen? Oder Liis, die rief: »Mama, bist du hier drin? Wo ist denn Papa?«

Er sah sich um. Alle wähnten sich in Sicherheit, sprachen über das Gewitter, über Stürme und Katastrophen, von denen sie gehört hatten, deren Opfer sie glücklicherweise nicht geworden waren. Über den Mann, der drei Mal vom Blitz getroffen wurde und jedes Mal überlebte – bis ihn ein Auto überfuhr. Sie waren beschäftigt. Niemand würde Anstoß daran nehmen, wenn die Jubilare kurz verschwanden.

»... findest du nicht, Schatz?«, vernahm er Siljas Stimme.

Er sah sie an. Sie würde in ihm lesen können wie in einem offenen Buch.

»Ich … ich finde, wir sollten es tun«, sagte er nachdrücklich. Siljas Blick grub sich tief in ihn hinein.

»Gut«, sagte sie langsam, ohne seine Augen freizulassen.
»Wenn du meinst.«

Sein Mund war trocken.

»Ja.«

»Gut.«

Sie lächelte ihn an. Damit war es vorbei. So war dieses
Spiel – man konnte sich frei entscheiden, ob man darauf
einging oder nicht. Wozu auch immer er gerade sein Einverständnis gegeben hatte, es war um etwas anderes gegangen
als um Sex auf der Toilette des Operakällaren.

Silja gab dem Maître ein Zeichen, das er mit einem
schmalen Lächeln und einem Nicken quittierte. Vier Kellner trugen den Hauptgang herein.

Die kühle Luft sommerlicher Kiefernwälder, freundliche
Sonnenflecken auf duftendem Moos und in der Nähe das
Klopfen eines Spechts, murmelnde Bäche und herrliche,
saftige Auen. Schwedische Hirsche hatten es gut, bevor sie
auf dem Teller landeten. An glacierten Maronen, Herzogin-
kartoffeln und einer Orangen-Sherry-Soße hatte dieser
Hirsch jedenfalls kein Stück seiner Majestät eingebüßt. Der
Rotwein legte sich um den Wildgeschmack wie ein edler
Mantel. Ein Genuss, vielleicht sogar ein größerer als der
eben ausgelassene. Laurits stieß mit Silja an.

»Was für ein schöner Abend«, sagte sie und strich sich
eine Haarsträhne aus den Augen. In ihrem Lächeln lag eine
Abgründigkeit, die darauf schließen ließ, dass auch unaus-
gesprochene Gedanken ihre Wirkung nicht verfehlten.

»Absolut.«

»Sieh sie dir an, alle sind satt und zufrieden ...«

Gemeinsam betrachteten sie die Gesellschaft, die vor abgegessenen Tellern saß, auf denen neben ordentlich platziertem Besteck nur noch ein paar in Soße ertrunkene Kartoffeln auf ihre letzte Reise warteten. Die weiße Tischdecke hatte ihre Jungfräulichkeit verloren.

Hannu hatte in Daniel einen neuen Gesprächspartner gefunden, während die Damen sich über den Mittsommermarkt der estnischen Gemeinde austauschten, zu dem seine Mutter Kirke schon seit Jahren begleitete, oder über den Wohltätigkeitsbasar der Djursholmer Pfarrei und das gelungene Fest der Stockholmer Kinderkrebshilfe. Liis saß auf ihrem Platz am Kopf der Tafel und sortierte die auf dem Tisch ausgestreuten Rosenblätter. Eins nach links, eins nach rechts, machte sie aus der romantischen Dekoration zwei Haufen müder Blumenreste.

»Sie langweilt sich«, sagte Silja.

»Aber nur ein bisschen«, antwortete Laurits und küsste seine Frau auf die Wange.

Von der rechten Seite drang das leise Schmatzen von Tante Mias schlecht sitzendem Gebiss zu ihnen herüber. Sie war die Letzte, die noch aß. Unverdrossen hob die alte Dame wieder und wieder die Gabel, obwohl sie auf dem Weg vom Teller zum Mund fast alles wieder verlor, was sie daraufgeladen hatte. Dann senkte sie den Kopf erneut, versuchte, mit dem zitternden Esswerkzeug ein Stück Fleisch zu treffen oder eine Kartoffel. Der Anblick war gleichermaßen unangenehm wie faszinierend.

»Schmeckt es dir, Tante Mia?«, rief Laurits.

Ein Stück Kartoffel stürzte den langen Weg zurück in die Soße. Sie hielt inne und sah auf.

»Was sagt er?«

»Er will wissen, ob es dir schmeckt!«

»Vorzüglich, mein Kind, vorzüglich. Aber eine alte Frau ist ja kein D-Zug, nicht wahr.«

»Lass dir ruhig Zeit«, rief Laurits.

»Was?«

»Du sollst dir ruhig Zeit lassen«, wiederholte Silja geduldig.

»Leicht gesagt. In eurem Alter habt ihr ja noch genug davon«, sagte die Tante und widmete sich wieder dem Essen.

Onkel Jon hatte sich zurückgelehnt, seine Zigarre ausgepackt und bereitete sorgfältig sein Raucherritual vor, während Magnus genüsslich einen Schluck Rotwein trank und sich mit einem offenen Gähnen den Bauch rieb.

»Vorzüglicher Wein, dieser Château Lafite!«, rief er seinem Sohn über Tante Mias Kopf hinweg zu und hob das Glas.

Laurits erwiderte die Geste. Nickte erfreut. Vergessen war der Shiraz.

»Ein Spitzenjahrgang«, fuhr Magnus fort. »Hat Mortensson auf meine Empfehlung eingekauft!«

»Sollen wir das Dessert angehen?«, fragte Laurits, um etwas zu sagen, irgendetwas, das ihn von diesem unangenehmen Echo ablenkte, das plötzlich in seinen Ohren hallte.

»Was denn, jetzt schon?«, erwiderte Silja. »Wir haben doch keine Eile. Außerdem kommt ja noch Jons Rede.«

Sie hatte recht, sie hatten keine Eile. Heute war ihr Hochzeitstag, und alle waren gekommen, um sie zu feiern. Wie auf ein Zeichen erhob sich links von ihm sein Patenonkel. Hannu und Daniel verstummten, obwohl sie sich nicht über die aktuell beste Wertanlage einig waren. Es dauerte einen Moment, bis auch am anderen Tischende Ruhe einkehrte. Magnus räusperte sich erzieherisch, doch Onkel Jon wartete die Unruhe überlegen ab und lächelte Laurits an.

Es war noch immer das Lächeln von früher, das Trainer-Lächeln, das »Na, Laurentius, was hast du wieder angestellt«-Lächeln, das »Na, jetzt nimm's mal nicht so schwer«-Lächeln, das »Na hopp, wieder rauf aufs Rad«-Lächeln. Das Lächeln, das meinte, was es sagte.

Jon war eine sichere Bank. Ihm ging es nicht darum, auf Kosten anderer zu brillieren. Ein peinlicher Anekdotenreigen aus den Zeiten, »als Laurentius noch grün hinter den Ohren war«, stand daher nicht zu befürchten. Nein, wenn Jon die Aufgabe des Laudators übernahm, konnte man sicher sein, dass er sein Gegenüber in ein positives Licht stellte. Er beherrschte die Kunst des anlassbezogenen Philosophierens souverän – durch und durch Anwalt – und mit dieser besonderen Art von Ruhe und Seriosität, die keinen großen Gestus brauchte. Man wollte ihm zuhören.

»Liebe Silja, lieber Laurentius«, begann er, »Magnus hat ja bereits erwähnt, dass die Ehre der Festrede heute mir zufällt. Das macht mich sehr stolz. Zwar habe ich als dein Patenonkel wohl langsam ausgedient, lieber Laurentius – du hast mich nie gebraucht, glücklicherweise, muss man wohl sagen, und du wirst mich auch nicht mehr brauchen. Ich habe in deinem Leben nie mehr als eine Nebenrolle gespielt – und doch: Neben deinen Eltern kenne ich dich von allen Anwesenden wohl am längsten, daher ist es mir eine

Freude, nach vierunddreißig Jahren Patenschaft und zehn Jahren Ehebeobachtung heute Resümee ziehen zu dürfen.«

Im Gegensatz zu seinem Vater hatte Onkel Jon sich kaum verändert, die Zeit hatte seinen Bauch nicht wachsen und seine Haare nicht ausfallen lassen – er war nach wie vor schlank, sonnengebräunt und sportlich. Die tiefe Stimme passte zu seiner Persönlichkeit, sie war nicht zu überhören, obwohl er keineswegs laut sprach. In dunkler Tonlage rollten die Worte von seiner Zunge, mit runden Vokalen und einem ausgeprägten »R«.

»Ihr beide seid auch nach zehn Jahren noch ein wunderbares Paar!«, fuhr Jon fort. »Und ich hoffe, ich trete niemandem zu nahe, wenn ich gestehe, dass wir damals nicht alle davon überzeugt waren, dass eure heimliche Hochzeit in einer dauerhaften Ehe münden würde. Nun, ihr habt uns, Gott sei Dank, eines Besseren belehrt. Natürlich liegt das hauptsächlich daran, dass Silja eine außerordentlich geduldige Frau ist ...«

Allgemeines Schmunzeln, Mart lachte. Laurits sah Silja an.

»Siehst du!«, sagte sie und knuffte ihn mit dem Ellenbogen.

»... und außerdem natürlich daran, dass Laurentius ein ansehnliches Gehalt nach Hause bringt ...«

Noch mehr Schmunzeln.

»Ha«, sagte Laurits und reckte lachend das Kinn.

»... aber vor allem – und damit komme ich zum Kern meiner kleinen Ansprache –, vor allem liegt es daran, dass eure Eltern euch etwas mit auf den Lebensweg gegeben haben, das heute das Fundament eurer glücklichen Ehe ist.

Amy, Magnus, Kirke und Mart haben euch beigebracht, dass es Werte gibt, an denen festzuhalten sich lohnt; Werte, die uns tragen und in dunklen Zeiten wie ein Leuchtfeuer am Horizont sind. Richtungsanzeiger. Verlässliche Größen.«

Jon ließ seine Worte wirken. Er ging geschickt vor. Am Ende seiner Ansprache würden nicht nur Silja und Laurits das Gefühl haben, von höchsten Gnaden gesegnet worden zu sein, auch ihre Eltern würden sich gut fühlen, die Gewissheit verspüren, dass sie alles richtig gemacht hatten. Wie gut, dass sein Vater Jon die Festrede überlassen hatte.

»Schon der alte Marcus Tullius Cicero hat in seiner Schrift *De Officiis* über die vier Kardinaltugenden geschrieben. Weisheit, Gerechtigkeit, Mäßigung und Tapferkeit – damit hat der römische Feldherr seine Kriege gewonnen. Es ginge vielleicht zu weit, die Ehe mit dem Krieg zu vergleichen, und doch gibt es Leute, die behaupten würden, es gäbe die eine oder andere Parallele ...«

Vereinzelte Lacher.

»Dein Vater, Laurentius, ist ein Mann, den ich nicht zuletzt deshalb so sehr schätze und verehre, weil er eben jene Werte verteidigt und sie allen Versuchungen zum Trotz pflegt. Als junger Mensch ist es nicht immer leicht, den Sinn hinter den zuweilen strengen Regeln der Eltern zu verstehen. Man ahnt, dass es andere Wege gibt, Wege, die einem besser erscheinen. Die Ansichten der Eltern empfindet man als überkommen, verstaubt und unmodern. Wie oft hört man nicht den Satz: ›Wenn ich mal Kinder habe, werde ich das auf jeden Fall anders machen‹, oder: ›Das würde ich meinen Kindern nie verbieten‹?«

Jon machte eine Pause, griff nach seinem Wasserglas. Laurits sah schnell zu Liis hinüber, die den Kopf auf die Tischdecke gelegt hatte. Das eine Auge hielt sie fest zugekniffen, mit dem anderen blinzelte sie konzentriert. Sie hatte sich nach Liliput geträumt, ihre Lieblingsbeschäftigung, wenn sie sich langweilte. Salzstreuer wuchsen zu Hochhäusern heran, Brötchenkrümel zu Gebirgen und eine Schmeißfliege zum Monster. Lautlos bewegte sie die Lippen, erzählte sich Geschichten aus ihrer kleinen Welt, in der sie mit jedem weiteren, ihr unverständlichen Wort aus Jons Mund tiefer versunken war. Ein wenig beneidete Laurits sie.

Jon legte die Fingerspitzen beider Hände zusammen, eine Geste, die Laurits seit frühester Kindheit vertraut war. Gewichtig. Konzentriert. Wie damals in der Bibliothek, wenn bedeutende Dinge besprochen wurden. Wenn er sich hinter dem großen Ledersofa versteckt hielt, um zu lauschen. Zu spähen.

»Später dann, wenn man selbst Kinder hat und sein eigenes Leben führt, stellt man womöglich fest, dass so manches, gegen das man sich als junger Mensch gewehrt hat, nicht so falsch war. Und dass alte Werte vielleicht deshalb so alt geworden sind, weil sie sich über Generationen bewährt haben. Eure Eltern, Silja und Laurentius, sind sehr unterschiedliche Paare, aber eines haben sie auf jeden Fall gemeinsam: Sie sind euch stets mit gutem Beispiel vorangegangen. Als ungenutzter Patenonkel, der ich bin, macht es mich natürlich besonders froh, zu sehen, dass du den richtigen Weg eingeschlagen hast, Laurentius. Denn ich weiß sehr wohl, dass es für dich nicht immer einfach war, dich deinem Vater zu beugen; Magnus ist ja auch wahrhaftig ein harter Hund. Und ich erinnere mich lebhaft an Zeiten, als du etwas ganz anderes im Kopf hattest als er …«

Die Worte hingen im Raum, saßen auf einer Schaukel und baumelten unschuldig mit den Beinen. Laurits hustete, obwohl er gar nicht husten musste. Kamen jetzt doch noch Anekdoten? Silja sah ihn amüsiert an.

»Kleiner Rebell, was?«, flüsterte sie, und es klang ein wenig spöttisch.

»Du hast es erkannt«, antwortete er.

»… doch wenn ich mir dich heute ansehe, mein Junge, bin ich mir sicher, dass du keine wehmütigen Gedanken mehr an den Traum vom Musikkonservatorium und an die große Pianistenlaufbahn verschwendest, die du dir damals so entschlossen in deinen wilden Lockenkopf gesetzt hattest. Die wahren Bestimmungen zeigen sich eben oft erst mit den Jahren, und manchmal bedarf es dafür einiger Umwege oder ein wenig Nachhilfe. Ein großer deutscher Poet, Johann Wolfgang von Goethe, schreibt: Es irrt der Mensch, solang er lebt …«

»Strebt«, raunte Silja so leise, dass nur Laurits sie hören konnte, doch er reagierte nicht.

Stromausfall. Irgendwo zwischen Trommelfell und Großhirnrinde war völlig unerwartet eine Überspannung entstanden. Ihm war schwindelig, vor seinen Augen drehte sich alles, und er hatte das Gefühl, die Orientierung zu verlieren. Um ihn herum herrschte absolute Schwärze.

Er stand in einem langen Gang, an dessen Ende sich eine Tür öffnete. Er konnte es hören, das metallische Quietschen. Nirgendwo Licht. Dann sah er sie. Schemenhaft. Breitbeinig und bedrohlich wie ein Schlägertrupp in einer finsteren Seitengasse nahmen die Erinnerungen Aufstellung, schwangen die Baseballschläger, winkten. Er winkte nicht zurück, schüttelte den Kopf. Das war nicht, was er sehen wollte. Kein Bedarf.

Onkel Jon stand noch immer am Tisch, alle saßen noch auf ihren Plätzen. Er wagte nicht, sich zu bewegen. Ein Blick zu seiner Mutter oder seinem Vater, und der Schlägertrupp würde den Saal stürmen.

Jon sprach weiter:

»Du bist ein sehr erfolgreicher, guter Arzt, Laurentius. Und auch du, Silja, hast mit deiner Energie und deiner ausgeglichenen Art eine wichtige Stellung im Berufsleben erreicht. Ihr habt klein angefangen, habt zielstrebig euer Nest gebaut, habt eine Brücke zwischen zwei Kulturen geschaffen, die die nächste Generation sicher und trockenen Fußes überqueren können wird. Ihr seid so eine wunderbare, kleine, internationale Familie geworden ...«

Bei dem Wort »Familie« hatte Laurits sich zumindest so weit wieder unter Kontrolle, dass er ein mechanisches Lächeln zustande brachte.

»All das«, Jon machte eine ausladende Geste, die den Raum, die Gäste, sogar den Maître mit einschloss, »all das wäre euch jedoch entgangen, wenn eure Eltern sich nicht immer für euch eingesetzt hätten. Wäre das nicht unendlich schade?«

Er betonte jede einzelne Silbe. Un-end-lich.

»Was ich sagen will: Ihr habt euer Rüstzeug genutzt. Ihr beide seid das beste Beispiel dafür, dass es sich lohnt, alte Werte aufrechtzuerhalten, ihr habt darauf aufgebaut und gebt sie mit großer elterlicher Fürsorge an die kleine Liis weiter. Und genau wie eure Eltern werdet auch ihr alles dafür tun, damit sie eines Tages den richtigen Weg im Leben findet. Liebe Silja, lieber Laurentius, ich hoffe, ihr seht mir meine Ode an eure Eltern nach.«

Jon sah Magnus an und nickte seinem Freund zu. Er räusperte sich wieder.

»Doch vor allem an Feiertagen wie diesem finde ich es besonders wichtig, ein paar Gedanken daran zu verschwenden, wie man zu dem wurde, der man ist. Zu einem Heute und einem Morgen gehört eben immer auch ein Gestern. Und damit erhebe ich mein Glas auf das heutige strahlende Jubiläumspaar. Hurra, hurra, hurra, hurra!«

Laurits sah, dass alle applaudierten, Mart und Kirke, die ganz gerührt wirkten, und Silja und seine Eltern und Liis, die klatschte, weil es endlich vorbei war, Daniel, Eva, alle. Er tat es ihnen gleich, schlug die Handflächen zusammen und spürte, dass sie feucht waren, klebten.

Dann kam ganz unvermittelt der Angriff aus der Dunkelheit. Der erste Schlag traf ihn unterhalb des Solarplexus. Laurits blieb die Luft weg. Alles war wieder da.

Silja lachte über etwas, das Eva gesagt hatte, sah ihn nach Bestätigung suchend an, doch er hatte nicht gehört, worum es ging.

»Ich brauche mal ein bisschen frische Luft. Hier unten erstickt man ja«, sagte er gepresst und stand auf, ohne ihre Antwort abzuwarten. Auf der Treppe hörte er noch das vielstimmige Seufzen von Marts Akkordeon und den fröhlichen Ruf: »Allsång!«

Dann fiel die Zwischentür zu, und plötzlich war es still.

Als er ins Freie trat, dampfte die Straße noch, doch es

hatte aufgehört zu regnen. Kein Verkehr. Seine Füße gingen von ganz allein über die Straße, hinunter zur Uferpromenade. Seine Finger fanden von allein eine Zigarette und das gelbe Feuerzeug. Er inhalierte den Rauch tief und dachte nichts. Seine Augen sahen, dass sich das sommerliche Zwielicht der hereinbrechenden Nacht im dunklen Wasser spiegelte, dass der Mond schief und betrunken am leer gefegten Himmel hing und der Schein der Straßenlaternen noch nicht einmal das nasse Pflaster erreichte, doch sein Kopf war zu voll, um daraus mehr als eine Wahrnehmung zu machen.

Als er Schritte hörte, wusste er, dass es Silja war.

»Singst du nicht mit?«, fragte er, ohne sich umzudrehen.

»Ach, die kommen doch auch ohne uns zurecht.« Sie trat neben ihn, legte einen Arm um seine Schulter. »Deine Mutter liebt Bellman-Lieder, und ihre Stimme hält für zwei.«

Er nickte stumm und schaute über das Wasser.

»Wolltest du wirklich mal Pianist werden?«, fragte Silja irgendwann und weckte ihn unsanft nach einer Minute des Schweigens.

Er machte eine abfällige Handbewegung.

»Ach, ganz früher mal.«

»Dass du mir das nie erzählt hast! Du musst ja richtig gut gewesen sein, wenn du sogar aufs Konservatorium wolltest …«

»Es war wirklich nicht der Rede wert.«

»Hör mal, mir erzählst du, du hättest als Kind ein bisschen geklimpert! Was Jon da gesagt hat, klang aber ganz anders. Stimmt es denn nicht?«

Er schüttelte den Kopf, wollte nicht darüber sprechen.

Vielleicht würden die Erinnerungen einfach wieder verschwinden, wenn er sie ignorierte. Vielleicht fiel die Tür wieder zu, und alles war wie vorher. Doch wenn Silja sich einmal in etwas verbissen hatte, ließ sie nicht locker.

»Hallo! Ich habe dich etwas gefragt!«

»Es war ja dann sowieso vorbei. Ich konnte nicht mehr spielen, als ich mir den Finger verletzt habe.«

Punkt. Mehr gab es nicht zu sagen.

»Und wie hast du dir überhaupt den Finger so schwer verletzt? Beim Spielen etwa?«

»Was soll denn jetzt diese Fragerei? Bist du die heilige Inquisition, oder was? Ich habe mal ganz passabel gespielt, ja. Und irgendwann habe ich mir den Finger verletzt, und dann war es vorbei mit dem Klavierspielen. Ende, aus, finito la musica.«

»Konntest du denn danach gar nicht mehr spielen?«, fragte Silja ruhig.

Es vergingen zwei oder drei Sekunden, ehe Laurits antwortete: »Keine Ahnung. Ich hab es nie wieder versucht.«

Silja musterte ihn ungläubig.

Hinter ihnen fuhr ein Auto durch eine Pfütze. Hupte. Jugendliche grölten aus den offenen Fenstern, während eine Wasserfontäne auf dem Bürgersteig niederging.

»Dass ich das alles nicht gewusst habe.«

»Es ist unwichtig«, sagte er.

Aber es war endgültig zu spät, sein Herz brannte bereits.

Nachdem sein Vater ihn noch in der Nacht schweigend ins Krankenhaus gefahren und dafür gesorgt hatte, dass er stabilisiert und zum Ausnüchtern in ein Bett gesteckt wurde; nachdem am übernächsten Tag sein Zeigefinger in einer Operation gerichtet worden war – Kapselruptur, Fingerluxation, Splitterung im Fingergrundgelenk –; nachdem er drei Tage lang wie ein Fremder im eigenen Kopf herumgeirrt war, unfähig, sein Versagen zu begreifen; nachdem er wieder zu Hause und der Finger wieder einigermaßen beweglich war, ging er unaufgefordert zum Karolinska-Institut, um sich für Medizin einzuschreiben.

Es war einfacher gewesen, als er erwartet hatte.

Im Odinvägen herrschte Schweigen. Fräulein Andersson wurde aus seinem Leben radiert, wie ein falscher Bleistiftstrich. Er tat es nicht einmal selbst, seine Mutter meldete ihn ab, und er ging nie wieder hin. Er zog ins Studentenwohnheim, und als er eines Tages zum Sonntagsessen nach Hause kam – darauf bestand sein Vater –, war Blüthner nicht mehr da. In der Bibliothek stand eine neue Sitzgruppe aus teurem Leder. Er fragte nicht nach.

Niemand hatte mehr ein Wort über die Aufnahmeprüfung am Konservatorium verloren. Niemand. Nie wieder. Nicht sein Vater, nicht seine Mutter und auch er nicht. Auch Onkel Jon nicht – bis heute.

Stillschweigend, ohne eine weitere Träne, hatte Laurits die Tür zu jenem Teil seines Lebens hinter sich geschlossen. Er hatte die Musik weggesperrt und mit ihr die Enttäuschung, sein Unvermögen und die Erinnerung. Schon bald hatte er mit aller Macht vergessen, was sich an diesem Abend im Oktober 1976 zugetragen hatte: dass er geschei-

tert war – auf ganzer Linie. Und jetzt, mit zwei unbedeuten-
den, ja lachhaften Sätzen, ironisch und altväterlich in den
Raum geworfen, stürzten die Erinnerungen auf ihn ein und
warfen ihn zu Boden.

Als er Silja kennenlernte, kam Blüthner mit seinen acht-
undachtzig Tasten längst nicht mehr in seiner Biografie vor,
und wenn sie oder Liis etwas »von früher« hören wollten,
blätterte er das Album seiner Kindheit auf und präsen-
tierte ihnen eine Auswahl bunter Bilder einer Familie des
schwedischen Großbürgertums. Sie kannten die Geschichten vom roten Blitz auf dem Fahrrad, von Laurits und Pelle
auf dem Kirchplatz, von Nachmittagen mit Frida in der Küche und von der zweihundertdreiundfünfzig Schritt langen
Birkenallee auf dem Weg zur Schule. Sie wussten von Omas
klapperndem Gebiss, von Stalins linkem Auge, von unbe-
schwerten Sommern auf Dalarö und von ein paar Klavier-
stunden. Was hätte er sonst erzählen sollen? Es war ihm nie
etwas anderes eingefallen.

Natürlich musste Silja jetzt der Verdacht kommen, dass
sie nur die halbe Wahrheit kannte, dass die Bilder, die er
ihr gezeigt hatte, zensiert waren; dass zu den lachenden Gesichtern, die man darauf sah, auch noch ein Idiot gehörte,
dem die Torte im Gesicht klebte.

Eine schwere Müdigkeit ergriff Laurits. Er sehnte sich danach, auf seinem Balkon zu sitzen, in aller Ruhe ein großes Glas Whisky zu trinken und zufrieden in die Stille der
Nacht zu lauschen. Wünschte sich, nie eine Feier geplant
zu haben.

Warum hatte nicht sein Vater die Festansprache gehalten? Er hörte sich doch sonst so gern reden. Ein bisschen

Selbstbeweihräucherung der gewohnten Art wäre leichter zu ertragen gewesen als die Fragen, die Silja ihm jetzt stellen würde, und die Antworten, die er ihr würde geben müssen.

Er sah sie an, fühlte sich mutig und gleichzeitig unsagbar schwach. Mit einer mütterlichen Geste strich Silja ihm über die Wange.

»Erzählst du es mir?«, fragte sie.

Laurits nickte. Er hatte ohnehin keine Wahl.

»Störe ich?«

Silja schrak auf, und Laurits drehte sich um. Onkel Jon stand hinter ihnen, groß und dünn hob sich seine lange schwarze Silhouette vor dem Licht der Straßenlaternen ab.

»Nein, überhaupt nicht«, sagte Laurits.

Aufschub.

»Ich musste mal ein bisschen Luft schnappen«, sagte Jon. »Außerdem ist Allsång nicht so mein Ding ... Så lunka vi så småningom.«

Er zwinkerte Silja zu, und sie lachte.

»So troll'n wir uns ganz fromm und sacht von Weingelag und Freudenschmaus ...«, stimmte sie leise ein und sagte dann: »Danke noch mal für die schöne Ansprache.«

»Es war mir ein Fest.«

In Jons Stimme schwang neben der Feierlichkeit eine Spur Koketterie mit. Zum ersten Mal kam Laurits der Gedanke, dass sein Patenonkel in jüngeren Jahren bei den Frauen sehr beliebt gewesen sein musste, und selbst wenn er inzwischen ein älterer Herr war, verfehlte sein Charme seine Wirkung nicht. Auch nicht bei Silja, die sich vertraulich bei ihm einhakte und in der von ihm angestimmten Tonart fragte:

»Wäre er kein guter Pianist geworden, mein Göttergatte?«

Laurits verspürte den Impuls, sich umzudrehen und einfach fortzugehen. Nach Afrika, nach Grönland, nach Afghanistan. Irgendwohin. Sie hatte keine Ahnung, in welches Wespennest sie stach.

»Jetzt lass doch«, unterbrach er, doch Jon überging seinen Versuch, das Thema zu beenden.

»Das würde ich so nicht sagen. Er war absolut talentiert, von seiner Mutter ja quasi erblich vorbelastet.«

»Amy ist wirklich sehr musikalisch«, sagte Silja, und Jon nickte nachdenklich.

»Musikalisch ist noch vorsichtig ausgedrückt. Musik, das war ihr Ein und Alles. Es war nicht leicht für sie damals, als Magnus sie vor die Wahl gestellt hat.«

Vor welche Wahl?

»Vor welche Wahl?«, fragte Silja.

»Hast du ihr die Geschichte nie erzählt?«, fragte Onkel Jon und sah Laurits mit hochgezogenen Augenbrauen an.

»Nein.«

Konnte es noch schlimmer werden? Er ahnte nicht einmal, worauf sein Patenonkel anspielte. Offenbar hatten seine Eltern noch manches andere als Blüthner totgeschwiegen.

Er spürte Siljas Blick, konsterniert über die Abgründe, die sich vor ihr auftaten. Als ob es ihm anders ginge. Laurits schaute ins Leere.

»Na, ist ja kein Geheimnis, oder?«, sagte Jon leichthin. »Für Magnus ging es damals gerade steil nach oben, als die beiden sich kennenlernten. In seiner gesellschaftlichen und beruflichen Position wäre es vollkommen undenkbar gewesen, dass seine Frau allein durch die Weltgeschichte reist und auf irgendwelchen Bühnen steht und singt. Er war ein Simonsen – das ist nicht nur einfach. Auf seinen Schultern lasteten tonnenweise Erwartungen. Da musste sie sich eben entscheiden: Ehe oder Musikkarriere. Es ist doch kein Wunder, dass Magnus bei dieser Vorgeschichte nicht besonders glücklich darüber war, dass sein Sohn offenbar ganz nach der Mutter kam.«

»Wie meinst du das?«, fragte Laurits, und seine Stimme drohte zu versagen.

»Ach, das sind doch alles alte Hüte. Schau –«

»Ich finde diese alten Hüte überaus spannend«, sagte Silja und sah Laurits an, fest und streng. »Man erfährt ja immer noch etwas Neues. Sogar nach zehn Jahren noch.«

Ihre Worte drangen kaum zu ihm durch.

Sängerin, pochte es im Takt seines Herzschlages. Seine Mutter war Sängerin gewesen? Diese Information war zu sperrig, zu groß, zu kantig, um sie jetzt und hier zu verarbeiten. So fremd war ihm die Vorstellung, dass er sie einfach irritiert zur Seite räumte. Da war noch etwas. Wie hatte Jon gesagt: Kein Wunder, dass er bei dieser Vorgeschichte nicht besonders glücklich darüber war, dass sein Sohn offenbar ganz nach der Mutter kam. Kein Wunder. Nein, jetzt war es kein Wunder mehr. Jetzt begann er langsam zu begreifen. Und doch nicht.

»So schlimm kann Vater es ja nicht gefunden haben, dass ich Pianist werden wollte«, sagte er und sah Jon herausfordernd an. »Immerhin hat er zugelassen, dass ich die Aufnahmeprüfung am Konservatorium mache. Und wäre ich nur ein bisschen besser gewesen …«

»Was dann?«, fragte Jon. »Glaubst du, dann wärst du Pianist geworden?«

Die Welt schwankte.

Laurits sah seinem Patenonkel ins Gesicht, sah, wie seine Freundlichkeit, sein anspornendes Lächeln plötzlich in sich zusammensackten und in einen offenen Ausdruck echter Betroffenheit umschlugen.

»Ach, Laurentius«, sagte er still.

»Was?«, fragte Laurits und noch einmal: »Was?«

Er wollte es aus Jons Mund hören, musste es ihn sagen hören, obwohl seine Synapsen längst geschaltet hatten.

»Hast du ernsthaft geglaubt, es hätte an dir gelegen? Hast du das wirklich geglaubt?«, fragte Jon. »Ich dachte, das hättet ihr geklärt.«

Dann brach der Lärm los.

Laurits hielt sich die Ohren zu. Eine Kakophonie aus Läufen, Akkorden und Trillern, aus Moll und Dur, aus Harmonie und Dissonanz hallte lautstark in seinem Kopf wider. Schubert. Chopin. Haydn. Hundertfach, tausendfach klangen die vielen Stunden am Flügel durch sein Gehirn. Er hielt sich den Kopf. Er wollte doch nur seinen Hochzeitstag feiern. Ein bisschen feiern. Glücklich sein. Mehr nicht. Keine Erinnerungen, keine Überraschungen, keine Wahrheiten. Er wollte das alles nicht.

»Ich verstehe nicht ganz«, vernahm er Siljas Stimme verzerrt. Jemand packte ihn am Arm und rüttelte grob an seiner Schulter. Jon, es war Onkel Jon, seine Finger schnitten ihm schmerzhaft ins Fleisch, so fest hielt er ihn.

»Na, komm schon, Laurentius. Reiß dich zusammen, Junge!«

»Jon, ich verstehe nicht ganz«, wiederholte Silja. »Was heißt das, es hat nicht an ihm gelegen?«

Laurits sah sie an. Immer musste sie so viel fragen. Bohren. Nie gab sie Ruhe. Er spürte, wie sich in seinem Körper eine Eiszeit ausbreitete. Lautlos gefror sein Blut, und er erstarrte. Sein Blick wurde klar. Ja, tatsächlich hatte er noch nie zuvor so klar gesehen.

»Was das heißt?«, zischte er. »Ich kann dir sagen, was das heißt. Mein sauberer Herr Vater hat meine Aufnahmeprüfung sabotiert. Wahrscheinlich hat er irgendeinem von seinen Logenfreunden einen kleinen Gefallen getan, damit ich durchfalle. So einfach geht es. Eine kleine Gratis-OP hier, eine kleine Gratis-OP da. Das heißt es.« Er befreite sich aus Jons Griff, schlug seine Hand fort und starrte Silja an. »Kapierst du das, oder geht das in deinen süßen estnischen Schädel nicht rein? Er hat mich verkauft, der unfehlbare Tugendverfechter. Das heißt es!«

Silja wich zurück.

»So darfst du das nicht sehen, Laurentius ...«, begann Jon und versuchte, seine Hand wieder beruhigend auf Laurits' Arm zu legen.

»Fass mich nicht an!« Spucke flog. »Du Verräter!«

»Laurentius. Dein Vater hat nie einen Hehl daraus gemacht, dass er der Ansicht war, ein Medizinstudium wäre das einzig Richtige für dich«, sagte Jon nachdrücklich. »Aber du musstest selbst einsehen, dass es die beste Entscheidung war.«

Er wollte nichts mehr hören. Verlogene Scheiße.

»Hör auf!«

»Hätte er es dir aufgezwungen, wäre doch niemals ein guter Arzt aus dir geworden. Du hättest immer nur an deine verpasste Pianistenkarriere gedacht, die dir in Wahrheit gar nicht so wichtig war. Sei doch ehrlich, Junge. Du hast nach der Prüfung doch nicht mal dafür gekämpft, es noch einmal versuchen zu dürfen …«

»Er hat mich erpresst …«, sagte Laurits leise. »Er hat mich gezwungen.«

»Er hatte doch recht. Es war doch das Beste so. Schau dich an, schau an, was aus dir geworden ist …«

»Schau du dich doch mal an. Alt und intrigant«, schrie Laurits so laut, dass seine Stimmbänder mehr schmerzten als der Rest in ihm. »DU! Du hast es doch die ganze Zeit gewusst!«

Und dann das Begreifen. Das langsame Einsickern von Erkenntnis ins Bewusstsein.

»Und Mutter wahrscheinlich auch! Hat sie es gewusst?«

Er stürzte auf Jon zu, packte das Revers seines Fracks und riss daran.

»Hat sie es gewusst!«, brüllte er.

Jons Blick, der nichts mehr gemein hatte mit dem des guten Mentors, war Antwort genug.

»Sie hat es gewusst. Diese Heuchlerin. Alle haben es gewusst!« Ihm entwich ein hysterisches Lachen. »Wahrscheinlich bist du auch schon längst eingeweiht, was?« Er spuckte Silja seine Verachtung vor die Füße. Niemand hatte jetzt noch Schonung verdient. Sie starrte ihn aus aufgerissenen Augen an, sagte nichts.

»Ihr widert mich an.«

Das Auto mit den johlenden Jugendlichen kam zurück. Dumpf dröhnten die Bässe.

Dann verwackelte die Welt, verwackelte endgültig, und Laurits sank auf die Knie. Eine kaputte Marionette – alle Fäden abgeschnitten.

20.08.2005

05.24 Uhr
Habe mir die Flamencotänzerin von gestern Abend geholt.
Es hat nicht geholfen. Eher im Gegenteil. Ihr knochiger
Hintern. Diese auswendig gelernten Pornolaute. Unerträg-
lich. Musste sie rauswerfen. Hoffentlich wirkt bald diese
Tablette. Oder der Whisky.

11.56 Uhr
Die halbe Rohypnol, die ich noch hatte, hat mich dann anscheinend doch ins Off befördert. Ja, damit gehen selbst
beim größten Psycho irgendwann die Lichter aus. Wen
wundert es, dass die Leute nach solchen Mitteln süchtig
werden?

Bin vor zwei Stunden mit einem riesigen Loch in der
Brust aufgewacht. Ein Hohlraum von der Größe der ver-
dammten Ostsee. Der vergangene Abend ist völlig diffus.
Wenn ich es nicht aufgeschrieben hätte, wenn es nicht
schwarz auf weiß hier stünde, wäre ich sicher, den ganzen
Mist nur geträumt zu haben. Es kommt mir vor, als würde ich durch eine beschlagene Glasscheibe schauen. Ver-
schwommene Konturen, Gesichter.

Ich kann nicht fassen, wie ich mich verhalten habe!
Schlimm genug, dass ich der Tulpe nicht geholfen habe.
Aber dass ich mich dann auch noch an der kleinen Bulgarin
vergriffen habe! Es ist unverzeihlich, widerwärtig. Sie ist
höchstens einundzwanzig.

Kann es in mir so leer sein, dass ich alle Mitmenschlichkeit vergessen habe?

Das Schiff schweigt. Anscheinend sind wir in Lissabon angekommen, und die Ratten sind längst von Bord. Es ist ganz still. Eigentümlich still. Selbst wenn man hier unten nie etwas von den Passagieren hört, klingt es doch anders, wenn das Schiff leer ist. Wie eine hohle Blechbüchse. Es zieht mich nicht nach draußen. Der Himmel ist grau, von dicken Wolkenbergen bevölkert, die sich über dem Meer entleeren. Die Luft ist schwer, schwül.

Ich spüre den Klammergriff von nahender Migräne um meine Nackenmuskulatur. Das fehlt gerade noch.

Muss ans Klavier oder schwimmen. Mich vervollständigen. Das heißt, wenigstens die Struktur wiederherstellen. Zumindest für den Moment.

15.15 Uhr

Schwimmen war ein Reinfall. Die Jungs vom Reinigungsteam haben das Wasser abgelassen, um das Becken zu säubern. Es gibt kaum einen tristeren Anblick als einen trockengelegten Pool. Oder doch. Eine verwelkende weiße Tulpe auf einem grünen Schiffsteppich. Eigentlich kenne ich sie ja nicht mal. Oder doch. Ich schließe die Augen und sehe wieder ihren Blick. Aus dem haben mich alle angeguckt. Silja, Liis, Rosa. Als wären sie alle da gewesen und hätten nur auf eine Gelegenheit gewartet.

Merkwürdig, dass ich nicht bemerkt habe, dass sie schwanger war. Neulich am Pool habe ich nichts gesehen. Sie kann noch nicht weit gewesen sein. Denn selbst wenn ich schon lange nicht mehr praktiziere, erkenne ich doch eigentlich eine schwangere Frau. Obwohl: Rosa habe ich es ja auch nicht angemerkt.

Mit dem Klavierspielen ging es nicht besser. Blei in den Fingern. Die Tasten waren ziemlich durcheinander. Habe nach zwanzig Minuten uninspirierter Klimperei den Deckel wieder zugemacht.

Vielleicht kann ich nicht mehr spielen. Nie mehr. Vielleicht ist meine Datenbank im Gehirn gelöscht. Keine Musik mehr da. So wie damals, als jahrelang keine Musik in meinem Kopf war, sondern nur noch ein Loch. Ich weiß nicht mehr, wie ich das aushalten konnte. Womöglich geht es leichter, wenn man jung ist. Weil viel passiert, weil das meiste noch vor einem liegt. Aber inzwischen ist mein ganzes Leben voller Löcher, es ist löchrig wie ein Schweizer Käse. Ich verliere zusehends an Gewicht, werde immer leichter, und es wird immer schwieriger, einen Halt zu finden.

Die Enge der Kabine fühlt sich gut an. Habe zwei Stunden auf dem Bett gelegen. Licht und Schatten an der Wand und auf der Fotografie von José Maria. *Sombra.* Er hat damals, als ich das Bild gekauft habe, gesagt, er mag das Licht nur, weil es Schatten macht. Linien. Ob er sein Fotostudio noch hier in Lissabon hat? Ob er noch immer in dieser winzigen Dunkelkammer arbeitet? Ich kann mich nicht aufraffen, in die Stadt zu gehen. Ich würde das Atelier sowieso nicht wiederfinden.

Um 19.00 Uhr legen wir ab. Morgen um 15.00 Uhr erreichen wir A Coruña, dann noch ein Seetag, und wir sind in Dover. Over.

21.08.2005

00.47 Uhr
Grauenhafter Abend im Old Major.

Der Platzhirsch ist wirklich nicht zu ertragen: Nachdem er lauthals seine Geschmacklosigkeiten zum Besten gegeben hatte, war bei mir im wahrsten Sinne des Wortes der Ofen aus. Habe um 22.30 Uhr abgebrochen. Egal. Es herrscht ziemlicher Seegang, und es waren ohnehin nicht viele Leute da. Mit welcher Dreistigkeit dieser Typ öffentlich Witze über den Zwischenfall am gestrigen Abend und die Tulpe verbreitet! Schneewittchen und der achte Zwerg – das ist widerlich. Ich schäme mich stündlich mehr für mein Verhalten, vielmehr mein Nichtverhalten. Es bringt mich in eine Kategorie mit Arschlöchern wie diesem.

Wir sind mitten in einem dicken Atlantiktief. Die See ist wütend. Das höre ich jetzt ganz deutlich. Nachts sind die Geräusche lauter als tagsüber. Nachts ist der Himmel nicht vom Meer zu unterscheiden, sie sind eins. Wer sagt überhaupt, dass es einen Unterschied gibt? Wer sagt, dass es die Wahrheit ist, nur weil es tagsüber so aussieht, als wären Meer und Himmel zweierlei. Auf See ist alles nur Täuschung – die Farben, der Horizont, die Sonnenuntergänge.

Wie viel Schlaf braucht man? Wann beginnt das Gehirn unter dem Mangel zu leiden und falsch zu schalten? Ich müsste das eigentlich wissen, aber es fällt mir nicht ein.

Die Dunkelheit macht mich noch wahnsinnig. Wie viel erträglicher wäre es, wenn es keine Nächte gäbe.

06.02 Uhr

Ich habe Sex mit einer mir unbekannten Frau. Von hinten. Irgendwann dreht sie den Kopf und sieht mich an. Und ich kenne ihr Gesicht, weiß aber nicht, wer sie ist. Und sie lacht und sagt: »Guck mal, wer da ist. Damit hast du nicht gerechnet!« Und aus einem Wandschrank schaut Mart und zwinkert mir zu, dann geht er ans Klavier (mein altes Klavier aus Tallinn) und fängt an, Schumann zu spielen. Ich möchte etwas zu ihm sagen, aber da ist immer noch die Frau …

Ich habe seit Jahren nicht solche Träume gehabt.

11.46 Uhr

Absurdes Theater in der Krankenstation, nachdem Henrik vorgeschlagen hat, die Tulpe zu besuchen. Jemand muss ihm außerdem erklärt haben, was passiert ist. Er wusste, dass sie ihr Baby verloren hat.

Kurzer Anfall von Panik. Erstens machen mich Krankenzimmer beklommen, wenn ich nicht im Dienst bin. (Und wann war ich zuletzt im Dienst? War ich überhaupt irgendwann in einem Krankenzimmer, seit ich den Kittel an den Nagel gehängt habe? Ich wüsste nicht, wann. Wen sollte ich besucht haben? Nein. Das heute war der erste Krankenzimmerbesuch seit neun Jahren.) Zweitens fällt mir außer Arztfragen nichts ein. Und ich bin kein Arzt mehr. Ich bin Pianist.

Aber Henriks Logik hat keinen Widerspruch geduldet. Die Gedankenwelt von Kindern ist besser. Sicher nicht einfacher, aber eindeutiger. Vielleicht haben sie deshalb in vielen Dingen mehr Mut.

Er: »Also, ich finde sie nett. Du nicht?«

Ich: »Doch.«

Er: »Siehst du. Dann müssen wir sie besuchen. Sonst denkt sie, wir mögen sie nicht.«

Was soll man dagegen sagen?

Ich schäme mich ein bisschen für den Lachanfall, den ich hatte, als wir ins Krankenzimmer kamen. Aber nur ein bisschen. Die unerwartete Metamorphose von der Tulpe zur alten Dame von den Honneurs war einfach zu viel für mich. In dem Moment, als ich Mrs Grey mit diesem riesigen Turban-Verband um den Kopf statt der Tulpe im Bett sitzen sah, ist in mir einfach alles geplatzt. Es war ein inneres Feuerwerk. Eine Sprengung. Ich konnte mich nicht mehr halten.

Mrs Grey hat glücklicherweise mitgelacht. Wir müssen ein herrliches Bild abgegeben haben, Henrik und ich, so perplex, wie wir waren. Und wie sie sich gefreut hat, als sie die Schokolade und den Calvin & Hobbes-Comic (oh, eine Bildergeschichte, wie schön!) entgegennahm. Als wären es große Geschenke.

Sie: Jetzt geht es mir gleich besser.

Henrik: Was haben Sie denn?

Sie: Mach dir keine Sorgen, Junge, es ist nur ein kleiner Schädelbasisbruch.

Er: Ach so.

Ich hätte schon wieder loslachen können. Die ganze Situation war so absurd, dass ich tatsächlich vergessen habe, mich seltsam zu fühlen. Es gluckert nach wie vor in mir. Ich freue mich noch immer daran.

Es hat doch alles nur den einen Sinn, dieses merkwürdige Leben zu überstehen.

Die Tulpe ist gestern in Lissabon von Bord gebracht worden. Jetzt, wo sie weg ist, erfahre ich, dass sie Frances heißt. Und ihr Mann ist nicht ihr Mann, sondern ihr älterer Bruder. Das beruhigt mich irgendwie. Ältere Brüder lassen ihre kleinen Schwestern nicht im Stich.

18.23 Uhr
Muss immer noch an heute Vormittag denken.

Die Geschichte wäre wirklich was für Rosa gewesen. Sie kann unglaublich über solche Situationen lachen. Aber wahrscheinlich ist ihr momentan überhaupt nicht lustig zumute.

Seit wann weiß sie, dass sie ein Kind erwartet? Sie muss im Frühstadium sein, vermutlich noch erstes Trimester. Ihr könnte jederzeit dasselbe wie der Tulpe passieren. Der Gedanke kommt mir erst jetzt. Ich bin nicht mehr wütend. Es ist ja alles nicht ihre Schuld. Ich hoffe, es geht ihr gut.

Der Wellengang hat zugenommen. Am Horizont kollidieren drei Gewitter. Die Blitze teilen den Himmel in leuchtende Fenster, und der Regen kommt von der Seite. Sicher haben sie die Freidecks gesperrt, damit niemand ausrutscht oder sich verletzt. Dabei würde ich jetzt wirklich gerne nach draußen gehen. In den Wind rufen. Irgendwas. Wann war ich zum letzten Mal so befreit? Ich weiß es nicht mehr. Die Zeit ist keine gerade Straße.

22.08.2005

00.49 Uhr
Mr Holland ist wiederaufgetaucht. Als Einziger. Es hat mir
nichts ausgemacht, nur für ihn und für Jack hinter der Bar
zu spielen, im Gegenteil. Wir haben die anderen Gäste
nicht vermisst. Der Platzhirsch liegt hoffentlich hunde-
elend vor Seekrankheit in seiner Koje. Er hätte noch viel
Schlimmeres verdient, die Ruhr, die Krätze oder Ähnliches.

Niemand hat erwartet, dass ich *New York, New York*
spiele, dass ich singe. Ich konnte einfach der Richtung folgen, in die mich die Töne geführt haben. Dann spiegelt die
Musik den Raum, in dem sie klingt, die Stimmung, auf die
sie trifft. Dann fühlt sich jeder verstanden, und ich habe
nichts anderes dazu getan, als die Tasten zu finden.

Ich habe Mr Hollands Einladung auf ein Glas gerne angenommen (in die Crew-Bar zieht es mich nach dieser un-
rühmlichen Sache mit der Bulgarin nicht unbedingt – so
was macht immer die Runde), und man könnte fast sagen, es ist so etwas wie ein netter Abend gewesen. Friedlich. Es hat eindeutig eine entspannende Wirkung, jemandem beim Gläserpolieren zuzusehen, einen Pfeifenraucher
neben sich sitzen zu haben und ein wenig gemeinsam zu
schweigen. Mr Holland würde in Estland bestens zurechtkommen. Muss ihn fragen, ob er schon mal dort gewesen
ist.

Es schaukelt. Bin todmüde.

181

15.44 Uhr

A Coruña. 21 Grad und immer noch ziemlich heftiger Wind aus WNW. Bin mit Henrik und Johanna verabredet, um den Herkulesturm zu besichtigen. Touristenprogramm. Gut, dass wir nicht tendern müssen, das wäre eine ziemlich kabbelige Angelegenheit.

Ich frage mich, warum Henrik gestern nicht erzählt hat, dass sein Vater auch in Lissabon von Bord gegangen ist. Entweder es macht ihm nichts aus, die zwei Tage bis Dover allein zu sein, oder es macht ihn traurig – das kann ich nicht einschätzen. Ich habe den Mann kein einziges Mal wirklich zu Gesicht bekommen. Und Henrik hat kaum etwas über ihn erzählt.

Johanna war sichtlich erstaunt, dass ich von nichts wusste. (Habe mich wie ein Idiot gefühlt, obwohl ich ja gar nichts falsch gemacht habe.) Sie glaubt anscheinend, Henrik und ich würden alle Geheimnisse teilen. Rührend, wie sie sich engagiert. Sie nimmt nicht nur ihre Pflichten wahr. Sie gibt immer mehr, als sie muss, ein Stück von sich.

Warum habe ich Henrik gestern nichts angemerkt? Wahrscheinlich, weil ich zu sehr mit der Tulpe beschäftigt war. Er hat auch heute Morgen nichts dazu gesagt, aber er hat sich gefreut, dass ich dem Ausflug zugestimmt habe.

18.30 Uhr

Wir sind 242 (!) Stufen hinaufgestiegen, um wieder mal über das Meer zu schauen. Als müssten wir es inzwischen nicht satthaben. Der Wind hat es nicht geschafft, uns herunterzuwehen, aber Henriks grüne John-Deere-Kappe ist fortgeflogen. Sie war so schnell weg, dass wir ihr kaum hinterherschauen konnten. Es war das erste Mal, dass ich ihn weinen sah. Die neue Mütze, die ich ihm im Souvenirladen gekauft habe, ist wohl kein wirklicher Trost, obwohl sie ziemlich cool ist und ihm gut steht. Seine Tränen waren dick und leise. Er ist kein Junge, der sich in den Vordergrund spielt, nicht mal, wenn er traurig ist.

Warum in aller Welt ich außerdem diese kleine Espressotasse gekauft habe, weiß ich nicht. Sie hat mir irgendwie gefallen. Vielleicht schenke ich sie Johanna zum Abschied.

23.42 Uhr
Tango zum Essen im Wintergarten kurz nach dem Ablegen. Ein Eventkoch war eingeladen, bekannt aus Funk und Fernsehen oder so. Galicisches Meeresgetier vom Grill, dazu *El Choclo*, *Besame mucho* und *La Cumparsita* auf dem Klavier. Noch soll hier niemand das Gefühl bekommen, die Reise wäre bald zu Ende. Highlights bis zum Schluss.

Übermorgen sind wir in Dover. Nicht mehr lange, dann gibt es dieses »Wir« nicht mehr. Eine Kreuzfahrt ist nichts anderes als eine künstliche Galaxie mit begrenzter Lebensdauer. Kurzzeitgalaxie, in bekanntem Universum. In den ersten vierundzwanzig Stunden entsteht eine Art Ordnung, jeder erhält seine Funktion im Gesamtgefüge, manche sind dabei wichtiger, prominenter, sichtbarer als andere, aber jeder hat seinen Platz. Natürlich nimmt es jeder unterschiedlich wahr, aber einmal sortiert, ist dieses Konstrukt später nur schwer zu modifizieren. Fallen Elemente weg oder kommen welche hinzu, verändert sich der Gesamteindruck. Leerstellen entstehen.

Es ist zum Beispiel merkwürdig, dass die Tulpe und ihr Bruder nicht mehr da sind.

Weniger merkwürdig ist, dass die Bulgarin nicht mehr da ist. Laut Frank ist die Flamencogruppe von Bord gegangen. Ein Glück. Ich hätte dem Mädchen nicht mehr in die Augen schauen können.

Vollkommen merkwürdig ist, dass sich diese ganze Galaxie, die wir zwölf Tage lang fraglos als die einzig wichtige und geltende anerkannt haben, übermorgen einfach in nichts auflösen wird. Rückstandslos. Und wenige Stunden später schon, sobald sauber gemacht ist, bildet sich eine neue, in der weder die Tulpe noch Mr Holland noch Henrik eine Rolle spielen.

Ehrlich gesagt habe ich keine Ahnung, was ich anfangen soll, wenn der Cruise vorbei ist. Vielleicht finde ich ja eine Anschlusstour. Einfach weitermachen, auf einem neuen Schiff, mit neuen Passagieren. Einen Atlantik-Cruise, Amerika, Hawaii, weg aus Europa. Das wäre wohl das Beste.

Inzwischen haben wir Windstärke sieben. Dieses Tiefdruckgebiet folgt uns jetzt schon eine Weile. Seit zwei Stunden schaukelt es spürbar. Die Wellen kommen seitwärts, das Schiff rollt. Die Biskaya hat es in sich – selbst im Sommer. Warum sind wir nicht ein Stück weiter westlich auf offene See gefahren, wo es tiefer ist und die Wellen nicht so hoch sind? Der Käpt'n umfährt doch sonst jedes Wölkchen, um das schöne Kreuzfahrterlebnis nicht zu stören. Vielleicht will Onkel John einfach nur nach Hause.

Die Gesichter sind nicht mehr ganz so entspannt wie noch heute Mittag. Das Restaurant war nur knapp zur

Hälfte besetzt. Die Küche hat Suppentassen statt Suppentellern auftragen lassen. Sturm auch in den Weingläsern.

Bücherwurm Charles mit den roten Ohren hat gerade eilig die Bibliothek verlassen. Jetzt sitze ich alleine hier. Im Licht der Außenbeleuchtung sieht man die Wassertropfen am Fenster vorbeirasen, ein gelber Vorhang. Ich schätze, die Wellen türmen sich bestimmt fünf Meter hoch. Sollen sie doch.

23.08.2005

04.23 Uhr
Die Wogen krachen gegen das Schiff. Ich horche auf die Geräusche. Die Motoren laufen ruhig. Der Stahl ächzt nicht. Der Wind ist hier drinnen nicht zu hören. Keine Durchsagen. Keine Warnungen. Nur das Vibrieren der Kabinentüren im Schloss. Ich lausche auf Stimmen.

In solchen Nächten kann ich sie manchmal hören.

Mittwoch, 28. 9. 1994

Das Gewicht des fetten Hundes auf seiner Brust, zusammen mit dem dieselmotorartigen Stampfen in den Ohren, weckte ihn schließlich endgültig. Der Wind allein hatte es nicht geschafft, obwohl er die Fensterläden heftig klappern ließ.

Er musste das Vieh loswerden, bevor es ihn erdrückte. Laurits versuchte, sich umzudrehen, doch wie sehr er sich auch anstrengte, es war unmöglich. Sein rechter Arm gehorchte ihm nicht. Vielleicht hatte er gar keinen rechten Arm mehr? Vielleicht war er nicht mehr da? Er rang nach Luft, als er immer tiefer in der Matratze versank, die Sprungfedern bohrten sich zwischen seine Rückenwirbel, und der tonnenschwere Köter dachte gar nicht daran, seinen Platz aufzugeben, obwohl Laurits doch inzwischen wach war, hellwach genau genommen, so wach, dass er sicher nicht so schnell wieder würde einschlafen können, es waren längst viel zu viele Stresshormone in seinem Körper unterwegs. Sein Herz hämmerte gegen die Rippen wie ein unfreiwillig Eingesperrter. Und alles nur wegen des Hundes. Welches Hundes? Er konnte ihn nicht sehen. Er konnte gar nichts sehen. Alles war schwarz.

Verwirrt öffnete er die Augen, erst das linke, dann das rechte. Da war kein Hund mehr. Nur Silja.

Wie ein Schutzschild deckte sie ihn, indem sie seinen Körper mit einem Bein und einem Arm fest umschlungen hielt und ihren Kopf auf seine Brust drückte. Er spürte den Luftstrom aus ihrer Nase, geräuschlos atmete sie die Dunkelheit ein und aus. Ihre warme Haut klebte an seiner, sie waren nackt, beide, und unter der Decke herrschte das klamme Klima verflogener Erregung. Sie hatte sich an ihn gedrückt, vorhin, nachdem sie kurz hintereinander den Höhepunkt erreicht hatten, und er hatte sie festgehalten. Leise hatten sie noch ein paar Sätze in die Nacht geflüstert, aber die Pausen waren länger geworden, die Worte glatt wie nasse Seife, und dann waren da plötzlich der dicke Hund, das Dröhnen in den Ohren und der Wind gewesen.

Er konnte nicht lange geschlafen haben.

Mit zusammengekniffenen Augen suchte er nach den Leuchtziffern des Weckers, doch die Zahlen waren nicht mehr als ein undefinierbarer Lichtpunkt in der Dunkelheit, eine einsame Backbordlaterne. Vorsichtig befreite er sich aus Siljas Umklammerung, tastete nach seiner Brille und erkannte dann, rot in den schwarzen Raum geschrieben, 02.30. Resigniert sank er zurück ins Kissen. Er rieb sich das Gesicht und gähnte absichtlich, um seinen immer wacher werdenden Geist zu überlisten und ihm zu signalisieren, dass er müde war. Sehr müde. Denn zwei Stunden Schlaf waren zu wenig. Morgen erwartete ihn eine Doppelschicht in der Klinik.

Laurits schloss die Augen. Der Hund war weg, aber das Dröhnen in den Ohren war geblieben. Hinter seinen Lidern pulsierte der Abdruck, den die roten Leuchtziffern auf seiner Netzhaut hinterlassen hatten. 02.30.

Zählen. Manchmal, in guten Nächten, half es, zu zählen, egal was. Er atmete tief ein und begann mit Büchern, die er im Laufe des Jahres gelesen hatte, erreichte aber erschreckend schnell das Ende. Vier war keine Zahl, die einen müde machen konnte. Frauen mit »A«. Ada, Annett, Annabelle, Angelique, Annas kannte er zwei, aber das galt nicht, Anastasia, Anja, Agneta, Asta, Alania, Aline, Anne, Angel, Anu, Amalia, Astrid, Amanda, Adele und Amy, ja, die konnte er wohl nicht unterschlagen. Immerhin neunzehn, aber von Schläfrigkeit keine Spur. Er zählte Türen in der Klinik, während er in Gedanken durch die hellgelben Gänge ging. Zählte und zählte, wie er es schon als Kind getan hatte, und landete doch immer wieder dabei, seinem eigenen Herzschlag zu lauschen und nichts weiter als dem Wummern zu folgen, das alle Gedanken unüberhörbar durchdrang.

Silja drehte sich um und zog ihm die Decke weg. Kühle Luft strich über seine Füße, und eine Gänsehaut kroch an seinen nackten Beinen hinauf. So ging es nicht. Besser, er stand auf.

Er hatte es aufgegeben, sich stundenlang von einer Seite

auf die andere zu wälzen, falls das Zählen nichts nutzte; aufgegeben, sich durch alle Stadien der Frustration zu kämpfen, erst müde, dann wütend, dann verzweifelt. Er hatte es aufgegeben, weil in der nächtlichen Undefinierbarkeit von Zeit und Raum Gedanken schneller und unkontrollierbarer wucherten als irgendwo sonst. Weil er in dem zwiespältigen Zustand zwischen Wachen und Schlafen weder seinen Träumen noch seinem Verstand trauen konnte. Und dann passierten Dinge wie mit dem Hund.

Laurits schwang die Füße aus dem Bett und stieg in die warmen Pantoffeln, die Liis ihm zum letzten Geburtstag geschenkt hatte. Dann trat er leise auf den im Dämmer liegenden Flur.

Ein großer Schritt, damit die Dielen nicht quietschten, und zwei kleinere vorbei an Liis' Tür. Sie stand eine Hand breit offen, und Laurits nahm ein leichtes Aroma von Wildkirschtee, von Mädchenzimmer wahr. Er hielt kurz inne, legte die Hand an den Türrahmen, horchte gewohnheitsmäßig in den Raum hinein und glaubte kurz, einen Laut gehört zu haben, aber natürlich war alles still. Liis war nicht zu Hause, es musste ihr Echo gewesen sein. Über die Treppe strömte bleiches Mondlicht. Er watete hindurch und folgte seinem Schatten die acht Stufen hinunter ins Erdgeschoss.

In der Küche empfing ihn die Erinnerung an die Lammschulter, die er am Abend geschmort hatte, würzig und saftig, mit Kartoffeln, Zwiebeln und Knoblauch, Rosmarin und Oregano. Der geschmackvolle Auftakt eines lustvollen Abends zu zweit, Kollege Kirsipuu sei Dank.

Laurits hatte sich die Schürze umgebunden und ein Glas Wein eingeschenkt – ein ungarischer Roter –, denn das gehörte zum Kochen dazu, und während er das rote Fleisch in Olivenöl wendete, hatte er mit halbem Ohr versucht, einer Sendung auf Radio Kuku über den Abzug der letzten russischen Truppen zu folgen. Er hatte sich für jeden Handgriff Zeit genommen, sich an der seltenen Gelegenheit gefreut, etwas Leckeres zuzubereiten, und war überhaupt nicht böse gewesen, dass sein Chef den Dienst hatte tauschen müssen. Ganz im Gegenteil.

Blinzelnd knipste er die kleine Lampe über der Spüle an, nahm die angebrochene Weinflasche von der Anrichte und schenkte sich den letzten Rest ein. Mit dem Glas in der Hand trat er ans Küchenfenster und schaute hinaus in die stürmische Dunkelheit. Die einzige funktionierende Laterne der Straße versuchte, sich von ihrer Kabelaufhängung loszumachen. Hoffentlich fiel nicht der Strom aus, jetzt, wo er den Kühlschrank mit so vielen frischen Sachen und allem Exquisiten gefüttert hatte, das er kriegen konnte. Ein halbes Vermögen hatte er für Trüffelbutter, Zucchini, Salat, französischen Ziegenkäse und Heidelbeereis, Siljas Lieblingssorte, ausgegeben. Nur der Wein war nicht ganz nach seinem Geschmack, aber etwas Besseres hatte er an diesem Tag im Kaubamaja-Einkaufszentrum nicht finden können. Sie waren eben nicht in Schweden.

Im Fenster entdeckte er sein durchscheinendes Abbild. Ein Hologramm mit leichten atmosphärischen Störungen. Er prostete sich zu. Der herbe Geschmack des Weins breitete sich auf seiner Zunge aus und gleichzeitig die Lust auf eine Zigarette. Zwar war es fraglich, ob Rauchen den Geschmack in seinem Mund wesentlich verbessern würde, doch die Gewohnheit war stärker. Wie oft schlug er sich in der Klinik

die Nächte um die Ohren, saß im Aufenthaltsraum und ließ
die Stunden bis zum Schichtende oder bis zum nächsten
Notfall sich in Rauch auflösen. In Viereinhalb-Minuten-
Einheiten wurde die Zeit sichtbar, die Gegenwart kräu-
selte sich der Decke entgegen und wurde zur Vergangenheit. Dieser Anblick beruhigte ihn, wie auch der Geruch
und das Gefühl des runden Stängels zwischen den Fingern.

Er zog seine alte Strickjacke an, die immer über dem Kü-
chenstuhl hing, und tastete die Taschen ab. In der linken
fand er die gesuchte Schachtel, in der rechten ein Feuerzeug, ein weißes mit rotem Werbeschriftzug, darin geblieben seit Stockholm.

Die große Glastür zur Terrasse flog ihm entgegen, als
er den Griff nach oben drehte. Eine Windböe stürmte herein, riss an den Blättern des Ficus, von denen prompt ein
Drittel nachgab und sich löste, fuhr unter die Vorhänge,
die Kirke für sie genäht hatte, und blätterte unwirsch die
Noten auf dem Klavier auf. Schnell trat Laurits hinaus und
machte die Tür hinter sich zu, bevor noch etwas umfiel und
zu Bruch ging. Das wohltemperiert gestimmte Windspiel
auf der Terrasse, das sonst leise und freundlich bimmelte,
klang wie eine Sturmglocke.

Er schaute prüfend in den Himmel. Die Wolken rasten
vorüber. Hinter den grauen Fetzen leuchtete wie eine Mor-
selampe immer wieder der nicht mehr ganz runde Mond
hervor und ließ den Garten bläulich schimmern. Die
Bäume verbeugten sich und winkten diesem Mann in roten
Filzpantoffeln.

Erst beim dritten Versuch gelang es Laurits, die Zigarette anzuzünden. Der Wind fachte die Glut an und ließ

den Tabak schneller abbrennen, als Laurits rauchen konnte. Er schauderte, zog halbherzig noch ein, zwei Mal, dann beendete er das Vergnügen. Selbst für einen eingefleischten Raucher war es in der feuchten Herbstnachtluft zu ungemütlich. Ein Sehnen nach Siljas Wärme und der Geborgenheit des Bettes zog in seinen Gliedern, als er das Wetter hinter sich aussperrte, aber der Schlaf war längst kilometerweit weg. Jahrelang hatte er trainiert, zu jeder Zeit schnell munter zu werden und innerhalb von Minuten einen klaren Kopf zu bekommen – in der Klinik war das unabdingbar –, nur konnte sein Organismus Beruf und Freizeit nicht voneinander trennen, weshalb sein Geist auch jetzt von Gedanke zu Gedanke sprang und die letzte Spur von Bettschwere vertrieb.

Mit der Hand fegte er ein paar Ficusblätter zusammen und ließ sie in den Übertopf fallen. Er zog die Vorhänge wieder zu, sortierte die verwehten Notenblätter am Klavier und stellte sie auf das Notenbrett. Warmes Holz unter seiner Hand.

Sein Klavier.

Laurits ließ sich auf die Sitzbank sinken. Sein erstes eigenes Klavier, wenn man es genau bedachte. Ein einfaches Instrument – ohne Goldbuchstaben, die von großartiger Herkunft zeugten, Lichtjahre entfernt vom reifen Blüthner, aber dennoch mit einem vollen Klang. Es war Siljas Willkommensgeschenk gewesen. Überhaupt das schönste Geschenk, das ihm jemals gemacht worden war.

»Tere tulemast Tallinna!«, hatte sie gesagt und seinen Arm gedrückt, als sie nebeneinander in der Diele ihres neuen Zuhauses standen.

Silja hatte das Fenster zur Straße geöffnet und die abgestandene Sommerwärme hinausgelassen. Mit ausgebreiteten Armen vollführte sie einen Hüpfer und sah mit ihren abgeschnittenen Jeans, den nackten Füßen und dem weißen T-Shirt beinahe wie ein Collegemädchen aus.

»Willkommen in Estland«, sagte sie.

»Willkommen in unserem neuen Leben«, sagte er.

Ihre Stimmen hallten durch die leeren Räume. Noch war der Möbelcontainer unterwegs, noch waren sie nicht eingezogen, noch war ihr Leben in diesen vier Wänden eine vage Idee. Doch es würde gut werden. Sie passten hierher. Das hatte er schon gewusst, als der Makler ihnen zum ersten Mal die Tür öffnete. Komm herein. Sieh dich um. Fühl dich wohl. Der junge Mann hatte die seit Jahren verwaisten Räume mit Worten renoviert, dass sie in den schönsten Farben strahlten, und die Erinnerung an glanzvolle Zeiten aufgewirbelt, die wie zusammengetriebener Staub in den Winkeln lag. Sie hatten das Obergeschoss noch nicht besichtigt, da war die Entscheidung längst gefallen.

Als sie jetzt das frisch gestrichene Wohnzimmer betraten, blieb Silja einen Schritt hinter ihm zurück und schob ihn mit einer Hand im Rücken voraus. Natürlich sah er es sofort – das cremeweiße Klavier mit den Jugendstilschnitzereien in der Mitte des Korpus war der einzige Gegenstand im Raum. Aber es stand dort an der Wand mit der Selbstverständlichkeit eines alten Baumes. Schon immer da. Gewachsen. Geduldig. Eine Welle der Freude durchlief ihn. Es war wie ein unerwartetes Wiedersehen mit einem alten Bekannten, man sah hin, sah sich an, erkannte einander und rief dann: Alter Freund, bist du es wirklich?

Er drehte sich zu Silja herum, die an den Türrahmen gelehnt stand, mit den Zehen wackelte und ihn beobachtete. Die Überraschung musste ihm ins Gesicht geschrieben stehen. Erneut schaute er das Instrument an, dann wieder Silja.

»Deins«, sagte sie.

Er sagte nichts.

Andächtig standen sie vor dem Klavier und betrachteten es wie ein Kunstwerk.

»Ich habe es von einem russischen Musikalienhändler gekauft«, fuhr sie fort. »Aus der Konkursmasse. Er musste sein Geschäft in der Narva Maantee aufgeben, weil die Esten nicht mehr bei ihm einkaufen wollen. Die Russen hätten entweder schon ein Klavier oder kein Geld, meinte er. Es war fast ein bisschen traurig.«

Ihre Worte zogen an ihm vorüber, nicht ungehört, aber unbeachtet. Er setzte sich auf die Klavierbank, klappte den Deckel des Instruments auf und berührte sachte die Tasten. Sie brannten unter seinen Fingern.

Es war so lange her.

»Spielst du mir etwas vor?«, fragte Silja.

Er zögerte.

»Etwas ganz Einfaches!«, sagte sie und setzte sich neben ihn. »Komm!«

Weil er keine Anstalten machte zu spielen, begann sie mit dem Zeigefinger der rechten Hand langsam und Ton für Ton eine Melodie zu spielen. E, E, F, G, G, F, E, D, C, C,

D, E, E, D, D, und er konnte den Blick nicht von ihren Fingern wenden. Sie stieß ihn mit dem Ellenbogen an.

»Mach mit!«, sagte sie.

Es gab keinen Grund, es nicht zu tun, keinen Grund, es noch länger aufzuschieben, keine bessere Gelegenheit als diese. Er hob die linke Hand. Als er den ersten Akkord spielte, C, E, G, rissen ihn Freude und Wut und die Erkenntnis, worauf er so lange verzichtet hatte, fast vom Sitz.

Ohne Zweifel war dies der Moment gewesen, in dem sein Leben tatsächlich von vorn begann. Neubeginn der Zeitrechnung. Wiedergeburt.

Nach dem Hochzeitstag-Desaster im Nobiskeller, als er begriffen hatte, dass seine Existenz auf Sand gebaut war; dass allem, was ihm solide und gut erschien, ein haltbares Fundament fehlte und dass er vermutlich nicht der war, der er sein sollte, war Laurits in den dunkelsten Niederungen seines Charakters gestrandet wie ein abgestürzter Heißluftballon in einer Baumkrone. Doch statt zu explodieren und in Flammen aufzugehen, also blindlings mit einer Klaviersaite seinen Vater zu strangulieren, implodierte er lautlos in einer zwei Wochen andauernden Migräneattacke, oder einem ähnlichen Zustand, durch den das Gehirn lahmgelegt und das Innerste nach außen gekehrt wurde.

Er hatte sich krankschreiben lassen. Weil Migräne selbst in Ärztekreisen noch immer wie eine faule Ausrede klang – ja, man konnte sich fragen, wie viele Leute, die unter Migräne litten, sich ein anderes Leiden ausdachten, weil sie fürchteten, für fantasielose Drückeberger gehalten zu werden –, gab er ›Verdacht auf Magengeschwür‹ an.

Er hatte im dämmrigen Schlafzimmer gelegen. Durch das heruntergelassene Rollo drang scharfes Licht, das ihn zwang, die Augen zu schließen. In einer Endlosschleife schaute er Kopfkino, das den immer gleichen schrecklichen Film zeigte – sein privates Clockwork Orange –, genauso gnadenlos, genauso niederträchtig führte es ihm unerträgliches Glück vor. Er sah sich als gefeierter Pianist in vollen Konzertsälen, als armer, aber glücklicher Alleinunterhalter in irgendeiner Hotellobby, als Dandy oder von Frauen umschwärmter Star; er sah eine andere Frau, ein anderes Kind, ein anderes Haus; er sah seine Mutter in einer smaragdgrünen Abendrobe neben seinem Flügel stehen und Schumann-Lieder singen; er sah sich selbst sich auf hundert verschiedene Arten an seinem Vater rächen. Viel mehr noch sah er, und nichts davon war sein Leben. Hinter alldem glotzte ihn Stalins Auge an, und Pelles Kinderstimme wiederholte schrill: Dein Alter lügt. Dein Alter lügt. Dein Alter lügt. Pelle hatte es damals schon gewusst. Und hatte ihn im Stich gelassen. Laurits wurde hin und her geworfen, wie ein führerloses Ruderboot auf hoher See. Es war nicht auszumachen, was schlimmer war: die Niedertracht seines Vaters oder der Verrat seiner Mutter. Von dem Alten war ja fast nichts anderes zu erwarten gewesen. Aber seine Mutter. Erst hatte sie sich selbst verraten und dann ihn. Es war wirklich bitter. Doch er konnte einfach kein Mitleid für sie aufbringen, in ihm waren nur Ekel und Widerwillen.

Er war völlig absorbiert gewesen. Psychedelische Bilder in wechselndem Licht, unterlegt mit einer drehorgelartigen Jahrmarktmusik, wie ein diffuser Drogenrausch.

Ab und zu war die vermeintliche Realität in Form von Liis oder Silja zu ihm durchgedrungen, mit einem Tablett voll Tee und Zwieback, Kartoffeln oder Erdbeeren, doch was sollte das alles? Er wollte niemanden sehen, niemanden sprechen. Sein Kopf schrie, seine Großhirnrinde drehte durch. Es gab nichts Richtiges, nichts Wahres. Er ignorierte alle besorgten Blicke und verscheuchte jeden, der ihm zu nahe kam, mit einer abfälligen Handbewegung wie eine lästige Fliege.

»Lasst mich schlafen«, sagte er am ersten Tag. »Ich will nichts« am zweiten, »Raus!« am fünften und »Verschwindet! Haut ab!« am achten Tag. »Hat er euch bezahlt, oder was soll der Zirkus?«, schrie er am elften Tag, und danach sagte er gar nichts mehr.

Er kannte sich nicht, er kannte sie nicht. Hier kannte keiner niemanden mehr.

Dann, am ersten Sonntagmorgen im Juli, war es plötzlich vorüber gewesen. Er hatte die Augen aufgeschlagen, und es war still. Hell und still. An diesem Morgen war es ruhig in seinem Kopf, die Sonne schien sanft ins Schlafzimmer, und nachdem er eine Weile unbeweglich darauf gewartet hatte, dass etwas passierte, schwebte der leere, schlaffe Heißluftballon lautlos zu Boden und legte sich über ihn. Und die Ruhe in seinem Kopf schaffte endlich, endlich Raum für den einen klaren Gedanken: Seine Arbeit, seine Eltern, Stockholm – das hatte nichts mehr mit dem Laurits zu tun, der er jetzt sein wollte. Diesen Teil seines Lebens konnte man nur noch amputieren. Es war kein Gefühl mehr darin. Abgestorben. Er musste niemandem mehr etwas anderes vorheucheln. Am wenigsten sich selbst. Laurits schloss erleichtert die Augen und merkte plötzlich, dass er schrecklichen Hunger hatte.

»Liis ist übers Wochenende bei Pippa«, sagte Silja nur, als sie sich an den für drei gedeckten Tisch setzte.

Ihre Haare waren noch nass, und um ihre Schultern lag ein feuchtes Handtuch. Während sie duschte, hatte er mit der Eile eines reuigen Schuldigen ihr Bettzeug von der Couch zurück ins Schlafzimmer getragen, Eier gekocht, den Kaffee in die geliebte angeschlagene Porzellankanne umgefüllt und sogar eine Kerze angezündet.

Sie rührte Filmjölk in ihr Müsli, würdigte ihn keines Blickes.

»Ich habe nachgedacht«, sagte er. »Ich kann hier so nicht weitermachen.«

»Da hast du recht«, antwortete sie ruhig. »Diese depressive Ego-Nummer ist nämlich nicht mehr zum Aushalten.«

Der Pfeil, wie an der Schnur gezogen, flog geradewegs auf seine Körpermitte zu. Damit hatte er nicht gerechnet. Er versuchte auszuweichen.

»Ich weiß jetzt eine Lösung.«

Sie schüttelte den Kopf. Die Kerze flackerte, grünes Wachs floss auf die Tischdecke, und sie zielte erneut.

»Jetzt weißt du eine Lösung? Erst bricht ganz nebenbei unsere Familie auseinander, aber anstatt mir das ein oder andere zu erklären, bist du wochenlang nicht ansprechbar, und dann machst du plötzlich Frühstück und hast eine Lösung? Weißt du eigentlich, wie ich mich gefühlt habe? Welche Sorgen ich mir gemacht habe? Ehrlich, ich hab das Gefühl, ich kenne dich nicht.«

Sie hatte getroffen. Doch es war wahrlich kein Kunststück, den zu treffen, der längst am Boden lag. Hatte er nicht harte Wochen hinter sich? Hatte er sich nicht selbst in tausend Scherben auf dem Boden gefunden und eigenhändig wieder zusammengekehrt? Und doch hatte er kein dramatisches Lamento angestimmt, sondern die Sache mit sich allein ausgemacht. Wieso schoss sie auf ihn, anstatt ihn mit Applaus im Leben in Empfang zu nehmen?

Ihre Blicke trafen sich. Alle Wärme war aus ihrem Gesicht gewichen. Gleichgültig wie die Sachbearbeiterin in der Kreditabteilung einer Bank, die keine Ausrede für den Zahlungsverzug mehr interessiert, die keinen Erklärungsversuch toleriert, hob sie die Augenbrauen. Entschlossen.

Langsam dämmerte es ihm: Möglicherweise war er nicht Alleininhaber einer Leidensbefugnis. Natürlich hatte Silja sich belogen gefühlt. Nach zehn Jahren Ehe hatte sich plötzlich eine Büchse der Pandora geöffnet, von deren Existenz sie nicht einmal gewusst hatte, und herausgekommen war eine Art manisches Untier, mit dem sie fortan ihr Leben teilen sollte.

Brennende Magensäure mit Kaffeegeschmack schoss durch seine Speiseröhre nach oben. Er schluckte. Weg damit. Er wollte etwas vorschlagen.

»Es tut mir wirklich leid«, sagte er.

Silja schüttelte den Kopf.

»Du musst Erbarmen mit mir haben. Ich habe die Gene eines despotischen Frauenunterdrückers in mir.«

»Wohl eher die eines egozentrischen Zynikers.«

»Kann ich es wiedergutmachen?«

»Ich glaube kaum.«

»Nie wieder?«

»Nein.«

»Auch nicht mit einem Witz?«

»Ich hasse Witze, das weißt du genau. Vor allem, wenn du sie erzählst.«

»Streiten sich ein Mann und eine Frau«, begann er.

»Nein!«, rief sie und hielt sich die Ohren zu.

»Sie kommen zu keinem Ergebnis. Irgendwann sagt der Mann erschöpft: ›Warum können wir nie einer Meinung sein?‹«

»Lalalalala, ich kann nichts hören«, rief Silja.

»Antwortet die Frau: ›Dann hätte ich ja auch immer unrecht‹«, rief er.

Da war eine Spur von einem widerwilligen Lächeln. Nicht zu übersehen. Eigentlich ging der Witz andersherum, eigentlich waren die Repliken umgekehrt, und der Mann sagte den entscheidenden Satz, aber wenn es um die eigene Existenz ging, mussten Opfer gebracht werden.

Silja ergab sich.

»Irgendwann müssen wir drüber reden«, sagte sie.

»Darüber, dass die Frauen immer recht haben?«

»Du nimmst mich nicht ernst.«

»Doch«, sagte er. »Willst du wissen, wie ernst ich dich nehme?«

»Lieber nicht.«

Bei dem Versuch, näher an sie heranzurücken, stieß er mit dem Knie gegen die Tischkante. Von der Patellarsehne zog sich ein Kribbeln an seinem Bein entlang nach oben. In den Bauch. Er sah sie an. Sag es. Sag es jetzt einfach. Die Wogen sind geglättet. Sag es. Und dann flog die Frage in den Raum, leicht und klar.

»Meinst du, wir würden es schaffen, in Tallinn Fuß zu fassen?«

Schweigen. Das Knistern der Kerze. Das Brummen des Kühlschranks.

Laurits wartete geduldig. Er wusste, dass sein Vorstoß gewagt war. Aber es gab berechtigte Hoffnung. Er appellierte an Siljas estnische Seele, den Teil von ihr, der sich fürchterlich über das pseudoidyllische Bullerbüland mit seinen Pippilangstrumpfbewohnern aufregen konnte und zuweilen wütende Schattenkämpfe ausfocht gegen eine unechte Heimat (Das sind wieder Mamas estnische Nerven, sagte Liis dann immer) – den Teil von ihr, der noch immer Heimweh hatte.

Ootame, vaatame. Abwarten, beobachten.

Wie eine Seifenblase schwebte die Frage zwischen ihnen über dem Tisch, schillerte unschuldig und platzte nicht. Die Zeit hielt inne. Der Moment dauerte und dauerte.

»Für deine Eltern wäre es sicher eine gute Unterstützung«, sprach er in die Stille. »Sie würden sich bestimmt freuen. Und für Liis wäre es doch auch eine gute Erfahrung, meinst du nicht? Schon allein wegen der Sprache. Und für uns, für mich …«

»Du meinst das wirklich ernst.«

Keine Frage, mehr eine verwunderte Feststellung.

»Natürlich.«

Ihre Pupillen vergrößerten sich. Hellwach.

»Wann ist dir denn das in den Sinn gekommen?«

»Ich weiß es nicht, heute Nacht vielleicht. Ist doch auch egal, oder? Also, was meinst du?«

Er sah sie fragend an.

»Tallinn.«

»Ja, Tallinn.«

Nach der Estlandreise im vergangenen Jahr hätte er es selbst nicht für möglich gehalten, dass er jemals vorschlagen könnte, dorthin zu ziehen, so befangen hatte er sich in den fremden Straßen und Häusern gefühlt. Gymnasiast auf Schüleraustausch. Gehemmt, fremd, unwohl. Er war richtiggehend erleichtert gewesen, als sie endlich die Rückreise antraten und das Gefühl der Beklemmung irgendwo auf See davonflog. Nein, damals hatte er wirklich keinen Drang verspürt, bald in diese seltsame Welt zurückzukehren. Doch an diesem Morgen, als sein Kopf zum ersten Mal seit zwei Wochen stillstand, als er wusste, dass er sein Leben neu ausrichten musste, zeigte sich klar wie der leuchtende Tag, dass Estland der richtige Ort war, um von vorn zu beginnen. Für sie beide.

Wie hatte Mart sich ausgedrückt, als er ihm den Grund für ihre Rückkehr in die alte Heimat erklärte? »Wir sind ein zähes Volk, Laurits. Man hat uns übel mitgespielt, aber das Schicksal hat es eben so gewollt. Jetzt ist unsere Stunde gekommen. Jetzt heißt es auf zu neuen Ufern.« Und was für die Esten galt, traf für sie dreimal zu: nachholen. Aufholen, was man versäumt hatte. Blinde Flecken und alte Wunden heilen. 204 Seemeilen ostwärts. Weiter war es nicht zum anderen Ufer.

Die Kirchenglocken auf Södermalm läuteten mit sonntäglicher Gemächlichkeit die Uhrzeit in die Stille, und im Hall zwischen den Schlägen wuchs Laurits' Zuversicht, dass der Notausgang, den er am Morgen im Aufwachen plötzlich entdeckt hatte, tatsächlich ins Freie führen könnte.

»Ich hätte nie gewagt, das vorzuschlagen«, sagte Silja irgendwann. »Nie im Leben.«

Er spürte seinen Herzschlag bis in die Fingerspitzen.

»Meinst du, wir könnten es schaffen?«, fragte er noch einmal.

Ihre Augen wurden heller. Das Wetter wechselte. Sie hob ihr spitzes Kinn und sah ihn herausfordernd an.

»Sag mir, warum wir es nicht schaffen sollten.«

Gerade als er die Finger leicht auf die Tasten legte, hörte er von oben einen Knall, kurz und trocken, wie der Schuss eines Revolvers. Eine kriminalfilminspirierte Schreckwelle durchlief seinen Körper, dann wusste er doch: Ein Luftzug musste die Tür zu Liis' Zimmer erfasst und zugeschlagen haben. Als könnte er so besser hören, legte Laurits den Kopf schief. Der Sturm bemühte sich wirklich redlich, die Bewohner dieses Hauses um ihren Nachtschlaf zu bringen.

Arme Silja. Ein unerwartetes Geräusch, eine zuknallende Autotür, das Rascheln eines Vorhangs, reichte normalerweise schon aus, um sie zu wecken. Ihr Bewusstsein schaltete nie ganz ab. Wann immer er ihr schlafendes Gesicht betrachtete, hatte er den Eindruck, dass sie nur wenige Zentimeter unter der Oberfläche trieb, bereit, jederzeit aufzutauchen und in die Wirklichkeit zurückzukehren, wie ein Delfin, der im Schlaf nur die Aktivität einer Gehirnhälfte reduziert.

Noch einmal hörte er von oben ein Knacken, kurz darauf ein Knarren. Dann war wieder alles ruhig. Wahrscheinlich hatte sich nur ein Fensterladen gelöst.

Laurits setzte sich auf der Klavierbank zurecht und ließ die Fingerspitzen auf der Suche nach Musik leicht und tonlos über die Tasten streichen. Dann hielt er inne und schob den kleinen Hebel links neben der Klaviatur, der den Dämpfer auf die Saiten drückte und den Raumklang des Klaviers erstickte, nach oben. Eigentlich machte es ihm keinen Spaß, mit angezogener Handbremse zu spielen, er empfand es als Verstümmelung jedes Stückes, das mit Enthusiasmus vorgetragen wurde. Allerdings war nicht anzunehmen, dass Silja neben Sturm und Türenknallen auch noch eine vollklingende Nachtmusik überschlafen würde. Und was sollte er anderes tun als spielen?

Mit dumpfem Klang intonierte er ein paar Läufe mit der rechten Hand, ein paar mit der linken. Die Tasten waren auf eine spielerische Weise leichtgängig, einladend, und er folgte ihnen, fand den Weg in ein kleines Thema, umkreiste es, wieder und wieder, mit kleinen Akkordvariationen, die die Stimmung mal hell und mal dunkel tönten, mal Mondlicht, mal Wolkenschatten, gerade wie es die Nacht verlangte und wie er es am liebsten tat, seit er die Musik von Michael Nyman kennengelernt hatte.

In den ersten Wochen nach Neubeginn der Zeitrechnung hatte er nur gespielt, wenn er allein zu Hause war. Mit den *Lyrischen Stücken* hatte er angefangen, die ersten Schritte über das Eis gewagt, das ihm verdächtig dünn erschien. Von Grieg hatte er sich zu Mozart vorgetastet, skeptisch und ohne Selbstvertrauen, und dabei überraschte er sich doch immer wieder selbst mit Passagen, die seine Motorik bereits abrief, ehe er sie bewusst erkannt hatte. Schillernde

Luftblasen, die zielstrebig aus den Tiefen an die Oberfläche stiegen. Später dann, als sich langsam ein Gefühl von Sicherheit eingestellt hatte, wagte er sich wieder an Schubert und Chopin, Liszt und Beethoven. Aber es war merkwürdig gewesen, diese alten Stücke zu spielen. Sie fühlten sich anders an als früher, längst nicht mehr so gewichtig. Hatte er den Zugang verloren? Die Ehrfurcht? Er suchte eine Antwort zwischen den Tönen, fragte bei Bach und Czerny nach, doch sie gaben sich schweigsam, und ihm kam der Verdacht, dass er weniger die Fingerfertigkeit verloren hatte – auch sein Zeigefinger machte überraschend wenig Schwierigkeiten – als die intuitive Verbundenheit mit der Musik.

Letztes Jahr, an einem nasskalten Oktoberabend, hatte Silja ihn dann ins Kino geschleppt. Mit der Jacke in der einen Hand, den Karten in der anderen stand sie im Flur.

»Nun mach schon«, hatte sie ungeduldig gesagt. »Sonst kommen wir zu spät.«

»*Das Piano*«, sagte er. »Ehrlich. Ich muss nicht ins Kino gehen und Klavierfilme anschauen, um meine Vergangenheit aufzuarbeiten.«

»Das muss ein ganz toller Film sein«, überging sie seinen Einwand. »Außerdem waren wir ewig nicht im Kino.«

Das war ein Argument.

»Gibt es nichts anderes? Irgendwas Lustiges? Oder vielleicht diese Dinosauriergeschichte von Spielberg …«

»Alle schwärmen davon. Eva war letzte Woche schon drin und völlig hin und weg.«

»Aber so schnell, wie die sprechen, verstehe ich doch gar nichts.«

»Doch, es ist ein australischer Film. Original mit Untertiteln. Die musst du ja nicht lesen.« Sie sah ihn unnachgiebig an. Hielt ihm die Jacke hin. »Bitte«, sagte sie.

»Bööötte«, machte er sie nach und zog sich an.

Sie waren mit der Linie 3 in die Stadt gefahren, gemächlich ruckelte und quietschte die alte Tram durch die herbstlichen Straßen und entließ sie in die Pärnu Maantee. Als sie vor dem Kosmos-Kino standen, dessen geschwungener Schriftzug laut einer Infotafel schon seit den Sechzigerjahren an der braun-gelben Fassade hing, freute er sich doch. Es war ihr erster Kinobesuch in Tallinn. Ihre gemeinsame Leidenschaft für die gemütliche Dunkelheit des Kinosaals war seit ihrer Abreise aus Stockholm begraben gewesen, unbeabsichtigt, weil es Wichtigeres, Neueres, Spektakuläreres gab, aber jetzt kribbelte sie wieder hinter den Augen.

Als der Platzanweiser sie mit einer Taschenlampe in den großen Saal winkte, war die Beleuchtung bereits ausgeschaltet. Nur aus dem kleinen Fenster des Vorführraums, hoch oben über den hintersten Sitzreihen, zuckte weißblaues, unruhiges Licht, das sich auf der riesigen Leinwand in Bildern niederschlug. Sie zwängten sich durch die Reihen, sanken in den nachtblauen, abgenutzten Plüsch, atmeten den leicht muffigen Geruch feuchter Mäntel und alten Staubs ein und lehnten sich zurück. Silja griff nach Laurits' Hand. Ihr Daumen lag leicht auf der Narbe an seinem Zeigefinger. Er sah sie an, beugte sich zu ihr hinüber und berührte mit den Lippen kurz ihre Wange, dann überließen sie sich den Bildern, die sich vor ihnen auftürmten.

Schon während der Szene, in der das tosende Meer ein kleines Boot mitsamt einem Piano an den Strand spült, verlor sich Laurits in der Wucht der Aufnahmen und der alles beschreibenden Klaviermusik. Er nahm sie in sich auf wie die Wüste den ersten Niederschlag. Die Zeit der Dürre schien endgültig vorbei zu sein, ein leiser Wind hatte Regen gebracht, und plötzlich spross wieder Grün, lebendig und gierig.

Während Holly Hunter und Harvey Keitel um eine Sprache für ihre Liebe kämpften, war Laurits gebannt von der Art der Musik, die sich Szene für Szene mit dem Inhalt des Films verband. Sie war mehr als verstärkender Hintergrund – eigenständig und ungewöhnlich und voll Leben. Neugierig erwartete er den Abspann, ließ alle Schauspieler, Gaffer, Fahrer, Kostümbildner und Caterer vorbeiziehen, bis die Musik an die Reihe kam, zum Schluss, wie immer, und versuchte mit zusammengekniffenen Augen den winzigen wackelnden Namen des Komponisten zu entziffern.

Am nächsten Morgen rief er Daniel in Stockholm an und bat ihn, Noten von Michael Nyman zu besorgen. Alles, was er kriegen konnte, aber vor allem die Partitur zu diesem Film.

In seinem Kopf war wieder Musik.

Nach Nyman war es nicht mehr weit zu Philip Glass. Anfangs überraschte es ihn, dass er in dieser Einfachheit, in den wenigen Tönen, den sparsamen Akkorden und der stillen Redundanz alles wiederfand, was ihn im Innersten ausmachte. Es war eine ganz neue Begegnung mit dem Klavier, eine für ihn unbekannte, aber vollkommen logische Art, Musik zu denken, die ihn zunehmend faszinierte.

Plötzlich machte es ihm nichts mehr aus, wenn Liis ins

Wohnzimmer kam, sich in den großen Ohrensessel fallen und ein Bein über die Armlehne baumeln ließ, um still eine Viertelstunde zuzuhören. Anders als er früher hielt sie jedoch Abstand zum Instrument. Die Tasten zogen sie nicht stärker an als jedes andere Kind. Flohwalzer. *Für Elise* im vierfachen Tempo, damit war ihr Ehrgeiz erschöpft. Im Gegensatz zu ihm war sie nicht schon als Baby mit dem Keim infiziert worden. Als Liis klein war, hatte das Virus noch verkapselt und still in Laurits' Zellen geschlummert. Jetzt, da es wieder aktiv war, schien sie auf eine Art immun dagegen zu sein. Wahrscheinlich war es besser so.

Schnell bemerkte er, dass er sie gerne in seiner Nähe hatte, wenn er übte. Er mochte Zuhörer, spielte noch lieber für andere als für sich allein. Schließlich war es früher auch nicht anders gewesen – Publikum hatte ihn immer beflügelt. Die Schulaula auf Djursholm, die dunklen Silhouetten im Zuschauerraum.

Wenn Liis hinter ihm saß, kreierte er die Räume, die in Glass' Musik verborgen waren, für sie. Er versuchte, Paläste entstehen zu lassen, in denen sie ungestört umhergehen konnte, und kleine Höhlen, in denen sie sich für einen Moment zur Ruhe begeben konnte. Hatte sie genug, sprang sie mit einem Ruck aus dem Sessel und verschwand.

Nach und nach begriff er, warum er sich in dieser reduzierten und an der Oberfläche arglos erscheinenden Musik so zu Hause fühlte: Sie sprach mehr seine Fantasie als seinen Ehrgeiz an, drang in tiefere Schichten vor, berührte in ihrer Minimalistik unmittelbar und schmerzte doch nie. Im Gegenteil. Sie legte sich wie eine lindernde Salbe auf die wunden Stellen, verschloss sie und heilte.

Fräulein Andersson wäre außer sich geraten, wenn er damals den Wunsch geäußert hätte, solche Musik zu spielen. Einmal, in einer aufrührerischen Stimmung, hatte er sie gebeten, etwas Moderneres probieren zu dürfen, woraufhin sie ihm stirnrunzelnd Hindemith und Schostakowitsch vorgelegt hatte. Jazz war ein Fremd-, Rock ein Schimpfwort für sie gewesen.

Fräulein Andersson.

Inzwischen dachte er wieder häufiger an sie. Er hatte ihr viel zu verdanken.

Bevor sie Stockholm verließen, hatte sich Laurits mehr oder weniger überreden lassen, noch einmal nach Djursholm zu fahren.

»Tu es mir zuliebe«, sagte Silja. »Damit ich nicht mehr in dieses traurige Gesicht sehen muss, wenn deine Mutter mich fragt, ob du wohl noch einmal vorbeikommst. Es ist schrecklich. Kannst du nicht ein bisschen nachsichtig mit ihr sein? Ich finde, sie hat es nicht verdient, jetzt auch noch von dir bestraft zu werden. Sie hat doch schon genug gelitten.«

»Mich hat auch niemand gefragt, ob ich leide. Sie hat mich verraten, verstehst du das denn nicht? Ich kann da nicht hin. In diesem Haus quellen die Lügen geradezu aus den Fugen, davon wird mir schlecht.«

»Dann tu es Liis zuliebe.«

»Ich wüsste nicht, was Liis davon hat, wenn ich mich von meiner Mutter verabschiede.«

»Jetzt sei doch nicht so verbohrt. Das alles ist nicht leicht für sie – weg von den Freunden, von der Schule und von ih-

209

rer geliebten Omama. Vielleicht fiele es ihr nicht so schwer, nach Estland zu gehen, wenn sie das Gefühl hätte, dass wir nicht alle Brücken hinter uns abbrechen.«

»Sie kann ihre Großeltern jederzeit sehen. Sie kann meiner Mutter schreiben, telefonieren und sie besuchen. Hier wird niemand in Sippenhaft genommen.«

»Dann tu es dir zuliebe.«

»Mir zuliebe gehe ich dort eben nicht mehr hin. Es hat lange genug gedauert, bis ich –«

Silja hatte ihn angesehen, eine Mischung aus Mitleid und Herablassung im Blick.

»Der Möbelwagen kommt erst in zwei Wochen. Du hast ja noch Zeit, es dir zu überlegen.«

»Wir werden sehen«, hatte er gesagt, entschlossen, einen weiten Bogen um die Villa im Odinvägen zu machen.

Und dann fuhr er doch.

Aus unerfindlichen Gründen hatte ihn an einem Donnerstagnachmittag das Gefühl überkommen, Silja könnte vielleicht recht haben, und plötzlich meinte er, auch physisch von seinem Leben Abschied nehmen zu müssen. Letzter Akt der Katharsis. Mit geradem Rücken und erhobenem Kopf würde er vor der Haustür stehen, würde mit seiner Mutter einen Kaffee trinken und ihr versichern, sie träfe keine Schuld, und anschließend würde er in derselben Haltung das Haus wieder verlassen und nie mehr zurückkommen. Er würde sich gut fühlen. Erwachsen. Es dachte sich ganz einfach.

Er machte sich auf den Weg. Laue Luft und der milde Geruch nach Birken schlugen ihm entgegen, als er in einem Anflug von leichtfertiger Unbeschwertheit den Wagen auf

210

die E 18 nach Djursholm, aus der Stadt heraus, in die offene Landschaft steuerte. Die Sommerluft wehte Zuversicht durch die offenen Fenster herein. Doch als er die Brücke nach Danderyd überquerte, glitzerndes Wasser unter sich, und als er die Abfahrt Mörby erreichte, als die Häuser pompöser, die Autos davor immer teurer und die Gegend vertrauter wurde, erfasste ihn Unruhe. Ohne genau zu wissen, was er aussperren wollte, kurbelte er das Fenster hoch und stellte mit einer entschlossenen Handbewegung das Radio an. Phil Collins' unverkennbare Stimme erfüllte das Wageninnere. Er summte mit, obwohl er das Lied nicht mochte. Genesis waren auch mal besser, wollte er denken, *The Lamb Lies Down On Broadway*, wollte er denken, *Carpet Crawlers* und Peter Gabriel, den er viel mehr bewunderte als Phil Collins, daran wollte er denken, doch immer wieder drängte sich das Unbehagen dazwischen, und es pochte in seinen Schläfen: Was für eine Schnapsidee, hierherzukommen.

Wo er doch schon die Vorstellung vom unglücklichen Gesicht seiner Mutter nicht ertrug. Diese gebrochene Gestalt, die allein durch ein Korsett aus Form und Anstand und Illusion aufrecht gehalten wurde. Er wollte sich dem nicht aussetzen, ihrem waidwunden Blick und ihrer bebenden Stimme, mit der sie wider jede Vernunft und jedes Gefühl ihren Mann bis zum letzten Tag verteidigen würde. Diesen Mann, von dem er sich niemals wieder würde demütigen lassen.

Niemals. Niemals. Niemals, rauschte es, als er den Valevägen entlangfuhr. Die Reifen fraßen meterweise den hellen Asphalt. Während er der Villa Simonsen immer näher kam und während Phil Collins sang, Jesus kenne ihn, bekam Laurits einen Magenkrampf. Von dem unvermittelten Anfall überrascht, schaltete er das Radio wütend wieder aus. Noch zweihundert Meter bis zur Kreuzung, von der links und rechts der Odinvägen abzweigte. Die Kreuzung, die er tausendfach mit dem Rad, zu Fuß, auf Rollschuhen und mit dem Auto überquert hatte, bei jedem Wetter, zu jeder Jahreszeit. Hier musste er abbiegen. Jetzt. Jetzt! Doch seine Augen stierten hohl geradeaus, anstatt in den Spiegel zu schauen. Er war nicht in der Lage, sich zu bewegen, den Blinker nach rechts zu betätigen, in den zweiten Gang zurückzuschalten, die Hand zu heben und das Lenkrad zu drehen, er starrte, starrte geradeaus und wusste mit seltsamer Klarheit, dass er nicht würde reagieren können, wenn jetzt ein Wagen auftauchte; er würde wie hypnotisiert in einen Unfall rasen, ungebremst. Ferngesteuert fuhr er weiter. Der Wagen wurde schneller, viel zu schnell, und schoss über die nächste Kreuzung. Der Stockholmsvägen war durchaus befahren, und er hatte Glück, dass in diesem Moment niemand kam. Er hörte das gleichmäßige Summen der Räder, die Straßenlaternen huschten vorbei, das gelbe Band am Straßenrand rollte sich schlängelnd neben ihm aus. Alles war Rhythmus, war Rauschen. Erst kurz vor der nächsten Kreuzung erwachte er aus seiner Versteinerung. Er schrak auf, als ihm ein roter Porsche entgegenkam, er verriss das Lenkrad nach rechts, und der Wagen schlingerte. Laurits schüttelte den Kopf. Warum waren Porsches fast immer rot? Die blonde Frau am Steuer gestikulierte aufgebracht zu ihm herüber, aber sie sah dabei schrecklich albern aus, denn ihr Gesicht war zu zwei Dritteln von einer riesigen Sonnenbrille verdeckt. Sie rief etwas. Er sah sie verwirrt an, dann setzte er den Blinker und bog nach links in den Sveastigen ab. Der Volvo holperte mit einem heftigen Ruck durch ein Schlagloch. Laurits bremste abrupt und fuhr benommen an die Seite.

Er schaltete den Motor aus, ließ das Seitenfenster wieder herunter und holte tief Atem. Was war bloß in ihn gefahren? Er hob den Blick und sah sich um, wie ein Fremder auf einem unbekannten Bahnhof. Da entdeckte er das Tor. Die Bäume. Die Auffahrt. Von dort waren es achtundfünfzig Schritte bis zur Tür der Bauhausvilla von Fräulein Andersson.

Sechzehn Jahre waren vergangen, seit er am Tag vor der Aufnahmeprüfung dieses Haus zum letzten Mal verlassen hatte; zuversichtlich und gewiss, tags darauf als Sieger zurückzukehren. Es hatte weiß Gott länger gedauert, und wie ein Sieger fühlte er sich auch nicht gerade. Ratlos schaute er zur Einfahrt hinüber.

Was musste sie gedacht haben, als er einfach wegblieb? Ob sie angerufen und sich nach ihm erkundigt hatte, damals, als er im Krankenhaus lag? Vielleicht hatte sie auf seine Mutter eingeredet und Briefe an seinen Vater geschrieben. Vielleicht hatte sie aber auch gar nichts unternommen, hatte einen Schüler ans Leben abgegeben, einen Haken dran gemacht, Akte Simonsen geschlossen, der Nächste, bitte. Nein. Ihr konnte man wahrlich keinen Vorwurf machen, er hatte die Akte ja selbst geschlossen. Wärme stieg ihm ins Gesicht, tatsächlich errötete er vor sich selbst, aus Scham darüber, nie den Mut gefunden zu haben, auch nur einen Gedanken zu denken, der mit Klavierspielen zu tun hatte, geschweige denn mit Fräulein Andersson.

Und jetzt stand er vor ihrem Haus.

Er musste sich entschuldigen. Wenigstens das. Außerdem lag doch auf der Hand, dass sie die Einzige war, die wirklich verstehen würde, was ihm selbst nach zwei Monaten noch immer unerklärlich, ja nahezu unaussprechlich schien.

Entschlossen öffnete er die Autotür und stieg aus dem Wagen. Er strich das weiße Hemd glatt und steckte den herausgerutschten Zipfel hinten wieder in die Jeans. Ein Blick ins Spiegelbild im Seitenfenster. Das war Laurits Simonsen. So sah er heute aus. Mit einem Knopfdruck schloss er den Volvo ab und ging langsam auf das Anwesen zu.

Aus dieser Entfernung betrachtet, hatte sich rund um Fräulein Anderssons Grundstück wenig verändert. Die Platanen am Tor waren erwachsen geworden, das Schmiedeeisen ein wenig in die Jahre gekommen, doch der Garten war noch immer auf eine freundliche Art sauber und gepflegt wie ein alter Park.

Laurits drückte gegen den rechten Torflügel, er schwang zur Seite und gab den Weg frei. Eins, zwei, drei, vier. Nur Schritte und Zahlen, sonst nichts. Die Magie des Takts. Vierzig, einundvierzig, zweiundvierzig, dreiundvierzig, Treppe. Seine Schritte mussten länger geworden sein, oder seine Beine. Fünf Stufen nach oben.

Als er klingelte, sah er, dass sich sein Hemd bei jedem Herzschlag bewegte. Eine Falte über der Brusttasche, die sich schnell und regelmäßig hob. Nichts regte sich im Haus, es blieb still. Vielleicht ist sie tot?, bohrte es sich in seine Gedanken. Gestorben vor Jahren schon. Oder weggezogen. Im Altenheim. Wie alt mochte sie jetzt sein? Mitte sechzig? Zu jung fürs Altersheim. Zu jung zum Sterben. Aus der Tiefe des Hauses kam jetzt ein Geräusch, Schritte. Gemächliche, bedächtige Schritte. So kam kein Dienstbote an die Tür. Ein Schlüssel wurde gedreht, eine Kette geöffnet, jemand machte sich bereit, die Welt hereinzulassen. Die Tür ging langsam auf, und Laurits schaute in das Gesicht eines älteren Herrn. Schwer zu sagen, wer von beiden überraschter war. Der Mann war nicht besonders groß, stand jedoch aufrecht und gerade vor ihm, tadellos in einen legeren Freizeitanzug gekleidet, ein helles Seidentuch ordentlich um den Hals gebunden, ein Gebirge aus Falten und Furchen im Gesicht, und darin, wie zwei helle Gletscherseen, seine Augen, die Laurits fragend musterten.

Richtig, er hatte geklingelt, nun sollte er etwas sagen.

»Guten Tag.«

»Sie wünschen?«, fragte der Mann.

»Verzeihen Sie, dass ich einfach so störe. Ich ... also, ich würde gerne ... Wohnt Fräulein Andersson nicht mehr hier?«

»Fräulein Andersson?«, sagte der Mann nachdenklich. »Nein, ein Fräulein Andersson gibt's hier nicht.«

»Oh«, sagte Laurits.

Seine Knie fühlten sich weich an, die Enttäuschung, der Schreck breitete sich in allen Gliedern aus.

Er war zu spät gekommen.

Er hielt sich erst am Geländer fest, dann an den Augen des Mannes, der ihn unverwandt ansah. Laurits bemühte sich, zu lächeln.

»Ist sie ... hat sie ...?« Er räusperte sich, rang um Fassung. »Verzeihung. Bitte entschuldigen Sie die Störung.

Auf Wiedersehen«, sagte er dann und machte den ersten Schritt rückwärts. Eine Stufe tiefer. Wie oft war er diese Treppe hinauf- und hinuntergestiegen? Über zwölf Jahre, zweimal wöchentlich, das waren zweiundfünfzig mal zwölf, mal zwei für den Hinweg, mal zwei für den Rückweg. Knapp zweitausendfünfhundert Mal. Und auf den Stufen trotzdem keine Spur von ihm. Nirgendwo. Und kein Fräulein Andersson, das sich an den Jungen erinnerte, der er gewesen war, an seine Fertigkeiten und Schwächen. Kein Fräulein Andersson, das eine Unterstützung seiner eigenen Erinnerung hätte sein können, oder ein Korrektiv, das ihm hätte sagen können, was er wirklich verloren hatte.

Das Gesicht des Mannes öffnete sich, verzog sich zu einem Lächeln. Seine Mundwinkel hoben sich, und neue Falten bildeten sich um Augen und Lippen.

»Sie heißt jetzt Nordin«, sagte er. »Und wer sind Sie?«

Verlegen fasste Laurits sich an den Kopf; dass sie geheiratet haben könnte, war ihm nicht in den Sinn gekommen, ungelenk fuhr er sich durchs Haar, wobei seine Sonnenbrille zu Boden fiel. Er bückte sich hektisch danach. Er musste wie ein Grundschüler wirken, einer, der etwas angestellt hatte.

»Ich war mal Fräulein Anderssons, ich meine, Frau Nordins Schüler. Vor einer halben Ewigkeit, ja, ist eine Ewigkeit her ... Verzeihen Sie«, sagte er und streckte die Hand aus, »Laurits Simonsen.« Seine Finger zitterten, als sie die warme Hand des Mannes berührten, kein Tremor, nur eine kleine Unsicherheit.

»Jan Nordin.«

»Vielleicht erinnert sie sich gar –«

»Sie haben sich Zeit gelassen, Herr Simonsen«, unterbrach ihn der Mann und musterte ihn erneut. »Wir haben Sie früher erwartet.«

Jan Nordin trat einen Schritt zur Seite, und Laurits folgte der einladenden Geste. Unwillkürlich warf er einen Blick auf seine Finger, kontrollierte seine Nägel. Sauber, rund gefeilt, wie sie es immer von ihm verlangt hatte. Er achtete auf seine Hände. Zumindest diese Gewohnheit hatte er nie abgelegt. Durch die Glastür am Ende des Flurs drang das Sonnenlicht, nahm sich ein Stück vom Raum. Das helle Rechteck auf dem Boden war das gleiche wie früher, der gleiche Geruch nach trockenem Holz und Papier, die gleiche konzentrierte Stille, und trotzdem kam ihm der Gang so eng vor, die Fenster niedrig.

Die Stimme des Mannes hallte von den Wänden wider, als er rief:

»Margarete, hier ist Besuch für dich.«

Wenn er heute an sie dachte, nannte er sie immer noch Fräulein Andersson, nie Frau Nordin oder gar Margarete. Das ging ihm selbst in Gedanken nur schwer über die Lippen. Er hatte bis zu besagtem Tag nicht einmal gewusst, wie ihr Vorname lautete. Margarete Nordin. Darunter hätte er sich eine mollige kleine Frau vorgestellt, mit dunklen Locken und einer Stupsnase, doch trotz ihres neuen Namens sah sie noch immer aus wie Fräulein Andersson. Sie hatte sich kaum verändert. Lag das nur an seinem schlechten Erinnerungsvermögen oder an ihrer alterslosen Erscheinung? Vermutlich gehörte sie zu jenem Typ Frau, der ab dem fünfzigsten Lebensjahr nicht mehr nennenswert altert. Als hätten die Haare ihre endgültige Färbung angenommen und alle Linien sich bereits ihren Weg gebahnt, die Haut sich einen Zustand gesucht, in dem sie bis zum letzten Tag bleiben konnte.

Wie fremd hingegen musste er ihr erschienen sein: kurzer, sportlicher Haarschnitt statt wilder Lockenmähne, auf den schmalen Wangen ein gepflegter Dreitagebart statt des fusseligen Kinngestrüpps, das er früher eine Zeit lang getragen hatte. Insgesamt war er viel eckiger geworden, die Schultern, der Kiefer, das Kinn. Nur seine Augen hatten sich kaum verändert, das wusste er selbst. Die Schlupflider ließen seinen Blick noch immer leicht hundemäßig wirken, freundlich und auf merkwürdige Weise ergeben. Und dann war da natürlich noch das Grübchen über der Oberlippe. Unverändert tief.

Er hoffte, einen einigermaßen erwachsenen Eindruck auf sie gemacht zu haben. Auch wenn er sich, während er darauf wartete, ins Musikzimmer gebeten zu werden, wieder wie der Fünfjährige gefühlt hatte, der er gewesen war, als er seine Klavierlehrerin zum ersten Mal sah.

Zur Begrüßung hatte sie seine Hände in ihre genommen, warm und trocken, und ihn lange angesehen; in ihn hinein, wie früher.

»Du spielst nicht mehr«, hatte sie dann gesagt. Ihr Ton war ähnlich neutral wie der einer Kellnerin, die »Es hat geschmeckt« sagt, wenn sie die Teller abräumt. Eine Aussage im Niemandsland zwischen Frage und Feststellung.

»Ja«, sagte er. »Seit damals nicht mehr.«

Ihr Blick ließ ihn nicht los, hielt ihn, und er fiel nicht.

»Es ist nie zu spät, wieder anzufangen.«

»Nein, vielleicht nicht«, entgegnete er und war erleichtert, dass er sie dabei ansehen konnte, dass er sich nicht schämte und nicht den Blick niederschlug, dass sie ihm erlaubte, aufrecht zu sein.

»So weit dazu«, sagte sie abrupt und klatschte energisch in die Hände.

Es war der Knall des niedergehenden Richterhammers. Sie gab ihm keine Schuld. Sie wollte gar keine Erklärungen und keine Rechtfertigungen hören. Sie sprach ihn einfach frei von allen Erwartungen.

»Dann können wir ja jetzt über die wichtigen Dinge sprechen. Bist du verheiratet? Erzähl.«

Mit jeder Sekunde, die er länger in ihrem Musikzimmer saß, die er ihrer unverändert leisen Stimme folgte, während sie genauso ruhig wie früher den Raum durchschritt, war ihm klarer geworden, dass der Besuch bei seiner ehemaligen Klavierlehrerin der einzig notwendige, längst fällige war; der einzige, den er hier auf Djursholm machen musste und machen wollte.

Sie redeten eine Stunde. Als er zu seinem Wagen ging, wogen seine Füße weniger als nichts.

An der Kreuzung wandte er den Kopf nach links und schaute den von Birken gesäumten Odinvägen hinauf. Die Sonne fiel flimmernd durch das bewegte Blätterdach, die hohe Wiese rechts der Straße wiegte sich im Wind, und der helle Asphalt schlängelte sich friedlich um die Kurve, hinter der sein Elternhaus lag. Es sah schön aus. Er dachte an Pelle, an die Friedhofsmauer, Frida, Blüthner und die quietschende Tür zum Dachboden, er dachte an die Standuhr in der Halle, das sommerliche Knarzen des Parketts und den

Geruch der Ledersessel in der Bibliothek. Drei Sekunden reichten, um endgültig Abschied von allem zu nehmen, was ihm wichtig war. Er richtete sich auf, umfasste das Lenkrad mit beiden Händen und ließ die Kupplung kommen. Der Wagen fuhr über die Kreuzung, und im Rückspiegel sah er, wie das Grün immer dichter wurde, wie die Straße verschwand, bald war nichts mehr da, und hinter ihm gab es keinen Hinweis mehr auf Erinnernswertes.

Laurits hielt kurz inne und wechselte die Tonart.

Leicht, leichter.

Wie auch nach diesem Tag alles viel leichter gewesen war. Es war leichter gewesen, die Sachen zu packen, die Wohnung zu verkaufen und die Stelle in der Klinik aufzugeben. Es war leichter gewesen, Liis' Toben und Schimpfen, ihr rebellisches Aufbegehren gegen den Umzug zu ertragen, den sie für eine pure Gemeinheit hielt. Es war leichter gewesen, nach vorn in den hellweißen Nebel zu schauen, denn er versprach, sich beizeiten zu lichten. Laurits konnte sich freuen.

Er horchte der Stille hinterher, die zwischen zwei Akkorden entstand. Während die Schallwellen irgendwo über ihm ineinanderflossen, hob er langsam den Kopf, denn zwischen den weichen Rundungen von a-moll, die sich an die zurückhaltende Subdominante schmiegten, vernahm er das helle Klirren von Silberarmreifen, und er wusste, dass er nicht mehr allein war.

»Sitzt du hier?«, fragte Silja mit belegter Stimme.

Laurits lächelte. Guten Abend, gute Nacht, mit Rosen bedacht.

»Habe ich dich geweckt?«, fragte er und ließ seine Finger ein wenig um Brahms herumtanzen.

Sie schüttelte den Kopf.

»Ich bin von irgendeinem komischen Geräusch aufgewacht. Und dann warst du nicht im Bett …«

Nur mit einem kurzen Unterhemd und dicken Wollsocken bekleidet, stand sie im Halbschatten des Türrahmens, ein Bein angewinkelt, und ihre Scham, ein schmal rasierter Streifen krauser dunkelblonder Haare, guckte ihm kurz unter Augenhöhe unbedarft entgegen. Es war erst drei Stunden her, dass er sie dort berührt und erregt hatte, sicher war ihr Geruch noch an ihm, an seinen Fingern, die nun – war das nicht seltsam? – mit derselben Hingabe die Tasten liebkosen konnten.

»Das war der Wind«, sagte er. »Es ist ziemlich stürmisch.«

»Ich konnte nicht wieder einschlafen«, sagte sie und trat neben das Klavier.

Mit einem leichten Schlussakkord setzte er einen Punkt hinter seine Variationen der Schlaflosigkeit, nahm die Hände von den Tasten und schloss bedächtig den Klavierdeckel.

»Komm her«, sagte er und umfasste ihre Taille, zog sie an sich und drückte sein Gesicht an ihren weichen Bauch. Atmete ihren vertrauten Geruch, bettwarm.

Was für ein unwirkliches Zusammentreffen mitten in der Nacht, mitten in ihrem Wohnzimmer. Nackt und verletzlich wie im Traum. Siljas Hände umfassten seinen Nacken, ihre Finger strichen die kleinen Härchen am Haarrand glatt, strichen über seine Ohren. Er küsste ihren Bauch.

»Ich mache dir eine heiße Milch«, sagte er.

»Mit Honig?«, fragte sie.

»Natürlich mit Honig.«

Während er mit den Töpfen klapperte, Milch aus dem Kühlschrank nahm und vorsichtig die blaue Gasflamme entzündete, saß Silja mit hochgezogenen Füßen auf einem der alten Holzstühle. Still hatte sie das Kinn auf die Knie gestützt und die Beine umschlungen, um sich selbst zusammenzuhalten. Sie sah ihm zu, mit müden Augen, langsamen Lidschlägen, geschwollenen Lippen. Sie war ein Kind. Und er war ein Kind. Er spürte die eigenen spitzen Knie am Hals, die Geborgenheit einer warmen Küche und die stille Sicherheit, die nur von jemandem ausgehen kann, der zu nachtschlafender Zeit Milch warm macht. Jemandem, der sich kümmert.

»Frida hat mir früher auch immer heiße Milch gemacht, wenn ich nicht schlafen konnte«, sagte er. »Das waren die besten Nächte.«

Dabei hatte er Milch mit Honig nicht einmal gern gemocht. Er wusste noch genau, wie sich der süße Geschmack über Nacht in einen angesäuerten Zungenbelag verwandelte. Pelzig und klebrig. Doch Fridas Fürsorge, ihre ruhige Geschäftigkeit und die Geschichten, die sie so erzählte, als wären sie allesamt wahr, hatten die Milch wie ein geheimes Wundermittel erscheinen lassen, das er dankbar annahm.

»Gut?«, fragte er.

»Mhm.«

Ihm fiel keine Geschichte ein, die er hätte erzählen können, in diesem Moment, in dem der Wind draußen heu-

lende Lieder sang und die Erle neben der Einfahrt Schatten-
spiele auf den Küchenboden warf. Er trat ans Fenster.

»Ob Liis wenigstens gut schläft?«, sagte Silja.

»Ganz bestimmt«, sagte er, ohne sich umzudrehen.
»Ganz bestimmt.«

Als müsste er sie beruhigen. Oder sich.

Dabei war Liis in diesem Punkt wirklich das absolute Gegenteil ihrer Mutter. Sie konnte beinahe auf Kommando
einschlafen. Sobald sie die Augen schloss und keine äuße-
ren Eindrücke mehr ihre Rezeptoren reizten, sobald in ihrem Kopf die fleißigen Männchen die Arbeit niederlegten
und ihr Mundwerk stillstand, verschwand sie auf Pfaden,
die nicht in eine andere Welt, sondern vielmehr in eine andere Galaxie zu führen schienen. Eigentlich war es so gut
wie unmöglich, sie vor Ablauf von acht Stunden von dort
wegzuholen. Das wusste Silja ebenso gut wie er.

Doch es hatte eine Zeit gegeben, ein paar Wochen nur,
als Liis – im Alter von fünf oder sechs Jahren – plötzlich
Albträume plagten. Sie hatten es nur durch Zufall bemerkt.
Beim routinierten vergewissernden, nichts befürchtenden
Blick ins Kinderzimmer, auf dem Weg ins eigene Bett, hatten sie ihre Tochter mit krampfenden Händen und verzerr-
ten Zügen vorgefunden. Gefangen in Träumen, die ihr nicht
die Gnade gönnten, einfach aufzuwachen, wenn die Angst
sie packte, in Träumen, die ihr von einer unsichtbaren
Macht gesteuert die Tränen aus den geschlossenen Augen
trieben, ohne dass sie auch nur einen Laut von sich gab.
Ihre Lippen waren so fest aufeinandergepresst, als fürchtete
sie, dass etwas in sie hinein- oder aus ihr herauskommen
könnte.

Dieser Anblick hatte sie beide so verstört, dass sie danach abends stundenlang an Liis' Bett sitzen blieben. Laurits ließ sie nicht aus den Augen und versuchte wütend, den Moment zu erkennen, in dem sich die Bilder hinter ihren Lidern zu Angst verdichteten. Aber wenn er bemerkte, dass sie unruhig wurde, hatte das Unbekannte längst von ihr Besitz ergriffen, es entzog sich seiner Kontrolle. Und wenn er sie weckte, tröstete, beruhigte, wenn er fragte, was sie gesehen hatte, fand sie keine Worte dafür, konnte sich an nichts erinnern und bat stattdessen mit leiser Stimme:

»Papa, erzähl von früher, als ich noch ein Baby war.«

Mit dem Gefühl, kurz vor dem Ersticken zu sein, redete er los.

»Als du ein Baby warst, konntest du dir die Füße in den Mund stecken, so gelenkig warst du. Du hattest wunderbar rosige Haut und ganz große Augen und hast am liebsten auf deiner Spieldecke in der Sonne gelegen und den Lichtreflexen an der Wand zugeschaut.«

»Und davor? Als ich geboren wurde?«

»Als du geboren wurdest? Da warst du winzig klein, nur dreiundvierzig Zentimeter groß, und ganz zerdrückt. Und Mama hat über vierundzwanzig Stunden gebraucht, um dich auf die Welt zu bringen. Irgendwann bist du aus ihrem Bauch herausgekommen, und du hast keinen Ton von dir gegeben, bis der Arzt dir einen Klaps auf den Po verpasst hat. Aber dann hast du zwei Tage am Stück geschrien.«

Liis lächelte ihn an. Langsam fielen ihr die Augen zu.

Laurits flüsterte: »Und ich hatte fürchterliche Angst.«

Nach wenigen Wochen verschwanden die Albträume genauso plötzlich, wie sie gekommen waren. Liis schlief wieder ihren unerschütterlichen Schlaf – als wären die Schreckensbilder nie da gewesen –, doch bei Silja und ihm war bis heute ein letzter Rest Misstrauen geblieben.

Morpheus. Kleiner Bruder des Todes. Auch im Schlaf blieb jeder allein.

Er schaute Silja an.

»Sicher liegt sie jetzt in ihrer Koje – und träumt glücklich und zufrieden von der bevorstehenden Woche in Stockholm«, sagte er.

»Ja«, sagte Silja, »bestimmt hast du recht.«

Es gab keinen Grund zur Beunruhigung. Seine Eltern würden Liis in den kommenden sieben Tagen verwöhnen wie eine Prinzessin, dessen war sich Laurits sicher. Seine Mutter würde ihr keinen Wunsch abschlagen, sie mit Geschenken überhäufen und sich jeden Tag etwas noch Spezielleres einfallen lassen, um ihre heimgekehrte Enkeltochter glücklich zu machen. Wenn schon der verlorene Sohn ausblieb. Und Liis würde es von der ersten bis zur letzten Minute genießen und anschließend in ihrem Bericht – nicht ohne eine gewisse Freude daran, ihn zu quälen – kein noch so kleines Detail des Top-Ereignisses, namentlich Amys großer Geburtstagsfeier anlässlich ihres Sechzigsten, auslassen.

Sechzig Jahre. Fast vierzig davon in einer Kulisse aus Lügen und Selbstbetrug, die so perfekt war, dass jeder sie für echt hielt. Allen voran seine Mutter.

Etwas in seinem Inneren reizte sein Zwerchfell.

»Deine Mutter hat sich so sehr gewünscht, dass du kommst«, sprach Silja in seine Gedanken.

Er sah verwundert auf. Hatte er laut gedacht?

»Sie will sich endlich mit dir versöhnen.«

Er schüttelte den Kopf. Nicht dieses Thema. Nicht mitten in der Nacht. Nicht an diesem friedlichen Abend, an dem sie es so schön gehabt hatten. Und auch sonst nicht.

»Das mag ja alles sein. Aber ich bin nicht auf die andere Seite der Ostsee gezogen, um beim erstbesten Anruf vom Gruselkabinett wieder Gewehr bei Fuß zu stehen.«

»Sie ruft einmal in der Woche an«, sagte Silja. »Und das seit zwei Jahren.«

Er hatte nicht darum gebeten. Überließ es Silja und Liis, mit ihr zu sprechen und sie über die Neuigkeiten zu informieren. Wenn sie unbedingt wollten. Er wollte jedenfalls nicht.

»Außerdem ging es ja gar nicht anders, das weißt du doch. Kirsipuu ...«

»Ja«, sagte Silja gedehnt. »Er muss auf diese Konferenz. Ich weiß.«

Schweigen zog in einer dichten Schwade durch die Küche.

So weit waren sie gekommen: Worte waren überflüssig. Die nicht existierende Mutter-Sohn-Beziehung war ausdiskutiert, alle Standpunkte, Meinungen, Argumente waren hundertfach vorgebracht, dieselbe Wand hundertfach erreicht, alle Wut über das Unverständnis des jeweils anderen längst in Resignation verraucht. Nichts als ein lächerlicher Aussagesatz war nötig, um ihm zu verstehen zu geben, was sie eigentlich meinte, dachte, fühlte, und er bedurfte keiner Erwiderung, denn auch Silja wusste, wie Laurits zu der Sache stand. Er sagte nicht: Ich weiß gar nicht,

226

was du willst. Ich hatte sogar schon ein Ticket gekauft. Sie sagte nicht: Ja, weil du genau wusstest, dass du nicht fahren würdest. Das war doch nur, um dein Gewissen zu beruhigen. Er sagte nicht: Das sind alles Unterstellungen. Sie sagte nicht: Ach, Laurits.

Die Stille zwischen ihnen reichte völlig aus.

Missmutig ließ er die Fingergelenke knacken. Jedes einzeln. Es war ja nicht so, dass er nicht gerne mal wieder nach Stockholm gefahren wäre.

Ihm gefiel die Vorstellung, mit Daniel im Jachthafen ein paar Bier zu trinken, dabei mit seinem Freund über das estnische Gesundheitswesen zu diskutieren und den Seglern zuzusehen, wie sie ihre Boote winterfest machten, während die Möwen im Sturzflug um die Küchenabfälle des Restaurants kämpften. Er hätte auch gern Fräulein Andersson einen Besuch abgestattet, und sei es nur, um ihr zu sagen, dass er wieder spielte, hätte gern nach Pelles Großvater Oscar geschaut, ihm eine Flasche Cognac vorbeigebracht, in der alten Küche gesessen und ihn gefragt, ob sein Enkel noch lebte, und wenn ja, dann wo. Er hatte sich Liis' strahlendes Gesicht vorgestellt, wenn er mit der freudigen Nachricht nach Hause kam, ihr die Reiseunterlagen unter die Nase hielt. Ihre glückliche, warme Umarmung. Daran hatte er gedacht, als er das Ticket kaufte, nur daran. Für wenige estnische Kronen hatte er den Beweis dafür gekauft, dass er willens war. Niemand konnte das Gegenteil behaupten.

Kurz flackerte das Licht. Hoffentlich fiel nicht doch noch der Strom aus.

»Ist dir nicht kalt?«, fragte er, froh, das Thema wechseln zu können.

»Es geht so«, sagte Silja. »Ich dachte ja, wir würden gleich wieder ins Bett gehen.«

»Vorhin war da so ein Hund«, sagte er.

»Wo?«

»Im Bett. Er saß auf mir drauf. Ein riesiger, fetter Boxer. Ich hätte fast keine Luft mehr bekommen.«

Sie schaute ihn an, die skeptische Falte zwischen ihren Augen wurde so tief wie der Marianengraben. Er musste lächeln. Silja verachtete Leute, die ihre Haustiere ins Schlafzimmer ließen.

»Aha.«

»Aber dann war er plötzlich weg«, sagte er und trat ans Fenster.

Sie antwortete nicht, und Laurits spähte in die Dunkelheit. Vielleicht lief er ja noch dort draußen herum. Schnüffelnd und sabbernd. Doch er sah nichts. Der Vorgarten war verlassen, die Straße leer, nur das Herbstlaub tanzte im schwankenden Licht der Laterne. Dann hörten sie ein Geräusch. Etwas war umgefallen.

»Ist da draußen irgendwas?«, fragte Silja.

»Was sollte da sein?«

»Ich weiß es nicht. Irgendwas.«

»Es ist nur der Wind«, sagte er. »Hier geht doch immer Wind.«

Es war der Wind, der die dröhnenden Abschiedsgrüße der Fähren nach Helsinki und Sankt Petersburg, nach Stockholm, Klaipėda und Danzig zu ihnen herübertrug, und in dieser herbstlichen Witterung trieb er den salzigen Geruch von klammer Seeluft selbst bei geschlossenen Türen bis ins

Haus. Das Meer war hier immer zu spüren. Sie lebten ja buchstäblich am »Tor zum Wasser«. Vesiyärava. Die Straße machte ihrem Namen alle Ehre, führte schnurgerade in Richtung des kaum einen Kilometer entfernten Hafens.

Anders als in Stockholm, wo ein Irrgarten aus sichtbaren und unsichtbaren Schären wie ein Schutzwall im Meer vor der Stadt lag, öffnete die Tallinner Bucht weit ihre Arme und bot der Baltischen See großzügig ihr Herz dar, unbedeckt und bloß. Gutes wie Schlechtes (die Geschichte hatte es bewiesen) – sie nahm auf, was der Wind ihr brachte. So wie er auch sie hierhergebracht hatte, an diesem nasskalten Tag vor zwei Jahren.

Mit Böen der Stärke sechs aus Nordwest im Rücken hatte die Fähre aus Stockholm rollend und stampfend die Ostsee überquert. Nieselregen empfing sie, als Laurits endlich den bis unter das Dach bepackten Wagen von der Fähre lenkte. Die Laderampe rumpelte laut, als auch die Hinterräder das Schiff verließen, ein letzter Gruß aus Schweden, dann waren sie auf estnischem Boden. Es war still im Auto. Während Silja Ausschau nach ihren Eltern hielt, die schon vor ein paar Wochen umgezogen waren, versuchte Laurits, sich zu erinnern, zu orientieren. Ein Schilderwald in unbekannten Sprachen, teils unbekannter Schrift. Es war sinnlos.

Bei einem schnellen Blick in den Rückspiegel sah er Liis' Profil, ihr Blick war nach draußen gerichtet, und ein großer runder Kopfhörer, aus dem grelle Reste von elektrischem Geräuschmüll drangen, schottete sie – wie auch schon in den letzten sechzehn Stunden – von ihnen ab. Das war ihre Form von Protest, den sie ebenso lange durchhalten würde,

wie die Batterien ihres Walkmans leiernd die Kassettenräd-
chen drehten.

Abschied. Ein Drama in zwei Bildern.

Erstes Bild.

Das Schiff nach Tallinn geht in zwei Stunden. Laurits
und Liis vor der leer geräumten Wohnung. Liis krallt die
Finger um den Knauf der Wohnungstür. Sie tritt und beißt.

»Neeeeeiiiiin! Ich geh da nicht hin!«, hallt es durch das
Treppenhaus.

Frau Lindholm von oben schaut über das Treppengeländer zu ihnen herunter. Laurits ignoriert sie.

Liis stemmt ihren zehnjährigen Mädchenkörper mit aller
Kraft gegen ihn, die Füße gegen die Tür. Als er ihre Handgelenke umfasst, als er ihre Finger aufbiegt, spürt er, wie
maßlos überlegen er ist, wie chancenlos sie ist. Sie schreit
vor Wut, vor Schmerz, vor Verzweiflung, und er hält erbit-
tert fest. Er fügt ihr Schmerzen zu und lässt nicht los, auch
als sie schon aufgegeben hat.

Als sie schließlich in Richtung Hafen davonfahren, stehen Daniel, Eva und Pippa am Straßenrand und winken.

»Da, da drüben, da ist Mama!«, rief Silja aufgeregt. »Wir
müssen dort rüber.«

Als unübersehbarer Farbtupfer standen Kirke und Mart
unter einem orangefarbenen Regenschirm am Terminal.
Hierher, hallo, willkommen, winkten Kirkes Arme. Schön,
dass ihr da seid, grüßte Marts ruhig erhobene Hand.

»Ich darf da nicht langfahren«, sagte Laurits und hielt
verwirrt an. »Das ist eine Einbahnstraße.«

Ein Lkw bremste dicht hinter ihm und hupte drohend.

»Ach, das kümmert doch keinen. Fahr einfach.«

»Nein, ich muss da hinten lang. Wir müssen doch noch durch den Zoll.«

Wieder hupte der Lkw. Ein Mann in Uniform kam auf sie zu und gestikulierte wild. Laurits gab hektisch Gas und würgte den Motor ab.

»Was machst du denn?«, fragte Silja.

»Willst du vielleicht lieber fahren?«

Der Polizist kam zu ihnen an den Wagen, klopfte an die Scheibe, und Laurits schwappte ein Wortschwall entgegen, von dem er kein Wort verstand. Es kam ihm noch fremder vor als Estnisch, vielleicht war es Russisch. Die Automatikwaffe, die der Uniformierte trug, wirkte durch den Befehlston noch bedrohlicher. Laurits spürte Schweißperlen im Nacken. So hatte er sich das nicht vorgestellt. Der Mann gestikulierte wieder und blies in seine Trillerpfeife.

Keine Blaskapelle zum Empfang, keine geschwenkten Fahnen, keine strahlenden Blumenkinder. Kein Begrüßungskomitee, keine warmen Worte. Eine Trillerpfeife.

»Was denn jetzt?«, fragte Laurits.

»Keine Ahnung. Fahr einfach«, sagte Silja.

Liis gab keinen Ton von sich.

Eine Viertelstunde darauf saßen Kirke und Mart endlich bei ihnen im Wagen. Laurits' Hemd war nasser als der Wollmantel seiner Schwiegermutter.

»Da vorn dann rechts«, dirigierte Mart, und Laurits bog folgsam auf eine breite Hauptstraße ab. Zu beiden Seiten der geraden Straße erhoben sich Maschendrahtzäune, dahinter das typische Hafenödland, Container wie ausgekippte Legosteine, Sattelschlepper und riesige leere Flächen. An der nächsten Kreuzung kam er zum Stehen. Er versuchte sich den Stadtplan ins Gedächtnis zu rufen. Zumindest theoretisch kannte er den Weg zur Wohnung der Schwiegereltern, wo sie unterkommen würden, bis ein passendes Haus gefunden war.

In den letzten Wochen hatten sie immer wieder über der Straßenkarte gesessen, rote Linien, grün schraffierte Flächen und blaue Flecken betrachtet und versucht, sich auszumalen, wo sie ein neues Zuhause erwartete. Komeedi, Luise, Tatari und Tina, Weizenbergi, Narva, Lasnamäe, Mustamäe, Kopli. Die Straßen- und Ortsnamen fielen in seinem Kopf durcheinander.

Der Regen nahm zu. Die Lichter der Ampel und der Scheinwerfer zerbrachen darin zu funkelnden Scherben, die sich auf dem nassen Asphalt verteilten. Wie eine schüchterne Braut versteckte sich Tallinn hinter einem Schleier aus Feuchtigkeit, diesseits und jenseits des Fensters. Mit der Faust wischte Laurits die beschlagene Seitenscheibe sauber und spähte nach links. Dies musste die Straße sein, die um die Altstadt herumführte. Wie hieß sie noch gleich? Und dort oben, das waren doch die Stadtmauer und dahinter der Anstieg nach Toompea? Langsam kannte er sich wieder aus.

»Dahinten links, dann die nächste rechts«, sagte Mart. »Und dann immer geradeaus.«

Ein paar alte Mercedes, Opel und BMWs, aber hauptsächlich Schigulis kreuzten seinen Weg. Schuhkartons ohne Knautschzone und Insassenschutz. Da lobte er sich den sicheren Volvo, der ruhig über die Straßen brummte, begleitet vom Rhythmus der Betonschwellen. Vorderräder, Hinterräder. Zweitakt. Das Wort bedeutete hier mehr als in Schweden.

Überall reckten sich Kräne in den Himmel, Vorboten von Aufschwung und Veränderung. Es wurde gebaut, abgerissen und saniert. Große Schilder wiesen auf die Gebäude hin, die entstehen sollten. Hotels, ein Einkaufszentrum, sogar McDonald's. Trotzdem erkannte Laurits das allgegenwärtige Grau wieder, das ihn bei seinem ersten Besuch noch so merkwürdig angerührt hatte. Er begrüßte es mit einem Lächeln. Warum hatte man im Sozialismus eigentlich auf Farben verzichtet? Waren sie der Politik vorbehalten gewesen? Damit das Rot der Fahnen besser zur Geltung kam? Bald würden hier alle Farben des Regenbogens zu finden sein, dessen war er sich sicher.

Der Verkehr nahm ab, je weiter sie sich vom Zentrum entfernten. Unter einem Spinnennetz von Oberleitungen ging es Richtung Westen, vorbei an einem Sportstadion und einem riesigen, neu angelegten Parkplatz. Laurits warf einen Blick in den Rückspiegel. Hinten, zwischen Liis und Silja, strahlte Kirke. Silja redete ununterbrochen auf sie ein, von den Problemen mit dem Möbellager, mit den Behörden, dem Wellengang unterwegs, und Kirke verschmolz mit den Worten ihrer Tochter – oh nein, also wirklich, das ist doch nicht die Möglichkeit, ach, Kind, ich bin ja so froh – und lächelte dabei. Das Geschnatter füllte den Wagen, übertönte das Schweigen der Männer auf den Vordersitzen, ja sogar die völlig unübliche Einsilbigkeit von Liis.

»Gleich sind wir da«, rief Kirke. »Es ist der Block dort drüben, mit den blauen Balkonen.« Sie legte einen Arm um Liis. »Man kann von uns aus sogar das Meer sehen, weißt du, *kullake*. Und dort drüben wohnen Tante Anu und Nadja. Und zwei Straßen weiter der alte Timmo.«

Laurits bog links ab. Er musste lächeln. Jeder zweite Block hatte blaue Balkone. Die anderen waren rot.

»Scheint mir, als wäre Väike-Oismäe ein Vorbild städteplanerischer Symmetrie im Sinne der Gemeinschaft«, hatte er über die im perfekten Oval angelegte Trabantenstadt gewitzelt, als sie damals dort gewesen waren. »Da gehst du einfach so lange im Kreis, bis du irgendwann das richtige Häuschen gefunden hast. Wie bei *Mensch ärgere dich nicht*.«

Wo sich die Häuser nicht unterschieden, war es leichter, die Menschen darin einander gleich zu machen. War das der Trick des Systems gewesen?

Unter einer überdimensionalen Laterne, die den Eindruck vermittelte, als könnte sie jedes noch so dunkle Geheimnis der Anwohner ausleuchten, parkte Laurits zwischen einer dunkelweißen und einer hellblauen Blechbüchse. Er schaltete den Motor ab.

»Da wären wir also«, sagte er und fühlte sich merkwürdig schwer und leicht zugleich.

In der Wohnung im zwölften Stock verschwand Silja mit ihrer Mutter in der Küche, wie immer. So war ihr Ritual, in der Küche wurden die wichtigen Gespräche geführt, im Dampf von Sauerkraut und Pökelfleisch. Für sie war es ganz leicht. Sie war schon angekommen, als er noch wie ein vergessener Statist nach Drehschluss im Flur stand.

Er ließ den Blick durch den engen Raum schweifen. Links das dunkelbraune Sideboard, rechts der ovale Spiegel und der alte Garderobenschrank aus dem Haus in Bromma. Ein vertrauter spätsommerlicher Geruch drang ihm in die Nase, Heu und Staub, verdampfter Regen und Schichtfleisch. Die Gegenstände waren bekannt und gleichzeitig doch heimlich fehl am Platze wie in einem Suchbild. Finde die fünf Fehler. Er sah sich um. Die Wände hatten eine andere Farbe, die Diele einen anderen Schnitt, der Schirmständer war neu, die Küche lag auf der falschen Seite, und der Geruch hatte eine unbekannte, säuerliche Note.

Eine Hand fiel auf seine Schulter. Er ging leicht in die Knie, spürte Marts kräftige, warme Finger.

»Na, hast du es dir so vorgestellt?«, fragte sein Schwiegervater.

Bevor er antworten konnte, sagte Liis hinter ihm:

»Mir gefällt es hier nicht.«

Er drehte sich zu ihr um. Sie stand im Halbdunkel am kleinen Telefontisch und zupfte an dem Häkeldeckchen, das, genau wie in Bromma, über den Wasserfleck im Holz gelegt war. Sie sah weder ihn noch Mart an. Ihr Blick bohrte zusätzliche Löcher ins Häkelmuster. Es war das erste Mal, dass sie den Mund aufmachte, seit sie estnischen Boden betreten hatten.

»Außerdem ist mir schlecht.« Ihr Gesicht war ganz blass. »Papa.«

Sie kamen gerade noch rechtzeitig ins Bad.

Der Mond, dieser unberechenbare Zeitgenosse, war inzwischen auf die andere Seite des Hauses gewandert und schaute durchs Küchenfenster herein. Groß und grünlich zog er die Blicke auf sich und auch die Gedanken. Es war nicht verwunderlich, dass sich so viele Mythen um diesen Trabanten rankten, er schien über eine andere Welt zu leuchten als die Sonne. Laurits hatte nie verstanden, warum der Mond nie an derselben Stelle am Himmel zu finden war, warum er, anders als die Sonne, keine verlässliche Bahn zog. Wie konnte ein Himmelskörper so willkürlich übers Firmament ziehen und dennoch so viel Einfluss haben?

Es gab so vieles, was er nicht verstand.

In der Küche war es still. Hätte er jetzt Nachtdienst, würde er das Radio einschalten. Nachrichten hören und Musik und die Stimme eines Sprechers, der irgendwo in einem Studio saß und ihm das sichere Gefühl gab, wirklich zu existieren. Es wurde nie viel gesprochen im Pausenraum der Klinik, überhaupt war wortreiche Herzlichkeit zu keiner Tageszeit ein Attribut, mit dem sich Esten gern schmückten, das hatte Mart ihn ja schon vor Jahren gelehrt. Seine Kollegen sagten *tere*, wenn er kam, und *hüvasti*, wenn er ging. Sie sagten *jah* oder *ei*, wenn er ihnen eine Zigarette anbot. Ruhig und ohne überbordende Emotionen ging jeder seiner Arbeit nach, und er fühlte sich durchaus wohl, wenn er im Kreißsaal stand und nicht andauernd Konversation machen musste.

Er überließ es den Hebammen, *vajutage, vajutage* zu rufen, um die Frauen zum Pressen zu animieren, und konzentrierte sich darauf, das zu tun, was er am besten konnte: Leben in die Welt holen. Immer wieder. Jedes Neugeborene untersuchte er mit derselben Hoffnung, der erschöpften Mutter »Kõik on OK« sagen zu können. Dann gratulierte er und vertraute die Eltern dem Moment an, in dem sie begriffen, dass ihr Leben sich für immer geändert hatte.

»Du hättest einen guten Esten abgegeben«, hatte Kirsipuu einmal in einem leutseligen Moment gesagt. »Redest nicht viel und kannst einen guten Schnaps vertragen.«

Ein größeres Kompliment konnte man kaum bekommen. Er ließ das Radio aus.

Silja saß mit geschlossenen Augen auf ihrem Stuhl, die Milch schien ihre Wirkung getan und den Schlaf zurückgerufen zu haben. Kein Wunder, dass sie müde war. Die Arbeit in der Nationalbibliothek hatte sich in den letzten Monaten beinahe verdoppelt. Seit sie die Verantwortung für den Aufbau der Abteilung für angloamerikanische Literatur übernommen hatte, kam sie aus dem Lesen gar nicht mehr heraus.

»Es gibt so gut wie gar nichts«, hatte sie am Vorabend erzählt. »Ein paar alte Klassiker. *Moby-Dick* und solche Sachen. Wir fangen praktisch ganz von vorn an. Ich fühle mich, als hätte ich an der Losbude gewonnen – freie Auswahl, und man kann sich kaum entscheiden, was man nehmen soll.«

Jeden Morgen verschwand sie hinter der fensterlosen Fassade aus graubraunen Felsblöcken der Eesti Rahvusraamatukogu, dieses monumentalen Klotzes. Es fiel Laurits schwer, sich dort die landesweit größte Sammlung estnischer, europäischer, weltweiter Fantasie vorzustellen. Das Gebäude erweckte in ihm nichts als dunkle Gedanken. Manchmal wunderte er sich im Stillen, dass Silja täglich unbeschadet wieder herauskam. Doch sie sagte, auf der Rückseite gebe es Licht en masse und im Inneren herrsche der bewegte Geist der Literatur. Und sie strahlte dabei.

Still betrachtete er sie.

Silja. Sie hatte sich verändert. Sie hatte eine neue Form der Gelassenheit gefunden. Als müsste sie nicht mehr um ihre Zugehörigkeit kämpfen. Vielleicht lag es an ihrer neuen Lebenssituation. Vielleicht waren sie aber auch einfach erwachsen geworden. Unschlüssig sah er von ihr zum Fenster hinüber, das sie von der Finsternis trennte. Besser, sie gingen wieder ins Bett. Noch ein paar Stunden ausruhen, sich erneut in die wohlige Wärme der Decken hüllen, auch wenn er sich gerade vollkommen wach fühlte.

»Liebling«, sagte er leise. »Silja.«

Langsam hob sie den Kopf, rieb sich die Augen und gähnte. Wischte sich eine Müdigkeitsträne aus dem Augenwinkel.

»Komm, wir gehen ins Bett.«

Sie nickte.

Er löschte die Lichter, erst im Wohnzimmer, dann in der Küche, und Stück für Stück bemächtigte sich die Nacht wieder des Hauses, schloss sich hinter ihm. Er nahm die Treppe mit drei Schritten. Das Schlafzimmer empfing ihn im freundlichen Schein der Nachttischlampe.

»Hoffentlich muss Liis sich nicht übergeben«, sagte Silja, als sie ihre Decke aufschüttelte und ins Bett stieg. »Das Schiff schaukelt bestimmt ganz schön.«

Wie zur Bestätigung hörten sie das Windspiel auf der Terrasse klingeln, ohne jedes Feingefühl für Töne, wild und von grober Hand geschüttelt.

»Wenn sie erst mal schläft ...«, sagte er. »Ich habe ihr Tabletten mitgegeben.«

Aber unter seiner Hand spürte er Liis' feuchtwarme Stirn, wenn er sie, wie so oft, über der Toilette hielt, während sie würgte, als wollte sie das ganze Elend dieser Welt auf einmal ausspucken. Von klein auf waren ihr kurvenreiche Straßen, Wellenschaukeln, Verzweiflung und Unglück auf den Magen geschlagen.

»Machst du dir Sorgen?«, fragte er und legte seine Brille an den Platz, wo er sie auch im Halbschlaf finden konnte.

»Nein«, sagte Silja. »Eigentlich nicht.« Sie drehte sich auf die Seite. »Lass uns schlafen.«

Laurits rückte an sie heran, ihr Gesäß schmiegte sich an seinen Bauch, und er legte einen Arm um sie. Wie gut es war, sich von der Wärme eines anderen Menschen umfangen zu lassen. Haut an Haut. Er schloss die Augen und atmete tief ein.

In den ersten Monaten in Tallinn hatte Liis sich pausenlos übergeben. Anfangs hatte sie wirklich gelitten.

Blass vor Heimweh und Angst, war sie am ersten Schultag zwischen ihm und Silja die wenigen Meter bis zur Schule in der Gonsiori gegangen, hatte dort in der Aula stumm das Päckchen mit ihrer Schuluniform entgegengenommen und sich von Klassenlehrer Kroos nach vorn auf die Bühne beordern lassen. Der hagere Mann hatte ihr die Hände auf die Schultern gelegt und sie vor dreihundert Kindern als das estnische Flüchtlingskind aus Schweden vorgestellt. Laurits' Zwerchfell hatte sich so verkrampft, dass er einen Schluckauf bekam, die Hitze war ihm in den Kopf gestiegen, erst Scham, dann Wut. Wie drei phosphoreszierende Tiefseequallen waren sie in der Menschenmenge geschwommen, drei wie alle anderen und trotzdem als Einzige sichtbar.

239

Liis hatte das Kinn gehoben und ihn angesehen. Ein Blick an allen vorüber, durch alle hindurch. Die Liebe zu diesem Kind tobte durch alle Gefäße. Was hatte er ihr angetan? Aus einer schlecht beleuchteten Ecke seines Bewusstseins kroch der Gedanke, dass er ihr etwas aufgezwungen hatte, dass er ihrem Leben die Richtung gab, die ihm am besten passte. Was auf höchst unangenehme Weise an das erinnerte, was sein Vater getan hatte. Doch bevor der Gedanke ans Tageslicht drängen konnte, verschloss Laurits eilig die Tür zu diesem Teil seines Gewissens. Liis würde ihren Weg gehen. Sie war eine Kämpfernatur. Im Gegensatz zu ihm.

Er hatte gelächelt, ihr Mut zugenickt. Als er sie zum Abschied umarmte, ließ sie sich wie eine gliederlose Puppe drücken und von Silja fest auf die Wangen küssen. Schließlich flüsterte ihre Mutter ihr etwas ins Ohr, und plötzlich kämpfte Liis mit den Tränen. Lehrer Kroos grüßte kurz, dann ertönte aus einem Lautsprecher eine Melodie, und wie auf Knopfdruck erhoben sich die Kinder und strömten auf den Ausgang zu. Silja nahm seine Hand; oder nahm er ihre? Von der Vorfreude, die Liis erfüllt hatte, als sie vor fünf Jahren zum ersten Mal ihren Ranzen in die Aula der Katarina-Norra-Grundschule trug, war an diesem Tag nichts zu spüren. Liis trieb einfach davon.

»Das war schrecklich«, sagte Silja.

»Sie wird es schon schaffen«, sagte er.

Wahrscheinlich hätte sie es tatsächlich verschmerzen können, dass sie plötzlich eine Schuluniform tragen musste. Selbst wenn sie es schrecklich fand, dass alle Kinder das Gleiche anhatten, waren die kornblumenblaue Bluse und der rot-blau karierte Rock eigentlich passabel. Auch an das farblose Kantinenessen mit weißer Soße und an den zähen Milchpudding, den die anderen Kinder Kamelrotz nannten, hätte sie sich vermutlich irgendwie gewöhnen können. Aber dann kam die erste Estnischstunde, und das ganze von Silja und Laurits mühsam errichtete Gebilde aus guten Worten, ermutigenden Versprechungen und geschürten Hoffnungen stürzte in sich zusammen.

»Ich gehe da nicht mehr hin«, schrie Liis, als sie am dritten Schultag nach Hause kam. »Das könnt ihr nicht von mir verlangen.«

Laurits saß im Wohnzimmer und buchstabierte sich seit einer halben Stunde durch den Leitartikel der Zeitung. Er hörte, wie ihre Schultasche in einer Ecke des Flurs landete und ihre Schuhe an die Wand flogen.

»Liis«, rief Silja aus der Küche. »Jetzt reiß dich bitte mal zusammen.«

Aber Liis war in Fahrt.

»Sie haben mich den ganzen Tag ausgelacht! Ob ich zu Hause Tracht tragen würde, hat ein Junge gefragt. Ob es bei uns schon einen Stromanschluss gäbe. Ob ich wüsste, was ein CD-Spieler ist. Dabei hat keiner von denen einen Discman oder einen Gameboy. Und auch keine Puma-Schuhe. Ich würde sprechen wie ihre Oma, haben sie gesagt. Da sagt keiner ›sehr wohl‹ oder ›mit Vergnügen‹. Keiner sagt ›Jawohl, Herr Lehrer‹. Die sagen alle einfach nur ›Õpetaja‹. Ich habe mich total lächerlich gemacht. Ich kann überhaupt nicht richtig Estnisch. Du hast mir alles falsch beigebracht.«

»Liis!«, sagte Silja.

»Du bist schuld«, schrie Liis.

»Ich habe es dir so gut beigebracht, wie ich konnte«, erwiderte Silja. »Es …«

Liis brüllte weiter.

»Und überhaupt. Guckt mich doch mal an. Wenn Pippa mich so sehen würde! Diese Uniform ist so widerlich. Und hässlich. Alles hier ist hässlich. Ich will hier nicht mehr bleiben! Ihr seid schuld. Und alles nur, weil Papa Krach mit Opa hat. Das ist doch totale Scheiße!«

Sie polterte davon.

Laurits ließ die Zeitung in den Schoß sinken und wartete mit eingezogenem Kopf auf den Knall der zufliegenden Tür. Peng.

Sein Blick fiel auf die Bleiwüste, die er vor sich hatte. Für ihn war die Umstellung auch nicht einfach. Selbst wenn Liis Estnisch sprach wie Silja, die wiederum sprach wie ihre Eltern, die wiederum sprachen, wie man um 1940 gesprochen hatte, war seine Tochter ihm weit voraus. Er rang noch um einfachste Sätze, suchte stundenlang nach Worten. Doch das konnte Liis in ihrem Kummer nicht trösten. Wie überhaupt nichts, was er tat, sie trösten konnte.

Silja stieß ihn mit dem Ellenbogen an. Die unwirsche Berührung holte Laurits aus dem Labyrinth, in dem er sich verloren hatte. Er schlug die Augen auf und bemerkte, dass der Schlaf noch weit entfernt war.

»He«, sagte Silja.

»Was ist denn?«, fragte er.

»Du grübelst zu laut. Ich kann dann nicht schlafen.«

»Mhm.«

»Denk an was Schönes«, sagte sie, griff nach seiner Hand und legte sie entschlossen auf ihre Brust. »So.«

Er musste lächeln. Ihr entging nie, wenn er den Kopf nicht abschalten konnte. Sie behauptete, sie höre es rattern, selbst wenn er längst das Gefühl hatte, dass ihm die Gedanken entglitten. Er entspannte seine Schultern und die Arme. Spürte die weiche Brust, die glatte Haut. Denk an was Schönes. Das hatte er Liis auch gesagt, als er sie am Vorabend zur Fähre brachte.

Abschied. Ein Drama in zwei Bildern.

Zweites Bild.

18.00 Uhr, es ist fast dunkel. Die Straße zum Estline-Terminal ist abgesperrt. Laurits ärgert sich über den unfreundlichen Uniformierten, der ihn barsch abweist. Er muss das Auto abstellen und mit Liis zu Fuß durch den Regen laufen. Das Wasser zieht sich ihre Hosenbeine hoch. Sie stehen in der Eingangshalle und warten auf die Frau, die während der Überfahrt Liis' Ansprechpartnerin sein soll. Neben ihnen ein kleiner blauer Kinderkoffer, für den Liis sich schämt, weil ein Teddybär darauf ist.

»Ich bin doch kein Baby mehr«, sagt Liis.

»Nein, du bist schon fast eine Dame«, antwortet er. »Aber eben nur fast.«

»Doof, dass du jetzt doch nicht mitkommst«, sagt sie.

»Es geht wirklich nicht anders. Die in der Klinik brauchen mich.« Er streicht ihr über den Kopf. »Willst du lieber nicht allein fahren?«

»Doch. Ich wär nur lieber mit dir zusammen gefahren.«

»Wenn es dir unheimlich wird, dann denk einfach an was Schönes.«

»Okay.«

Sie sieht ihn an, schneidet eine Grimasse.

»Nächstes Mal, versprochen«, sagt er.

»Zehn Messer ins Herz und Kreuz auf den Hals?«

»Zehn Messer ins Herz und Kreuz auf den Hals. Ihr werdet es richtig schön haben, Omama und du und Pippa.«

Sie nickt.

»Und Opa«, sagt sie.

Er nickt ebenfalls.

Wortleere der Abschiedsminute.

Eine junge Frau in einer schlecht sitzenden Uniform kommt auf sie zu. Als sie ihnen entgegenlächelt, entblößt sie zwei auseinanderstehende Schneidezähne.

»Da ist deine private Assistentin.«

»Ha, ha«, sagt Liis.

»Sie sieht nett aus. Hat ein niedliches Lächeln.«

Er zwinkert Liis zu.

»Papa!«, sagt sie streng.

Ein paar höfliche Sätze mit der Estin. Ein Namensschild verrät, dass sie Tanja heißt. Ihr Rock ist zu groß.

Schnelle Küsse auf Liis' Wangen, links, rechts. Sie setzt den Rucksack auf.

»Und jetzt ab mit dir.«

Die große Uhr über dem Eingang zeigt 18.45. Das Schiff hat Verspätung.

Die beiden gehen. Zwei wippende Pferdeschwänze von hinten und der Teddy auf dem Rollkoffer. Zehn Schritte, umdrehen und noch einmal winken.

Liis ist zwölf Jahre alt und einen Meter zweiundsechzig groß. Seit dem Sommer trägt sie selbstbewusst einen BH. Sie ist fast eine Dame.

Laurits bleibt stehen, bis die beiden hinter einer Glastür verschwinden, dann verlässt er das Terminal.

Sein Mädchen. Sie war richtig groß geworden. Wie hübsch sie ausgesehen hatte. Er konnte stolz sein. Aber was hatte er dazu beigetragen? Was war sein Anteil, außer seinen Genen? Wie war sie zu diesem unglaublichen, merkwürdigen Wesen geworden?

Als sie das erste von Wutausbrüchen, Drohungen und Schwächeanfällen geprägte Schuljahr in Estland überstanden hatten, zog seine Tochter mit drei neuen Freundinnen im Gefolge in die nächste Klasse ein und schlüpfte aus ihrem Kinderkokon. Sie schüttelte sich und streckte sich der Sonne entgegen. Ein eigensinniges, aber bedachtes Geschöpf, gestärkt und gewachsen. Auch äußerlich hatte sie sich gewandelt – ihr wuchsen kleine Brüste, sie war ein gutes Stück in die Höhe geschossen und wackelte neuerdings mit den Hüften.

Er beobachtete die Szenerie mit gemischten Gefühlen.

Einerseits war er blind verliebt in ihre Zähigkeit, ebenso wie in ihre Zartheit und bisweilen sogar in ihren nervenaufreibenden Starrsinn. Andererseits beäugte er eifersüchtig ihre zunehmende Selbstständigkeit, gegen die er so gut wie machtlos war. Das hatte die Sache mit der Geburtstagseinladung seiner Mutter ja bestens gezeigt. Kaum war die Karte ins Haus geflattert, formvollendet gedruckt auf eierschalfarbenem Papier, im seidengepolsterten Umschlag (wie auch sonst?) und in ihrer steilen, leicht nach links geneigten Handschrift mit Tinte an Familie Laurits Simonsen, Vesivärava 21, 10126 Tallinn, Estland adressiert, hatte Liis schon beschlossen, die Reise auf jeden Fall anzutreten, während sich ihm beim Anblick der Schrift die Nackenmuskulatur schmerzhaft verspannte.

»Wir müssen hin! Omama wird nur ein Mal sechzig.«

»Das wird sie auch ohne uns.«

»Aber ich will dabei sein.«

»Silja und ich können nicht so einfach Urlaub nehmen, das weißt du doch«, sagte er und schämte sich schon im nächsten Moment für die Fadenscheinigkeit seiner Ausrede.

»Dann fahre ich eben allein.«

»Das entscheidest ganz bestimmt nicht du.«

Gelegentlich war Autorität noch einen Versuch wert.

»Aber du? So, wie du entschieden hast, dass wir alle nach Estland müssen?«, fragte sie.

Ein wohlplatzierter Schlag in die Magengrube. Ein Argument, das immer bemüht wurde, wenn kein anderes greifbar war. Kurz schnappte er nach Luft, weil er den Impuls, der in seiner Hand zuckte, unterdrücken musste. Nein. Das würde ihm nicht passieren. So waren Kinder nun einmal, sie kannten die Stellen genau, wo sie den Hebel ansetzen konnten. Das waren ihre Mittel auf dem steinigen Weg zur Augenhöhe. Es war beinahe beeindruckend, mit welcher Unerschrockenheit Liis ihm die Stirn bot.

»Das verstehst du nicht«, sagte er, um etwas zu sagen.

»Nein, *du* verstehst das nicht! Du verstehst nicht, dass Omama total traurig ist, wenn wir nicht kommen. Du denkst immer nur an dich.«

»Du weißt, dass diese Sache nicht so einfach ist.«

»Immer muss alles so sein, wie du willst. Was ich will, zählt überhaupt nicht!«

Und wie war es ausgegangen?

Papa gab nach, Papa kaufte zwei Tickets. Und wäre Kirsipuu nicht die Konferenz dazwischengekommen, hätte Papa seiner Prinzessin zuliebe vermutlich sogar die Reise nach Schweden angetreten. Aber dann stellte sich heraus, dass es ihr gar nichts ausmachte, ohne Papa nach Schweden zu fahren – oder dass es ihr jedenfalls mehr ausmachen würde, den großmütterlichen Geburtstag zu verpassen.

Die Wahrheit war: Liis war auf dem besten Wege, sich abzunabeln. Das war nicht schlimm. Nur neu. Sie brauchte ihn immer weniger. Und irgendwann würde sie ihn weniger brauchen als er sie. Irgendwann würde sie über ihn hinauswachsen, sich von ihm fortstrecken wie eine leuchtend helle Birke in den Himmel, und alles, was er tun konnte, war, sich an ihrer Geradlinigkeit zu freuen. Irgendwann würde er fast gänzlich ohne sie zurechtkommen müssen. Irgendwann – aber noch nicht jetzt. Noch war sie seine beste Seite. Gab es einen schöneren Gedanken?

Aufrecht und mit erhobenem Kopf hatte Liis im Sommer beim nationalen Sängerfest auf der großen Bühne der Laul_lava gestanden. Zum ersten Mal trug sie die estnische Tracht, die Kirke für sie genäht hatte. Eins von achthundertfünfzig Kindern, ein leuchtender Punkt in Blau und Weiß mit dem Selbstbewusstsein, Teil von etwas sehr Wichtigem zu sein. Es strahlte bis zu ihnen herüber.

Die Dirigentin stand auf einer hohen Kanzel und sortierte von dort aus die zappelnden Sänger wie Schachfiguren. Stellte ruhig jeden an seinen Platz. Dann hob sie den rechten Arm.

Laurits hielt die Videokamera und holte Liis' Gesicht ganz nah heran. Sie war vollkommen konzentriert, ihre Wangen rot, die Augen weit offen. Strich sich eine Strähne aus dem Gesicht. Sie sah so ernst aus. Und zerbrechlich. Wie eine Porzellanpuppe. Wie einmal ein Mädchen an einem Wintertag. Eine Begegnung im Schnee in der Auffahrt vor Fräulein Anderssons Haus. Aurora borealis.

Totale. Die Dirigentin gab ein Zeichen, und die Kinder entließen ihre Stimmen, hinauf unter das muschelförmig gewölbte Dach, das wie eine schützende Hand über ihnen lag, hinaus über das endlose Meer von Zuhörern. Sie vereinten sich in einem klaren, warmen Ton, der sich unaufhaltsam ausbreitete. In die Gehörgänge, das Gehirn, den Magen, das Herz. Als dieser erste Ton ihn dort auf dem Sängerfeld erreichte, wo er zwischen Tanten und Onkeln auf der Picknickdecke saß, als der Gesang mühelos durch ihn hindurchpflügte wie ein Eisbrecher, alle Barrieren von Verstand und Vernunft einriss und nichts anderes mehr übrig ließ als eine nackte Empfindung, hatte Laurits endgültig gewusst, dass er zu Hause war. Er ließ die Kamera sinken.

»Home is where you want to be« war einer von Pelles Leitsätzen gewesen. Hier. Hier, wo die Sonne unter schwarzen Wolken die Wiesen grüner machte, als sie waren, hier, wo seine Tochter aus vollem Hals ihr Großvaterland pries. Hier, wo er ein altes weißes Holzhaus mit grünen Fensterrahmen besaß, wo in seinem Garten Kastanien rauschten, wo es roch wie auf Djursholm in den Sechzigern, wo die

Hoffnung auf eine noch glanzvollere Zukunft aus allen Poren drang. Hier wollte er sein. Nirgends sonst.

Er hob die Kamera wieder, sah durch den Sucher die ergriffenen Gesichter und lauschte, ebenso wie Silja – still, jeder für sich, in Gedanken, während tausend andere in das Lied einstimmten. Eine kleine Traube weißer, blauer und schwarzer Luftballons teilte das Bild und stieg in den Himmel. Er fing sie ein und folgte ihnen, bis sie sich im Gegenlicht verloren. Nachdem der letzte Ton verklungen war, stoppte er die Aufnahme.

Tante Anu wischte sich über die Augen.

»Ihr hättet dabei sein müssen«, sagte sie und applaudierte. »Da hättet ihr wirklich dabei sein müssen, als wir zum ersten Mal *Mu isamaa, mu õnn ja rõõm* gesungen haben. Und die Sowjets konnten nichts dagegen machen. Diesen Moment werde ich nie vergessen.«

Kirke nickte still. Ob sie oder Mart es manchmal bereuten, vor einem halben Jahrhundert nach Schweden geflohen zu sein? Ob sie ein schlechtes Gewissen hatten, weil sie erst ihre Landsleute zurückließen und dann wiederkamen, als alles überstanden war? Laurits konnte sich gut an die Fernsehbilder von 1988 erinnern, singende Menschenmassen, machtlose Polizisten und Militärs, der Kommentar in der Nachrichtensendung *Rapport*: »Dreihunderttausend haben sich zum traditionellen Sängerfest versammelt. Gemeinsam singen sie zum ersten Mal die verbotene estnische Nationalhymne. Internationale Beobachter bezeichnen diese Massendemonstration als die Krönung einer neuen baltischen Freiheitsbewegung.« Er erinnerte sich auch, dass er die Tragweite des Ereignisses nicht sofort erkannt hatte.

»Verrückt«, hatte er nur gesagt. Und Silja: »Verrückt? Das ist der Wahnsinn! Ich muss sofort Papa und Mams anrufen.« Und er: »Ich geh zum Tennis. Daniel wartet schon.«

Während er 3:6, 2:6 verlor, hatte ein Lied in Estland endgültig die Revolution eingeläutet.

»Wir haben es im Fernsehen gesehen«, sagte Silja an Tante Anu gewandt. »Es war unfassbar.«

Sie schwiegen. Laurits sah, wie Kirke nach Marts Hand griff. Knochig und faltig, grob und schwielig, verbanden sich ihre Finger. Die Geste rührte ihn. Hatte Silja ebenfalls bemerkt, wie ihre Eltern sich aneinander festhielten, wie sie sich gegenseitig versicherten, dem anderen nah zu sein? Nein, sie schaute über die Menge, suchte mit dem Blick nach Liis, und als sie ihre Tochter entdeckte, stand sie auf und winkte. Der alte Timmo reichte ihm wortlos ein Saku-Bier. Laurits nickte zum Dank. Sie waren eine estnische Familie unter tausend anderen. Sie gehörten dazu.

Haus, Familie, Musik und Freunde, ein guter Job und Urlaub im Sommerhäuschen. Manchmal versuchte Silja ihn zu ärgern und sagte, er sei ein fürchterlicher Spießer. Gut möglich, dass sie recht hatte. Aber wenigstens war er ein zufriedener Spießer. Er hatte dieses Leben selbst gewählt, das war die Hauptsache.

Der alte Timmo machte sich ebenfalls ein neues Bier auf und prostete ihm zu.

»Auf die Freiheit«, sagte er.

»Ja«, sagte Laurits. »Auf die Freiheit.«

»Da bist du ja, *kullake*«, rief Kirke, als Liis atemlos zwischen ihnen auf die Knie fiel. »Ihr wart großartig!«

Silja nahm ihre Tochter in die Arme.

»Habt ihr mich gesehen?«, fragte Liis.

»Klar!«, sagte Silja und strich ihr eine verschwitzte Strähne aus dem Gesicht. »Papa hat dich gefilmt.«

Ja, er hatte sie gefilmt, ihr konzentriertes Gesicht, ihren weit geöffneten Mund, die Aufregung und eine Traube Luftballons, die in den Himmel stiegen, zu leicht, um zu bleiben.

Silja atmete tief und regelmäßig. Wahrscheinlich hatte sie gespürt, dass er wirklich an etwas Schönes dachte. Ihre Wärme breitete sich um ihn herum aus, und er ließ sich einlullen. Schön. Wie die Sommerblumen auf Hiiumaa. Und das rote Meer beim Leuchtturm von Tahkuna in den weißen Nächten. Der Strand hinter dem Kiefernwald. Die runden Steine. Die Abende am Feuer und Millionen Mücken, die nach einer unhörbaren Melodie am Himmel tanzen. Ihren einen Tanz, den wichtigsten in ihrem kurzen Leben.

Es klingelte. Metallisch und kühl.

Wahrscheinlich der Postbote. So früh? Aber wer sollte es sonst sein? Vielleicht der Hund? Laurits ging an die Wohnungstür. Seine Beine waren schwer, der Weg schien unendlich weit zu sein. Warum holten sie ihn eigentlich immer aus dem Bett? Warum durfte er nicht einfach schlafen? Er legte die Hand an die Vorhängekette, wollte den Riegel zur Seite schieben, da klingelte es noch einmal. Warum so ungeduldig? Er stützte sich mit der linken Hand gegen das Türblatt, kniff ein Auge zu und schaute durch den Spion. Eine merkwürdig lang gezogene und eierköpfige Gestalt starrte ihm ins Gesicht. Hohlwangig, mit riesigen Augen und ohne Post. Unwillkürlich wich Laurits vor dem Zerrbild zurück.

Sein Herz war endgültig aufgewacht und rannte, so schnell und weit es vermochte. Er hielt den Atem an und versuchte, kein Geräusch zu machen, nicht zu blinzeln, sich in Luft aufzulösen, nicht da zu sein, das Monster nicht auf sich aufmerksam zu machen. Wie gut, dass er kein Licht gemacht hatte. Wie gut. »Stalin sieht alles, Laurits«, flüsterte es. Er spürte dasselbe Prickeln wie früher. Die Kontrolle. Die Macht. Er spürte sie durch die Tür. Nur wenige Zentimeter Holz und drei Schichten weißer Lack auf jeder Seite trennten ihn von seinem Vater.

Das war nicht viel.

Es war zu wenig.

Lautlos wagte er sich vor, schaute erneut durch die kleine Linse, folgte dem unverhältnismäßig langen, dürren Arm, der sich auf ihn zubewegte, nach der Klingel streckte, energisch den Knopf drückte, und während sich das durchdringende Schrillen erneut in der Wohnung ausbreitete, spürte er, dass er schrumpfte. Sein Vater hob den Blick und sah ihn direkt an, eine Sekunde, zwei, drei, und in seinem Blick lag etwas Höhnisches. Er degradierte seinen Sohn endgültig zum Feigling. Natürlich wusste er, dass Laurits dort hinter der Tür stand und nicht den Mut hatte, sie zu öffnen. »Du hast kein Rückgrat, Junge, fügst deiner Mutter solches Leid zu, bringst Schande über die Familie, führst dich so lächerlich auf und setzt dich ab, anstatt dich wie ein Mann zu benehmen. Stimmt es nicht, Junge? Ist es nicht so? Ist es nicht so?«, zischte es durch die Tür.

Ihm wurde schwindelig, alles an ihm schrumpfte, bis er wieder achtzehn war, und er musste die Augen schließen, um sich nicht zu übergeben.

Erneut klingelte es.

Als er endlich wagte, die Augen aufzuschlagen, war alles dunkel. Neben ihm regte sich Silja. Sie streckte einen Arm aus und stieß ihn an.

»Laurits«, murmelte sie. »Willst du nicht endlich drangehen? Das ist sicher die Klinik.«

»An der Tür?«

»Am Telefon. Das Telefon klingelt.«

Das Telefon? Er hätte schwören können, es sei jemand an der Tür gewesen. Das dumpfe Gefühl von Bedrohung klebte an seiner verschwitzten Haut. Benommen setzte er sich auf, griff automatisch nach seiner Brille, und mit dem geschärften Blick wurde auch sein Kopf klarer. Es war Viertel vor sechs. Was konnte jetzt so dringlich sein, dass es nicht bis um sieben Uhr warten konnte, wenn er sowieso aufstehen musste? Von den aktuellen Patientinnen war eigentlich keine ein echter Problemfall, es gab keine Frühchen und keine anstehenden Zwillingsgeburten. Doch Kinder richten sich nicht nach den Vorhersagen, die ein Arzt getroffen hat. Sie haben von Beginn an die Fähigkeit zum freien Willen. Und müssen ihn dann ein Leben lang verteidigen, gegen alle, die versuchen, ihn zu brechen. War das nicht die eigentliche Aufgabe? Seinen freien Willen zu behalten?

Es klingelte hartnäckig weiter.

»Ja, Herrgott noch mal, ich komme«, sagte er und ging, ohne sich etwas überzuziehen, in den Flur.

»*Tere*«, sagte er tonlos.

»Laurits?« Eine Frauenstimme. Laut und aufgeregt. Gehetzt. Bekannt. »Laurits?«

253

»Ja. Hallo?«, sagte er.

»Gott sei Dank! Ihr seid nicht gefahren!«

»Mutter?«

Träumte er immer noch?

»Ich bin ja so froh!«

Sie weinte. Es war Viertel vor sechs Uhr am Morgen. Seine Mutter war mitten in der Nacht am Telefon und weinte. Vor Glück. Weil er nicht kam.

»Mutter. Was um alles in der Welt ist eigentlich los?«

»Ich bin ja so froh, dass ihr nicht gefahren seid.«

Sie putzte sich die Nase.

»Entschuldige«, sagte sie.

Er schwieg. Drückte den Hörer ans Ohr und lauschte dem Atem seiner Mutter und versuchte zu begreifen, was hier zu nachtschlafender Zeit über ihn hereinbrach.

Seit über zwei Jahren hatte er diese Stimme nicht mehr gehört, seit er an seinem zehnten Hochzeitstag den Nobiskeller verlassen hatte, um ein bisschen frische Luft zu schnappen, seit Mart »Allsång« gerufen und seine Mutter mit ihrer klaren Singstimme *Så lunka vi så småningom* angestimmt hatte, seit er, ohne noch einmal in den Keller zurückzukehren, nach Hause geflüchtet war, sämtliche Gläser zertrümmert hatte und, ohne einen Schluck aus der Whiskyflasche zu trinken, in Schockstarre gefallen war. Seither hatten alle ihm weismachen wollen, dass seine Mutter keinen sehnlicheren Wunsch hätte, als sich mit ihm zu versöhnen. Und als er dann so gut wie auf dem Weg war, (ja, wenn er nicht diesen Frühdienst hätte übernehmen müssen, wäre er gemeinsam mit Liis nach Stockholm gefahren. Er hätte es auf sich genommen, gegen seine Überzeu-

254

gung, gegen sein Gefühl. Bitte, hier lag das Ticket, gleich neben dem Telefon. Er hatte sogar schon ein Ticket!), da rief sie in aller Herrgottsfrühe an, um mitzuteilen, wie glücklich sie war, dass er nicht kam.

Er wusste genau, was auf Djursholm gelaufen war: Magnus hatte ihr zugesetzt, sie gefragt, was sie sich eigentlich von der Einladung erhoffe, hatte ihr zum wiederholten Male gesagt, dass ihr Sohn – also Amys Sohn, er selbst nahm sich von sämtlichen Verantwortlichkeiten für einen solchen Versager aus – ein Drückeberger sei. Ob er denn jemals Rücksicht auf sie genommen habe? Ob ihr Herr Sohn jemals Interesse für irgendetwas anderes als sich selbst gezeigt habe? Ob er die vielen Anrufe von dem feinen Herrn Pianisten versäumt habe? Wie? Die zahlreichen Briefe, die er geschrieben hatte, habe sie ihm wohl vorenthalten? Was? Der Zynismus seines Vaters war ihm noch immer bestens vertraut. Selbst im Schlaf hatte er ihn gerade eben noch hören, spüren können. Wahrscheinlich hatte Magnus seiner Frau lebhaft vor Augen geführt, wie Laurits bereits das letzte größere Familienfest ruiniert hatte (dass es sein eigener Hochzeitstag war, spielte dabei keine Rolle), und ihr in Aussicht gestellt, dass der Herr Feingeist, egoistisch, wie er nun mal war, auf sie keine Rücksicht nehmen und es wieder tun würde. Ja, vielleicht hatte er damit nicht einmal unrecht. Laurits hätte nicht dafür garantieren können, dass ihm die alte Wut nicht den Verstand raubte. Sein Vater musste Kirsipuu wahrscheinlich ewig dankbar sein, dass er zum EU-Kongress zur Bereitstellung von Drittmitteln im Gesundheitssektor gereist war, wer weiß, was sonst passiert wäre. Vielleicht hätte Laurits seinen Vater sonst endlich umgebracht. Herzlichen Glückwunsch zum Geburtstag, Mama, jetzt bist du ihn los. Er schnaubte. Weit entfernt, irgendwo an der Oberfläche dieser Gedanken, die ihn mit sich gerissen hatten, vernahm er die Stimme seiner Mutter.

»Ich habe so schreckliche Angst um euch gehabt, als ich die Nachrichten gehört habe.«

»Welche Nachrichten?«, fragte er automatisch. Der Garderobenspiegel glänzte dunkel. Er sah das Weiße seiner Augen. Wieso mutete seine Mutter ihm so einen Anruf zu? Warum konnten sie ihn nicht einfach in Frieden lassen?

»Über das Schiff«, rief Amy. »Sie sagen, dass die *Estonia* untergegangen ist. Es war doch so ein schlimmer Sturm heute Nacht, habt ihr das nicht mitbekommen? Gott, ich bin ja so erleichtert, dass ihr nicht gefahren seid! Ich habe ja immer gesagt, dass auf diese ganzen russischen Verkehrsmittel kein Verlass ist, die haben ihre Sachen verkommen lassen, da wurde ja nichts gepflegt ...«

Ein greller Ton fuhr ihm in den Kopf, das helle Kreischen einer Kreissäge, die sein Gehirn zerteilte, sodass der einzige Gedanke, den es in diesem Moment noch zu denken gab, der einzig mögliche Gedanke, nicht entstehen konnte und die Welt sich auflöste, in diesem einen Ton zerstob.

23.08.2005

11.21 Uhr
Ich habe drei Stunden an Henriks Bett gesessen, nachdem
Johanna mich um acht aus der Koje geholt hat.

Der arme Kerl. Er war so klein, so dünn, die Übelkeit hat
ihn so sehr geschüttelt. Ich habe seine Hand gehalten und
Geschichten erzählt, geredet, getröstet, gewitzelt, während
er tapfer darauf gewartet hat, dass die Tropfen wirken.

Es war, als säße ich bei ihr. Als hätte ich eine zweite
Chance. Für einen Moment hat es sich so angefühlt. Für einen Augenblick habe ich es geglaubt.

Irgendwann ist er vor Erschöpfung eingeschlafen. Ich
auch.

Der stillste Moment.

15.02 Uhr
Es gibt nicht mehr viel zu sagen.

Die See hat sich ein bisschen beruhigt. Der Himmel ist
blank geputzt, und die Luft hat sich deutlich abgekühlt.
Die vergangene Nacht und der heutige Morgen hatten es
wahrhaft in sich. Nicht gerade das, was man sich von einer
Kreuzfahrt erhofft. Doch das Meer kann nichts dafür, es
sind die Menschen, die immer wieder glauben, sie könnten es ignorieren.

Wir haben Brest hinter uns gelassen, sind bald auf
der Zielgeraden. Möwen in unserem Windschatten. Man
braucht draußen eine Jacke.

Punkt halb fünf gibt es wie jeden Tag Tee, für die Engländer ja sowieso das Allheilmittel schlechthin, Mike hat zur Abwechslung das Schimmelklavier. Heute Abend eine letzte Vorstellung im Old Major, und dann ist mein Auftrag hier erledigt. Seit gestern hat mich Unruhe erfasst. Ich habe das Gefühl, dass ich von diesem Schiff runtermuss. Plötzlich ist es mir zu eng.

24.08.2005

01.23 Uhr
Mr Holland hat mir zum Abschied seine Visitenkarte gegeben. Die werde ich ausnahmsweise mal nicht wegwerfen. Er hat sich gewundert, dass ich keine Karte habe. Aber was sollte da draufstehen? Ich habe ihm meine Handynummer gegeben. Er: »Wenn mein Flügel mal jemanden braucht, der wirklich auf ihm spielen kann …« Er ist ein herzlicher Mann. Trinkgeld gab es ebenfalls reichlich, nur vom Platzhirsch nicht. Typisch. Aber es wäre mir ohnehin schwergefallen, es mit der gemessenen Höflichkeit anzunehmen.

Mrs Grey war wieder auf den Beinen, rechtzeitig zum Abmustern – wahrscheinlich hatte sie doch nur eine leichte Gehirnerschütterung. Sie war gut gelaunt. Hat sich noch mal ausführlich für unseren Besuch bedankt. Sie muss ungefähr in Mutters Alter sein. Es ist bedauerlich. Wäre Mutter nur ein bisschen so gewesen wie sie, würde ich vielleicht häufiger an sie denken.

Henrik ist wirklich ein guter Junge. Morgen holt ihn sein Vater in Dover ab. Er freut sich schon drauf.

Sicher wird der Mann ein schlechtes Gewissen bekommen, wenn er hört, wie es seinem Jungen ergangen ist. Er wird sich fragen, wie er ihn allein lassen konnte, er wird plötzlich verstehen, dass er ihn einer Gefahr ausgesetzt hat. Ihm wird klar werden, dass er leichtfertig war, dass er ihn hätte verlieren können. Oder was weiß ich. Vielleicht weiß er längst, was ich erst jetzt langsam verstehe.

08.55 Uhr
Die letzte Nacht war ruhig. Ohne Besucher. Ohne Träume. Der Ärmelkanal verschont uns mit Wetter, das Meer ist quecksilbrig.

Ich habe meine Sachen gepackt, und meine Kabine ist zu einem ordinären eckigen Gefäß geworden, das erst mit seinem nächsten Bewohner wieder Bedeutung erhält.

Gut eintausend Seemeilen liegt die Sache mit der Tulpe zurück, nach bordaktueller Zeitrechnung sind das viereinhalb Tage. Es kommt mir vor, als wäre der Raum auf See eine bessere Maßeinheit als die Zeit. Eine feste Größe, die hilft, sich zu orientieren. Tausend Seemeilen sind tausend Seemeilen. Aber vier Tage können vier Jahre sein oder vier Minuten, nacheinander oder alles auf einmal.

Zwischen Rosa und mir liegen bald dreitausend Seemeilen. Das ist gut so. In ihrer Nähe, mit ihrer Schwangerschaft war plötzlich die Zeit verwischt. Zehn Jahre waren wie ein ewiger Augenblick. Ich brauche den Abstand, muss die Zeit neu ordnen.

Henrik hat mich gebeten, am Vormittag noch mal mit ihm Klavier zu spielen. Er möchte ein Lied lernen. Von mir aus gerne. Ich habe mir nichts anderes vorgenommen.

Geschrieben habe ich vorerst genug.

Mittwoch, 14. 9. 2005

Die Spätsommerdämmerung legt sich über den lichten Kiefernwald. Wald, Wald, Wald. Kilometerweit Wald, freundlicher Wald, der nichts Dunkles, nichts Unheimliches birgt. Der Tag verschwindet zwischen den hellen Stämmen, während der Wagen über die schnurgerade Straße rollt. Es gibt keine Abzweigung mehr, keine Möglichkeit, einen anderen Weg einzuschlagen, diese Straße hat nur ein Ziel.

Schon seit einer halben Stunde ist ihm kein Auto mehr begegnet, und wahrscheinlich wird auch keins mehr kommen. Die Sonne geht bald unter, hier am Ende der Insel kann man sie jeden Abend im Meer versinken sehen. Er fährt mit offenen Fenstern. Kühle Luft weht herein, und anders als in den vergangenen Wochen riecht es nicht nach Meer, nicht nur jedenfalls, es riecht grün, so grün, wie es schon lange nicht mehr gerochen hat. Anders als in Venedig, anders als in den Mittelmeerhäfen. So, wie er es früher geliebt hat.

Weit kann es nicht mehr sein, nur noch ein paar Kilometer, dann hat er sein Ziel erreicht. Das erste selbst gewählte Ziel, seit er dem Haus in der Vesivärava den Rücken gekehrt hat, so kommt es ihm jetzt vor. Er hat lange gebraucht.

Behutsam nimmt er den Fuß vom Gas. Es wäre schön, jetzt Musik zu hören, wenn irgendwo aus dem Wald ein Klavier erklänge, wenn irgendwo ein Mensch wäre, der Musik machte. Es ist selten, dass er den Klang von Musik vermisst, sonst vermisst er es eher, selbst zu musizieren, den Trost der Tasten, das Freundschaftliche des Instruments.

Er lässt den Wagen ausrollen, stellt den Motor ab und horcht in den Wald. Es ist nichts zu hören. Die Scheinwerfer malen zwei helle Balken auf die Straße. Vielleicht kommt ein Tier aus dem Unterholz, wenn er ein wenig wartet, ein Fuchs oder ein Hase, der im Licht verharrt und sich wundert. Es gibt Füchse hier auf Hiiumaa, früher haben sie manchmal welche in der Nähe des Sommerhauses gesehen. Das Haus mit den blauen Gardinen und den duftenden Heckenrosen. Es ist auch dorthin nicht weit. Zwanzig Kilometer auf der Hauptstraße ungefähr. Was Silja wohl damit gemacht hat? Ob sie es behalten hat? Ob sie manchmal herkommt, im Garten sitzt und auch gelegentlich nach Tahkuna fährt? Vielleicht haben Mart und Kirke das Häuschen übernommen. Sie waren immer gerne dort. Oder es ist einfach verwaist – allein gelassen, so wie es war, bis irgendwann das Dach in sich zusammenfällt, die Tür nachgibt und die Marder und Igel im Wohnzimmer einziehen.

Er wird nicht hinfahren, er wird nicht nachsehen. Er wird nicht nach Spuren einer verlorenen Zeit suchen. Dafür ist er nicht nach Estland gekommen. Er will nur die Glocke anschauen. Das hat er sich vorgenommen. Sonst nichts.

Entschlossen dreht er den Zündschlüssel. Mit einem mühevollen Stöhnen springt der Motor wieder an, die Lampen flackern. Offenbar ist die Batterie schwach, vielleicht ist dies ihr letztes Lebenszeichen, vielleicht muss er die Nacht am Strand verbringen, am Fuße des Leuchtturms, auf den Steinen am Ufer, die im Sommer auch nachts noch warm sind. Wie damals, als sie in der Mittsommernacht den Lauf der Sonne verfolgten, die nur kurz das Meer küsste, bevor sie wieder den Himmel erklomm. Aber jetzt ist September. Die weißen Nächte sind vorbei, es ist kühler und wird längst wieder dunkel, er kann es sehen, zwischen den Bäumen steht die Nacht schon mit ihrem dunklen Gewand bereit. Wenn er noch bei Tageslicht etwas sehen will, darf er nicht trödeln.

Er beschleunigt, schaltet in den dritten Gang. Es geht noch immer ganz automatisch, er hat das Fahren nicht verlernt. Die Motorik übernimmt die Führung. Gas und Kupplung. Schalten. Lenken. Am Rückspiegel schaukelt ein längst ausgedünsteter Wunderbaum. Es wird immer stiller in ihm, immer ruhiger.

Es gibt nur noch ihn auf dieser Insel. Er ist der letzte Mensch. Seit er wusste, dass er herkommen und das Denkmal besuchen muss – wann war das? In Dover? Oder doch vielleicht schon auf dem Schiff, nach dem Sturm? –, ist das Radio in seinem Kopf leiser geworden.

Es fühlt sich richtig an.

So wie sich damals alles falsch anfühlte.

Nach Tagen der Ungewissheit das trockene Papier zwischen den Fingern. Dieses kümmerliche, einzelne Blatt, auf dem durchnummeriert die einhundertsiebenunddreißig Namen der Überlebenden standen, wie eine Gutschrift auf der Abrechnung mit dem Tod. Auf der Liis Name fehlte.

Siljas kalte Hand in seiner, als sie Schritt für Schritt an den vierundneunzig Toten vorübergingen, die aus dem Wasser geborgen werden konnten. Ein Wimpernschlag ist lang genug, um wieder die Angst zu spüren, Liis' erstarrtes Gesicht darunter zu entdecken, und gleichzeitig die Verzweiflung, sie nie wieder zu sehen. Nicht einmal ihren Körper.

Es war ja nicht zu begreifen.

Vielleicht hat darum ein einziger, alles durchdringender Schmerz gereicht, um die letzte Verbindung zwischen seinem Gehirn und seinen Gefühlen zu zerreißen. Ihm Watte im Kopf und das anhaltende Kreischen von Schuld in seinen Ohren zu hinterlassen. Weil es nicht zu begreifen war. Außer Whisky und Klavierspielen gab es dagegen nur ein wirksames Mittel: Nicht mehr daran denken. Nicht mehr darüber reden. Nicht. Mehr.

Daran hat er sich bis heute gehalten.

Silja war so anders.

Sie kämpfte. Um Details, Aufklärung, um Gerechtigkeit und vor allem um die Bergung des Wracks. Sie wollte ihre Tochter »richtig« begraben, und solange das nicht möglich war, sollte *niemand* jemals vergessen.

Sie saßen zusammen am Esstisch und verstanden einander nicht mehr. Es ist grausam, wie schnell eine Liebe zu Ende geht, wenn die Trauer nicht dieselbe Sprache spricht.

Wie sie ihn trotzdem anflehte, sie zur Einweihung der Glocke zu begleiten. »Bitte, Laurits, komm mit nach Hiiumaa. Es ist doch wenigstens eine Chance, gemeinsam Abschied zu nehmen.« Aber er konnte nicht. Ob sie jemals begriffen hat, dass er nicht vor Tausenden Fernsehzuschauern zur Schau gestellt werden wollte, dass er keine Kondolenzkarte von Carl Bildt oder der Estline, keine Gedenkgottesdienste, keine trauererfüllten Wiedersehen mit seinen Eltern, keine künstlerisch wertvollen Denkmäler wollte, weil er sich retten musste?

Für einen kurzen Moment wird die Straße vor seinen Augen zu einem Tunnel, die Bäume wölben sich über ihm wie ein dichtes Dach. Er holt tief Luft, versucht, die Schwere wegzuatmen, die auf seiner Brust liegt, und fixiert den hellen Punkt, wo der Wald endet, wo sich die Landschaft zum Meer hin öffnet. Darauf muss er zufahren.

Mit der einen Hand tastet Laurits nach seinen Zigaretten, mit der anderen steuert er den Wagen, sie liegt trocken und ruhig auf dem Lenkrad, obwohl er mitten durch vermintes Gedankengelände fährt. Er zieht eine Zigarette aus der Packung und drückt den Anzünderknopf.

Fast genau zehn Jahre ist es her, dass die Glocke errichtet wurde. Er vergisst keine Daten (auch wenn er es noch so gern würde, denn Zahlen sind gefährlich, sie setzen Erinnerungen an wie Algen und tauchen unkontrollierbar auf). Es war Allerseelen 1995.

Er hat sich nie gefragt, was wohl passiert wäre, wenn er nachgegeben und Silja zur Denkmalsenthüllung begleitet hätte. Wie wäre sein Leben verlaufen? Ob sie irgendwann einen Weg gefunden hätten, gemeinsam mit der Sehnsucht und der Einsamkeit umzugehen? Tatsache ist, dass er sie nicht begleitet hat. Er hat sie allein gehen lassen, im Flur gestanden und ihr hinterhergesehen. So sachte hat sie die Tür ins Schloss gezogen, als wüsste sie Bescheid. Er kann sich noch genau erinnern, wie er Blumen gegossen und die Spülmaschine ausgeräumt hat, ehe er seinen Koffer packte und zum Hafen ging. Die Spülmaschine. Wie lächerlich. Das war das Ende von Laurits Simonsen und der Anfang von Lawrence Alexander. Stalins Auge sieht ihn schon lange nicht mehr. Nichts von früher hat in seinem Leben noch Bestand. Und trotzdem ist er jetzt hier. Oder gerade deshalb?

Der Anzünder klickt, und er drückt die glühende Metallspirale an die Zigarette. Er spürt die Wärme am Gesicht. Es knistert vertraut, als er inhaliert. Der Rauch brennt angenehm in der Lunge. Es tut gut, seinen Körper zu spüren. Die sirrenden Nerven, den Hohlraum, der sich mit Atemluft und Rauch füllt.

Die Tachonadel zuckt unstet über der roten 50 hin und her. Es kommt ihm viel schneller vor, aber alles kommt einem schnell vor, wenn man Schiffstempo gewohnt ist, wenn man in Knoten statt Stundenkilometern fühlt, nur ein Eselskarren ist langsamer.

Vielleicht sollte er den Wagen abstellen und das letzte Stück zu Fuß gehen. Es wäre angemessen. Die Seele reist zu Fuß, hat Mart immer gesagt. Schwimmen kann sie offensichtlich nicht, denn er hat nicht das Gefühl, in den letzten Jahren mit ihr gemeinsam unterwegs gewesen zu sein. Aber jetzt, dieses eine Mal, könnte er gleichzeitig mit ihr ankommen. Das wäre schön.

Endlich öffnet sich der Wald und gibt die Sicht auf den Leuchtturm frei, der sich in den abendroten Himmel streckt. Die Sonne badet bereits lautlos die Füße im Meer. Von der Glocke ist noch nichts zu sehen. Er hält am Straßenrand, hat alle Zeit der Welt, die letzten Schritte zu gehen. Sein Herz schlägt ruhig. Nichts drängt ihn, außer dem Gefühl, dass der Moment gekommen ist, um an diesem Ort zu sein.

Fünfundfünfzig, sechsundfünfzig, siebenundfünfzig. Er geht noch immer den kurzen Schiffsschritt. Achtundfünfzig, neunundfünfzig. Einen Fuß vor den anderen. Er ist nur Schritt, ist Bewegung. In seinem Kopf hallt der gedämpfte Rhythmus der Gummisohlen, die Zahl für Zahl ausrufen, die zuverlässigste Musik. Zweihundertdreiunddreißig. Der Asphalt endet vor einem kleinen Tor, dem Eingang zum Strand, zu einem lang verschlossenen Stück seines Lebens. Es kostet ihn keine Kraft mehr, keinen Mut, keine Überwindung.

Laurits schaut auf. Es dauert einen Moment, bis er begreift, dass das hohe Gestell aus Metallstreben, das sich in fünfzig Metern Entfernung wie ein windschiefes Baugerüst in den Himmel reckt, das Denkmal ist. Die Kinderglocke, wie die Leute sie nennen. Sie hängt verschwindend klein und bescheiden an einem langen Kreuz in der Mitte der riesigen Stahlkonstruktion.

Sekunden vergehen. Er fühlt nichts. Es ist nicht *schön*, ist

267

der einzige Gedanke, den er fassen kann. Nicht schön. Das ist alles. In seiner Hosentasche drückt der Autoschlüssel. Vielleicht sollte er umkehren. Unschlüssig bleibt er stehen. Schaut hinüber zum Ufer. Im Restlicht des Sonnenuntergangs sind die Konturen des Metallgestells so scharf und schwarz, als hätte sie jemand aus dem Abendhimmel geschnitten. Hat dieses Ding wirklich etwas mit ihm und Liis zu tun? Es ist Kunst. Es ist für Fremde, die kommen und gehen. Reisende, Paare, Familien, Kinder, die den Leuchtturm besichtigen und zufällig die Glocke entdecken. Papa, was ist das? Darf ich die Glocke läuten? So hätte sicher auch Liis gefragt. Liis. Sie zieht an seinem Ärmel. Komm doch, Papa. Willst du nicht hören, wie sie klingt? Laurits legt die Hand auf das Tor. Es schwingt gelassen auf.

Das Denkmal lehnt sich vom Ufer aus schräg gegen Wind und Wetter übers Meer. Fast sieht es so aus, als stünde es schon im Wasser. Näher kann man der Unglücksstelle auf estnischem Boden nicht kommen. Denk an was Schönes. Näher ist er Liis bei keiner Schiffsreise gekommen, näher ist er ihr seit ihrer letzten Umarmung nicht gewesen. Ja, denk an was Schönes. Wenn du Angst hast, denk an was Schönes.

Er klettert über ein paar große Steine und bemerkt eine Tafel auf dem rostgetränkten Betonsockel, sieht die Windrose und die Koordinaten.

Jetzt ist er hier. Jetzt gibt es kein Zurück.

59° 22′ 9″ N, 21° 40′ 9″ O.

Koordinaten eines Massengrabs in 80 Metern Tiefe. 9733 Tonnen Stahl, die 852 Menschen mit sich in die kalte Dunkelheit gezogen haben. Dorthin hat er sich in Gedanken nie vorgewagt. Hat sich nie erlaubt, Liis zu Ende zu denken. Hat sie im ewigen Augenblick des Abschieds festgehalten, im letzten Blick über die Schulter, im Winken. Als könnte er damit verhindern, dass sie körperlos wurde, dort unten in dieser merkwürdigen, stillen Welt. Aber es ist längst geschehen. Sie hat sich aufgelöst wie Schnee im Meer.

Denk an was Schönes.

Läute die Glocke.

Er streckt die Hand nach der verknoteten Schnur aus, die am Klöppel hängt, und schlägt an. Metall auf Metall. Es klingt heiser und rau. Erst da sieht er die Köpfe. Vier kleine Reliefs von Kindergesichtern heben sich aus dem gegossenen Metall der Glocke. Sie schauen ihn an. Und sie lassen ihn nicht aus den Augen, als er auf den Sockel klettert und die Hände auf das noch schwingende Metall legt, das Vibrieren an den Handflächen spürt, wie das Flattern eines gefangenen Schmetterlings. Sie betrachten ihn, während er wieder und wieder mit den Fingern über jedes einzelne streicht, die Tage und Monate fortwischt wie unsichtbare Tränen, so lange, bis erst die Farben verschwinden und dann das letzte Licht.

Er merkt, dass er friert. Von der dunklen See weht kühle Luft heran und die Gewissheit: Du kannst es nicht wiedergutmachen. Nein. Aber er kann Rosa einen Brief schreiben. Morgen.

Nachbemerkung und Dank

Der Untergang der *MS Estonia* war das schlimmste Schiffsunglück Europas der Nachkriegszeit. Bis heute sind die Umstände, die zum Untergang führten, nicht abschließend geklärt, das Schiff wurde nie gehoben, und viele Ertrunkene wurden nie geborgen. Schon aus Respekt vor den Opfern und den Betroffenen habe ich ausführlich recherchiert und mich um korrekte Angaben bemüht. Dennoch sind die Figuren und ihre Geschichten frei erfunden. Wo es mir nötig erschien und wo es die Fiktion forderte, habe ich die historischen Gegebenheiten nach eigenem Ermessen angepasst und Dinge hinzugefügt oder weggelassen.

Der zu Beginn des Romans zitierte Dialog entspricht bis auf wenige Abweichungen dem Funkverkehr zwischen der *MS Silja Europa* und der *Estonia* in der Nacht des Unglücks.

Den Menschen, die mich bei der Entstehung dieses Romans unterstützt und ermutigt haben, danke ich sehr.

Besonders dankbar bin ich dem Östersjöns författaroch översättarcentrum für Zeit und Raum, Anoukh Foerg für ihre geduldige Unterstützung und ihren Einsatz, um für meinen Text dieses schöne Zuhause zu finden, Sophia Hungerhoff für ihr einfühlsames und genaues Lektorat, Heikko Deutschmann für den sprechenden Titel, Håkan Lindquist für José Marias Foto, Joachim Kuipers für seine Offenheit und *La Paloma* auf der Straße, Maarja Kangroo für Einblicke in die estnische Volksseele, Tine Donner für ihr immer wieder geliehenes Ohr, Katharina Schlott für ihre unermüdliche Bereitschaft mitzudenken, für ihr klares Urteil und ihre Freundschaft und dir, Wolfgang, für alles, deine Liebe ist ein unsinkbares Schiff.